De schemerzone

W15
€2,50

Jim Lusby

De schemerzone

Vertaald door Karin van Gerwen

2004
uitgeverij Signature / Utrecht

Europese thrillers van wereldniveau

Oorspronkelijke titel: Crazy Man Michael
Vertaling: Karin van Gerwen

Omslagontwerp: Wil Immink
Typografie: Pre Press B.V., Zeist
Druk- en bindwerk: Koninklijke Wöhrmann, Zutphen

ISBN 90 5672 049 X
NUR 305

Voor Pearse, voor een eigenaardige geschiedenis ...

1

Met alleen een hoog opgesneden blauw slipje aan zat ze voor haar kaptafel en kamde haar haar met een lavendelblauwe borstel. Ze had lang, glanzend zwart haar en bleef het langzaam, ritmisch borstelen. De beweging hield haar spieren gespannen, haar haren vielen op haar naakte schouders en haar houding – twee gestrekte armen die achter haar hoofd bezig waren – benadrukten haar aantrekkelijke figuur ... tot de borstel ineens achter een klit bleef hangen en ze zachtjes vloekte. Ze knipte een schemerlampje aan en ging net zolang met haar vingers door haar haren heen tot het probleem was opgelost.

Toen ze klaar was legde ze de borstel naast de lamp op de kaptafel. Een beetje zweet van haar handpalm glinsterde op het handvat van de borstel in het lamplicht. Ze trok een tissue uit een doos, droogde haar handen af en gooide het verfrommelde papier in een rieten prullenbak die naast haar voeten stond. Toen keek ze weer recht in de spiegel, haar heldere ogen flikkerden even in haar schimmige gezicht.

McCadden kende die houding maar al te goed: de zijdelingse blik over haar naakte schouder tegen de beweging van haar lichaam in. Zo'n kwarteeuw geleden, toen McCadden in zijn vroege tienerjaren zat, stond ze zo op publiciteitsfoto's.

In het zwakke licht van de lamp waren die 25 jaar haar niet aan te zien. En misschien was dat ook wel de illusie waar ze naar hunkerde. Jeugd. Beroemd zijn. De verloren bekoring van haar eigen verleden.

McCadden kuchte zacht. Hij stond aan het voeteneinde van

haar onopgemaakte bed en schuifelde met zijn schoenen over het kleedje en trok vervolgens de plooien die hij met zijn geschuifel had gemaakt weer glad. Hij zei: "Uw voordeur stond open. Ik heb een paar keer geklopt voor ik naar binnen kwam, maar er reageerde niemand."

Ze knikte kort naar zijn silhouet in de spiegel van de kaptafel. "Ja, dat weet ik."

"Bent u Eleanor Shiels?"

"Hm-hmm."

"U gaf geen antwoord toen ik uw naam riep."

"Ja, dat weet ik."

Beperkte woordenschat. Korte antwoorden.

McCadden glimlachte naar haar. "Het spijt me als ik u heb laten schrikken."

"Dat hebt u niet."

"Ik heet McCadden, mevrouw Shiels. Carl McCadden. Ik ben Garda-inspecteur."

"Hm-hmm."

"Kan ik even met u praten? Ik wacht wel in de andere kamer op u."

"Doe alsof u thuis bent."

"En de lichtknop ...?"

"Op de muur achter de deur. Aan uw rechterhand."

Het was een klein huisje. De andere kamer, die ook toegang gaf tot een piepklein keukentje en een kleine badkamer, was nog kleiner dan de slaapkamer. Toen hij het licht had aangedaan, een zwakke, blauwachtige lamp, keek McCadden naar de meubels waartussen hij zich een paar minuten eerder in het donker een weg had gebaand. De meeste waren van onbewerkt hout, ruw en praktisch, en mogelijk door de plaatselijke timmerman gemaakt.

Hij bekeek de snuisterijen en decoraties om achter de smaak van de eigenaresse te komen. Er waren geen muziekinstrumenten, zag hij. En geen platen. Geen vinyl. Geen cd's. Geen cassettes. Aan de witte muren hingen een paar overbekende Dali-posters, een Afrikaans masker en een aquarel van de heuvels in de omgeving. Maar geen foto's van Eleanor Shiels' carrière, geen posters die haar optredens aankondigden en geen kunstig opgehangen platenhoezen. Niets wees erop dat de bladen haar ooit bejubeld hadden als de stem van het nieuwe Ierland.

Een stem van het vróégere nieuwe Ierland. Dat van het midden van de jaren zeventig.

In een hoek aan de andere kant van de kamer stond een klein bureau. Bovenop een pak typepapier, een paar tijdschriften en een stapeltje kleurenfoto's. McCadden liep ernaartoe om de bovenste foto te kunnen bekijken. Verrast duwde hij die met zijn wijsvinger aan de kant om de volgende te kunnen bekijken, deed dat nog een keer en nog een keer, net zolang tot hij het hele stapeltje had doorgewerkt.

Het waren recente foto's van het interieur. Het bureautje stond op de achtergrond van een paar foto's, met duidelijk zichtbaar een landelijke krant erop, gedateerd 26 juli. Nog geen drie weken geleden.

Met dure apparatuur geschoten, wellicht door een goede professional of een getalenteerde amateur, boden de afdrukken kleine variaties op steeds hetzelfde thema: Eleanor Shiels. Meestal naakt. Soms hing er iets luchtigs losjes over een paar lichaamsdelen. Huiselijke luchtigheden. Vitrage bijvoorbeeld. Een kleine kussensloop. Een stukje laken. Ze was op alle foto's vastgebonden. Maar smaakvol. Of misschien was 'kies' een beter woord. Met handdoeken. Beddenlakens. Katoenen banden. Allemaal zacht materiaal. Geen ketenen. Geen handboeien. Helemaal geen metaal. Het licht en het beeld waren ook zacht. En ook de poses. En natuurlijk was er ook de beroemde blik over haar naakte schouder tegen de beweging van haar lichaam in. Maar of dat als pastiche of als eerbetoon, ironisch of nostalgisch bedoeld was, was niet te zeggen.

McCadden zat in de hardste van de twee fauteuils die voor de open haard stonden, nadat hij de foto's weer terug had gelegd en bij het bureau was weggelopen, toen Eleanor Shiels eindelijk uit haar slaapkamer kwam. Ze had een zwarte spijkerbroek en een ruimvallende zwarte sweater aangetrokken. Ze zag er nog steeds aantrekkelijk uit zo, geheimzinnig als een geveltoerist, in haar donkere kleding, maar het heldere licht viel ook op de lijnen in haar gezicht en de kleine verdikkingen op haar middel en heupen die nu eenmaal bij iemand van midden veertig horen. En ze was op haar hoede. Door die voorzichtigheid kon hij niets van haar gezicht aflezen, zag ze er poeslief uit; hij kreeg geen beeld van haar persoonlijkheid.

McCadden begon met zijn verontschuldigingen: "U wilde waarschijnlijk al naar bed gaan …"

Ze zat in de andere fauteuil en sloeg een denkbeeldig stofje van haar been.

"Het geeft niet."

"Laat u altijd 's nachts uw voordeur openstaan?"

"Dat doen ze toch op het platteland?"

"Niet meer, volgens mij tenminste."

Ze haalde haar schouders op. "Misschien loop ik achter."

"En zeker niet 's nachts. Alleen overdag. Voorzover ik me kan herinneren."

"Is dat dan gevaarlijk?"

"Nou, het standaardadvies is om meer op de persoonlijke veiligheid te letten …"

"Is het híér gevaarlijk, hier in de heuvels?"

"Nee, dat niet."

"Waarom moet ik me dan zorgen maken?"

McCadden keek haar even met opgetrokken wenkbrauwen aan en zei: "Mevrouw Shiels, drie maanden geleden hebt u het plaatselijke bureau gemeld dat een onbekende of onbekenden dit huis in de gaten leken te houden."

"Dat was een vergissing."

"Hopelijk."

"Er was niets om bang voor te zijn."

"Wat altijd prettig is om te horen."

"Bent u daarom gekomen?"

Hij dacht erover na, wilde die mogelijkheid niet zomaar tegenspreken, maar schudde uiteindelijk zijn hoofd. "Nee."

"Waarom dan?"

"Ik ben naar iemand op zoek. Een man, een zekere Tony Wallace."

Ze was niet langer meer ongeduldig. Ze raakte geïrriteerd. Toen ze antwoord gaf was haar toon scherper, bijna afwijzend. "Wíé?"

"Tony Wallace. Ook bekend onder de naam Rookie Wallace."

"Róókie Wallace? Mijn god!"

"Zegt die naam u iets?"

"Líjkt dat soms zo?"

"Er wordt ons geleerd niet op uiterlijkheden af te gaan."

"Die naam zegt me niets. Ik ken niemand die Tony Wallace heet."

"Hij kan een andere naam gebruiken."

"Natuurlijk."

"Hij is van middelbare leeftijd. Rond de veertig. Ongeveer een meter tachtig. Donker haar en donkere huidskleur. Mogelijk ongeschoren. Ziet er verwilderd uit. Heeft een horizontaal litteken op zijn linkerwang. Een kogel heeft hem een paar jaar geleden geschampt. Ik weet zeker dat u hem zou herkennen als u hem tegenkwam."

"Ongetwijfeld."

"Hij is een vreemdeling. Niet uit deze streek."

"Ondervraagt u iedereen in de heuvels?"

"U bent de eerste."

"Waarom? Gewoon, stom toeval?"

"Nee. Hij beweert dat hij u kent."

"Bewéért?" herhaalde ze. Ze zuchtte diep alsof ze door zijn stomheid verpletterd werd. "Hoe goed hebt u uw huiswerk gedaan, inspecteur?"

"Ik weet van uw carrière, mevrouw Shiels", verzekerde McCadden haar. "Ik weet dat bekendheid de meest labiele mensen kan aantrekken, dat het hun fantasieën opzweept."

"Dan begrijpt u ook mijn scepsis."

"Maar zo ligt het niet bij Wallace."

Ze zuchtte weer en schudde haar hoofd.

"Ik heb die man die u beschrijft nog nooit gezien, inspecteur. Ik kan u verder niet helpen."

Ze maakte een spijtig gebaar en stond op, wachtte tot hij haar voorbeeld zou volgen, maar McCadden bleef zitten, dacht na over de stenen muur die ze opgetrokken had en of het de moeite waard zou zijn die nu neer te halen. Hij voelde dat ze iets verborg. Mensen die geen nadere details wilden weten maakten hem altijd achterdochtig. Mensen die hun aangeboren nieuwsgierigheid onderdrukten, hun angsten, hun eigenbelang. Ze had bijvoorbeeld niet gevraagd of Wallace gevaarlijk was. Of hij een crimineel was, of uit de gevangenis gevlucht of uit een psychiatrische inrichting. Ze had niet eens willen weten of hij haar bedreigde.

Misschien wist ze de antwoorden al. Misschien kon het haar niets schelen.

Toen hij ten slotte opstond stak McCadden zijn hand uit. Eleanor Shiels accepteerde die. Maar haar handdruk was slap. En heel, heel kort. Terwijl hij naar de voordeur liep verwachtte hij dat ze achter hem aan zou komen. Maar ze bleef waar ze was en keek hem na.

Hij deed de deur open, draaide zich om en zei: “Ik neem aan dat u mijn naam nog wel weet. U kunt altijd contact met me opnemen als u dat wilt.”

Ze beheerste zich. Glimlachte alleen.

Hij ging door: “Ik wil graag even rond het huis kijken. Dat vindt u toch niet erg, hè?”

Deze keer verwachtte hij geen antwoord. En kreeg er ook geen.

2

Buiten was het harder gaan waaien. Midden augustus, maar het weer hield geen rekening met de kalender. Hier in elk geval niet. Vijftig meter van waar McCadden stond sloeg de Atlantische oceaan op de puntige rotsen van het onbeschutte heuvelland. Een verraderlijke plek voor de scheepvaart. Altijd geweest. Al duizenden jaren verzamelde de zeebodem scheepswrakken, van de sloepen van de Vikingen tot de moderne trawlers.

McCadden ademde de klamme nachtlucht in en keek rond om zijn ogen aan het donker te laten wennen. Het huis, gebouwd op de ruïnes van een oudere woning die in barre tijden verlaten was, was het laatste in de heuvels. Een ander gerenoveerd huis stond zo'n dertig meter verderop. Nog iets verder terug, waar de weg ophield en in een karrenspoor overging dat de ophanging van de auto terroriseerde, stond een groepje moderne bungalows. En aan de andere kant van de baai, bijna vijf kilometer woest water verderop, kon hij de vakantielichtjes van Tramore zien. Af en toe hoorde hij de zwakke geluiden van carnavalsmuziek en menselijk gegil, die door de wind werden meegevoerd.

McCadden gebruikte een kleine zaklantaarn om zijn directe omgeving te verlichten. Wist niet waar hij naar zocht. En vond in eerste instantie dus ook niets.

Er was een kleine ruimte tussen de muren van het huis en de braamstruiken die het huis praktisch omsingelden, maar die bevatte geen verrassingen. Geen van de ramen van het huis was kapot of geforceerd. De grond, nog zacht van de regen van de afgelopen dagen, was onbetreden.

Hij wandelde om de struiken heen, langs prikkeldraad naar een stenig, oneffen veld dat een plaatselijke boer blijkbaar alleen gebruikte om zijn vee te laten grazen. Niets anders te zien dan de sporen van hoeven. En koeienmest. En diepe tractorsporen.

Hij draaide zich half om, nu al moe van het veldwerk, toen de zwiepende lichtstraal van zijn lantaarn op een stukje wapperend wit materiaal viel dat in het prikkeldraad vastzat. Het zou een stukje van een plastic boodschappentas kunnen zijn. Of een stukje van het zondagse overhemd van de boer, grapte hij tegen zichzelf. Hij had geen flauw idee. En terwijl hij ernaartoe liep vond hij het al niet interessant meer. Op zichzelf bleek het niet zo belangrijk te zijn, wel als aanwijzing. Want daarachter, tussen het prikkeldraad en de struiken, was een klein stukje grond aangestampt door menselijke voeten.

McCadden trok de draden prikkeldraad uit elkaar, draaide de stekels om elkaar heen tot ze vast bleven zitten en bukte zich om door het gat te stappen. Toen hij aan de andere kant weer rechtop stond kon hij over de struiken kijken. Feitelijk had hij ongehinderd zicht op het slaapkamerraam van Eleanor Shiels. En als hij zich niet bewoog, niet in het licht ging staan dat uit dat raam naar buiten viel, dan kon niemand hem zien.

Maar de laatste bezoeker had ook geluk gehad.

Het bewijsmateriaal toonde aan dat op deze plek meerdere keren een sigarettenroker had staan kijken. Minstens twee keer, waarschijnlijk vaker. Bij McCaddens voeten lagen verscheidene vertrapte sigarettenpeuken. Zonder filter, ontdekte hij toen hij bukte om ze te bekijken. En niet machinaal gedraaid, maar gerold door de roker, die vloeitjes had gebruikt, losse tabak en stukjes karton, die als mondstuk in de vloeitjes gerold zaten. Zoals joints werden gedraaid. Sommige waren diep in de grond getrapt en amper zichtbaar. Andere lagen op de grond, doorweekt door de regen van de afgelopen dagen en vielen bijna uit elkaar. Maar ze waren allemaal opgestoken door iemand die zo aan het spul verslaafd was dat hij het risico had genomen dat de brandende peuken zijn schuilplaats zouden verraden.

McCadden haalde een plastic Ziploc-zakje uit een zak van zijn leren jasje, verzamelde de peuken en drukte het zakje dicht nadat hij ze erin had gedaan. Door het verzamelen was hij wat naar de zijkant afgedwaald. Toen hij weer rechtop stond prikte een braamstruik in zijn rechterwang en zaten er doornen diep in de schouder van zijn jasje. Hij probeerde zich los te trekken. Door die beweging werd zijn jasje bijna van zijn schouders gerukt. Vloekend trok hij het weer terug en probeerde met zijn linkerhand zijn kleren te bevrijden zonder het materiaal kapot te trekken.

Hij hoorde niemand aankomen. Had er geen idee van dat hij gezelschap had gekregen.

Van achteren viel er ineens een brede lichtstraal op hem, die hem even verblindde. Eerst dacht hij dat het de flitslamp van een camera was. Dat zijn verwarring werd vastgelegd. Dat het een grap was. Misschien van Eleanor Shiels, als wraak omdat hij tussen haar foto's had zitten gluren.

Maar het licht draaide al snel naar hem terug en bleef daar. En een mannenstem riep agressief naar hem: "Blijf daar staan en verroer je niet!"

Zijn ogen afschermend, riep McCadden geruststellend: "Het is goed, ik ben …"

"Ik zal je wel vertellen wat je bent!" onderbrak de stem hem.

Geen plaatselijk accent. Wel plattelands, maar met de tongval van de westkust, niet van deze zuidkust. Kerry? Clare? Met zijn rug ernaartoe en wetend dat het licht hem zou verblinden zodra hij zich omdraaide, voelde McCadden zich kwetsbaar, geïrriteerd en een beetje bang.

"Ik ben een Garda!" zei hij scherp. "Begrijp je dat? Doe dat licht naar beneden!"

Geen antwoord. In de stilte was het geluid van een elektronisch orgel te horen vanuit een huis vlak in de buurt. Het klonk even harder en stierf weer weg. Nog voor McCadden de melodie had kunnen herkennen.

"Heb je me gehoord?" riep hij.

"Ik heb je gehoord", bevestigde de stem. Sceptisch. Kleinerend. "Dan zul je dus wel iets identificatieachtigs bij je hebben, toch?"

Met zijn linkerhand haalde McCadden zijn kaart tevoorschijn en sloeg het mapje open in het licht boven zijn hoofd. De straal wiebelde even voor hij verdween.

"Het spijt me, meneer. Ik herkende u niet. Ik, eh ..."

McCadden draaide zich om, maar zag nog steeds niets. Zo'n vijf meter voor hem dook er een schaduw voor hem op.

"Wie ben je?"

"Brigadier Mullaney, meneer. Van Dunmore East."

Grappig dat hij ineens kon plaatsen wat hij zag. Nu werden de regenmuts en zware overjas van het politie-uniform zichtbaar. Opgewreven knopen glinsterden in het maanlicht.

McCadden stapte achterwaarts door het gat dat hij in het hek had gemaakt en kon nu smakelijk over de ontmoeting lachen.

"Jij kunt niet van Dunmore zijn", grapte hij. Het was een vissershaven, een paar kilometer zuidelijker aan de kust. "Niet met zo'n accent."

"Gestationéérd in Dunmore, meneer."

"Ik snap het. Oké."

"Ik ben in Lisdoonvarna geboren. Ik kom uit Clare."

"Lisdoonvarna. Het Mekka van de Ierse bedelaars."

"Dat zeggen ze, meneer. In feite ben ikzelf getrouwd, snapt u, dus ..."

"Hoort dit bij je normale ronde?" onderbrak McCadden hem. "Dit Brownstown Head, bedoel ik."

De brigadier lachte ongemakkelijk en hakkelde: "Nee, eh ... nee. Het komt door die melding enzo."

"Welke melding?"

"Die vrouw die hier woont, maakte melding van mogelijke gluurders in de buurt."

"Was dat niet een paar maanden geleden?"

"Dat klopt, ja, klopt. Maar ze was ooit beroemd, snapt u. Zeggen ze tenminste. En zoiets trekt rare snuiters ... Soms loop ik even langs om te controleren of alles in orde is."

"Nog iemand zien gluren?"

"Nog niet, nee. Maar ... je weet maar nooit."

McCadden gromde en beklopte daarna zijn jaszakken.

"Heb je misschien sigaretten bij je?" vroeg hij.

De brigadier sloeg haastig een pand van zijn jas opzij en rommelde in een broekzak. Het pakje dat hij aanbood was een populair filtermerk.

McCadden trok een gezicht.

"Heb je nog wat zwaarders dan dat?"

Op slag was de brigadier verlegen, maakte zich zorgen over de indruk die hij maakte, over zijn mannelijke uitstraling.

"Ik vrát die verdomde dingen, meneer, om u eerlijk te zeggen. Maar u weet ... ze zeggen dat het lage teergehalte het gevaar van longaandoeningen vermindert ..."

Terwijl McCadden naar een plattelandsversie van het industriële verkooppraatje luisterde bewoog Eleanor Shiels zich achter het verlichte raam van haar slaapkamer. Gevangen tussen de lamp op haar kaptafel en de dunne gordijnen was ze een mooi, scherp silhouet toen ze stopte en weer stilstond. Ze was van de zijkant te zien en ze leek naakt. Met haar handen achter haar hoofd vlocht ze haar haren in een dikke streng, die ze vervolgens vastzette.

De brigadier praatte door, maar zijn ogen keken niet meer naar McCadden en zijn hoofd draaide langzaam weg. Een lange man, langer dan twee meter, maar hij moest toch helemaal op zijn tenen gaan staan om vanaf de plaats waar hij stond goed over de struiken te kunnen kijken. Niet dat deze fysieke inspanning van zijn doorgroefde plattelandsgezicht was af te lezen. Wel pure lust. En hij ging er zo in op dat hij niet in de gaten had dat hijzelf ook bekeken werd.

McCadden draaide zijn ogen weg, wilde niet laten merken dat hij hem observeerde. Hij gebaarde naar het huis ernaast, waar het orgel, dat nu af en toe iets herkenbaars speelde, weer te horen was.

"Wie woont daar?"

De brigadier kwam weer in beweging. Hij snoof schuldig, maar ontdekte dat er niet naar hem gestaard werd.

"Wat?"

"Daar?"

De brigadier volgde de richting van de knik van McCadden en keek eerst verward en vervolgens afkeurend.

"O! Een rare snuiter uit Dublin, meneer. Ik geloof dat hij Newburn heet."

"Raar?"

"Vegetarisch zeggen ze."

"Hoe lang woont hij hier al?"

"Al jaren."

"Oké. Heb je de afgelopen tijd nog nieuwe gezichten hier in de buurt gezien?"

De brigadier waagde een lachje en viel op zijn natuurlijke lompheid terug.

"Dunmore is een vakantiedorp, meneer. In dit seizoen is praktisch iedereen die je tegenkomt een vreemdeling."

"Ik bedoel qua inwoners."

"De farmaceutische fabriek, Lisenter. Daar hebben ze de afgelopen maanden een paar nieuwe directeuren van buitenaf aangetrokken."

"Wat te hoog voor wat ik zoek. Ooit een grote vent met een litteken op zijn linkerwang tegengekomen? Ziet er verwilderd uit. Zo'n vent die je zou aanhouden om hem even na te trekken."

"Niet dat ik weet, meneer, nee."

"Tja." McCadden zuchtte weer. "Misschien ga ik maar even een praatje met de buurman maken. Newburn zei je, hè?"

"Sonny Newburn, meneer. Hij werkt op het ESB-kantoor in Waterford."

"Hoe kom je daar binnen?"

"Wat?"

"Ga jij maar voor. Je kent het hier beter dan ik."

Maar de brigadier wilde helemaal niet weg. Verlangend wierp hij een laatste, teleurgestelde blik over de struiken. Precies op het moment dat het licht in Eleanor Shiels' slaapkamer uitging.

"Doet die zaklamp van jou het nog?" spoorde McCadden hem aan.

"Ik denk van wel ..."

De brigadier bracht hem naar het huis, maar sloeg vlak daarvoor links een zandpad in dat bij een ijzeren hek uitkwam aan het begin van het veld waar McCadden eerder zijn auto geparkeerd had. Mullaney stond pal achter de Mondeo. Maar niet in een dienstwagen, zag McCadden. In zijn eigen Astra.

Was Mullaneys dienst net afgelopen? Of begon hij net? Maakte hij even een ommetje?

"Hoe is het eigenlijk?" vroeg hij onschuldig.

"Wat, meneer?"

"Wonen in Dunmore. Ik neem aan dat het kleiner is dan je geboorteplaats. Woon je in het dorp zelf?"

Maar de energie van de brigadier was op. Gefrustreerd door het doel van hun wandeling wilde hij nu zo snel mogelijk weg. Een babbeltje interesseerde hem niet in het minst.

"Het valt wel mee, meneer", bekende hij kortaf. "Helemaal niet slecht. Wilt u, eh, dat ik met u mee naar binnen ga? Naar Newburn?"

McCadden schudde zijn hoofd. "Nee. Bedankt."

"Nou, eh ... goedenacht dan, meneer."

"Goedenacht, brigadier."

McCadden stond naast de kofferbak van zijn eigen Mondeo, zag hoe de brigadier met zijn autosleutels rammelde, zijn grote lichaam in de krappe Astra wrong en moeizaam heen en weer manoeuvreerde over de sporen in het zandpad tot de auto eindelijk naar de weg gedraaid stond.

Een moeilijke man, dacht hij.

3

Sonny Newburn rookte niet.

Hij dronk ook niet. Hij had een ouderwets gebreid vest aan onder een saai bruin pak, nodigde geen vrienden uit en verschool zich achter doodse gewoontes.

Hij zag er teleurgesteld uit. Aan de muren van zijn woonkamer hingen een paar afstudeercertificaten uit de jaren vijftig van een Engels conservatorium. Misschien had hij er ooit van gedroomd meer te bereiken dan administratief ambtenaar bij de Electricity Supply Board en om na zijn pensionering in een exotischer plaats dan Brownstown Head te wonen. En misschien was het wel een gruwel voor hem om naast een aan lagerwal geraakte muzikale legende te wonen.

Zijn mislukking was duidelijk zichtbaar. Elke vraag benaderde hij defensief. Elk antwoord was nauwkeurig afgewogen.

Een kleine, nerveuze man. Hij zette de plaat af waar hij naar luisterde toen McCadden aanklopte, dacht lange tijd na over zijn volgende beweging en deed de deur pas open nadat McCadden zijn kaart voor het kijkgat in de deur had gehouden.

"Meneer Newburn?" vroeg McCadden door de smalle opening.

Newburn knipperde met zijn ogen, overwoog wat het doel van de vraag en de consequentie van een antwoord zouden zijn. "Ja?"

"Inspecteur McCadden van Waterford. We hebben een melding ontvangen van een gluurder hier in de buurt. Mag ik u een paar vragen stellen?"

“Wat voor vragen?”

“Mag ik misschien even binnenkomen?”

In het huis was het bedompt. Niet erg warm, hoewel de centrale verwarming aanstond, maar zuurstofloos en verschaald, het rook er naar goedkope spuitbussen en verwelkte bloemen, oude boeken en afgedankte kleding. Het verleden was overal en overheerste de kamer. Op de houten vloer wiebelden hoge stapels verdroogde oude kranten vervaarlijk als iets eromheen bewoog. Vergeelde documenten, met een elastiek bijeengehouden of in versleten mappen gestopt, lagen overal op stoelen en tafels. Een glazen kast in de hoek van de kamer puilde uit van videobanden met verouderde televisieshows die twintig jaar eerder uit nostalgie over de voorbije eeuw waren uitgezonden. Een krankzinnig gesprek dat alleen maar de achteruitgang bevestigde.

Toen hij een leeg plekje in de woonkamer had gevonden en bijna in de verdrukking kwam door de rommel om hem heen, vroeg McCadden: “Heeft iemand al met u over dit probleem gesproken?”

“Sorry?”

“Over die gluurder?”

“Wie zou er met mij willen praten?”

“Plaatselijke agenten?”

Newburn schudde zijn hoofd. “Nee.”

“Oké. Hebt u de afgelopen weken iets ongebruikelijks in de buurt opgemerkt?”

Newburn leek te wachten op nadere uitleg van de termen. Hij knipperde een paar keer met zijn ogen, maar gaf geen antwoord.

“Nog onbekenden in de buurt gezien?” hield McCadden aan.

Opeens was Newburn helemaal opgewonden. McCadden had blijkbaar een gevoelige snaar geraakt, een bron van irritatie.

“Veel mensen rijden over het pad vanaf de weg”, snauwde hij. “Zeker in deze tijd van het jaar, in de zomer. Dagjesmensen. Dat mag niet. Voorzover ik weet is het pad geen openbare weg. Het is privé. Ze klimmen over de struiken om in de heuvels te wandelen en lopen stiekem over het boerenland. En dat gaat maar door. Terwijl er niets te zien is. Geen strand. Het heuvelland is somber en rotsig."

McCadden glimlachte vol sympathie, maar legde uit: "Ik dacht meer aan 's nachts."

"'s Nachts?"

"Iemand die hiernaartoe komt als het donker is."

Newburn staarde hem nu bang aan en verraadde zijn ongerustheid door met zijn rechterhand met de houten knopen van zijn bruine, gebreide vest te spelen. Hij zei: "U bedoelt meneer Logan?"

"Wie?"

"Arthur Logan. Hij is de enige die ik ken die hier in het donker naartoe kwam. Maar hij is geen onbekende."

McCadden kende de naam. Hij vroeg niet uit onwetendheid of Newburn de naam wilde herhalen, maar omdat hij verrast was.

Artie Logan, een Iers-Amerikaanse bedrijfsleider van middelbare leeftijd uit Boston, directeur van Lisenter (Ierland) Ltd, een dochtermaatschappij van de farmaceutische multinational, waarvan de succesvolle Ierse fabriek een paar kilometer verderop de hele streek het afgelopen decennium welvaart had gebracht. Drie weken geleden was Logan verdwenen. Dat was niet onverwacht. Het verhaal ging dat hij te veel dronk. De geruchten over het waarom varieerden van verduistering van bedrijfsgelden tot gokschulden en cocaïneverslaving. Iets financieels had hem over de rand geduwd. Niemand had daadwerkelijk gezien dat zijn zeilboot de haven van Dunmore East uit voer. Maar niemand was verbaasd toen zijn lichaam in de netten van een plaatselijke trawler verstrikt raakte en op de tafel van de patholoog in het plaatselijk mortuarium belandde. Dood door ongeval? Zelfmoord?

McCadden vroeg: "Wanneer hebt u meneer Logan hier in de buurt voor het laatst gezien?"

Newburn begreep hem niet. Of had de vraag niet goed gehoord. Hij zei: "Hij is nu dood."

"Ja. Ik weet dat hij dood is."

"Morgen is zijn begrafenis. Hij wilde hier begraven worden."
"Maar wanneer hebt u hem voor het laatst gezíén?"
"Een paar nachten voor hij verdween."
"Kwam hij bij u langs?"
"Nee. Bij mevrouw Shiels."
"Oké. Kijkt u eens, eh ... u moet niet denken dat ik graag mijn neus in andermans zaken steek, meneer Newburn."
"Dat denk ik niet."
"U bent nogal op uzelf, volgt uw eigen weg. Uw gordijnen zijn 's avonds dicht. Dat klopt toch?"
Newburn knikte, kon zich in het geschetste beeld vinden.
"Grotendeels."
"Tja, ik hoop niet dat u het erg vindt dat ik het vraag, maar: hoe weet u dan dat meneer Logan bij Eleanor Shiels op bezoek ging?"
Newburn lachte zacht.
"De eerste keer dat hij naar haar ging klopte hij per ongeluk op mijn voordeur. Hij wist niet in welk huis ze woonde."
"Wanneer was dat?"
"Langer dan een jaar geleden. Bijna twee."
"Hebt u hem beter leren kennen?"
"Nou, we ontdekten dat we gemeenschappelijke interesses hadden. Soms, als mevrouw Shiels niet thuis was, wachtte hij hier op haar. We dronken thee, hoewel hij koffie lekkerder vond. Hij was Amerikaan. En we praatten."
"Waarover?"
"We hadden allebei belangstelling voor muziek."
Licht verbaasd trok McCadden zijn wenkbrauwen op.
"Pop?" vroeg hij ongelovig.
Newburn deinsde achteruit. "Nee, nee."
"Nou ja, aangezien Eleanor Shiels ooit een popster was, dacht ik ..."
"Barok, inspecteur. Bach, Scarlatti, Vivaldi ..."
"Hield hij van fotograferen?"
"Fotografie interesseert mij totaal niet."
"Oké. Maar meneer Logan?"
"We hebben het er nooit over gehad."

"Oké. Heeft iemand u officieel ondervraagd nadat zijn lichaam gevonden is?"

"Nee."

"Dat zal dan nog wel gebeuren. Ze zullen waarschijnlijk willen weten hoe hij was de laatste keer dat u hem zag. Of hij depressief was, of suïcidaal."

"Hij leek heel normaal."

"Hoe goed kent u mevrouw Shiels, meneer Newburn?"

"Oppervlakkig. Als buren. We wisselen een paar woorden als we elkaar tegenkomen."

"Heeft ze het ooit over een man Tony Wallace gehad? Of Rookie Wallace?"

"Ik geloof van niet, nee."

"Zegt de naam u iets?"

"Tony Wallace?"

"Of Rookie Wallace."

"Nee."

"Nog even terug naar waar we het eerder over hadden … hebt u afgelopen week toevallig 's nachts iemand hier in de buurt gezien?"

Newburn keek weer boos, wreef weer over die houten knoop aan zijn gebreide vest en zei: "Als er 's nachts een auto vertrekt zijn natuurlijk zijn koplampen zichtbaar, zelfs vanachter de gordijnen."

"Wiens auto? Die van meneer Logan?"

"Nee, nee. Van die agent. Ik neem aan dat hij hier voor zijn werk was, echt waar, vanwege die melding van, ach … nou ja, u had het over een gluurder …"

"U hebt het nu over brigadier Mullaney, toch?"

"Heet hij zo?"

"Dat zegt hij tenminste."

"Nou, ja, brigadier Mullaney dan."

"Hij heeft zich niet aan u voorgesteld, hè?"

"Nee."

"Oké. Er is nog iemand in wie ik geïnteresseerd ben. Een vreemdeling. Een verwilderde kerel met een litteken op zijn wang. Hebt u die ergens gezien?"

“Nee.”

McCadden zuchtte teleurgesteld.

“Oké”, accepteerde hij. “Nou ... in elk geval bedankt voor het gesprek.”

“Geen probleem”, verzekerde Newburn hem.

Geen probleem, herhaalde McCadden geïrriteerd in zichzelf. Achttiende-eeuwse muziek, een vuilnisbelt van memorabilia en moderne clichés. Geen probléém? Tien jaar geleden zou Newburn “graag gedaan” hebben gezegd. Uit dat populaire zinnetje moest blijken dat kennis gemeenschappelijk was en uiteraard met iedereen gedeeld werd. Tegenwoordig leek samenwerking de basis van persoonlijke ontwikkeling.

Ontevreden verliet McCadden het huis, liep chagrijnig naar zijn auto en schopte een los steentje de weg op. Het steentje ketste via een kuil terug tegen de Ford Mondeo en maakte een kras in de lak van het passagiersportier.

McCadden keek op zijn horloge toen hij zat en de motor startte. Al na elven. De avond was al bijna voorbij. De kans op een afspraakje was weer vervlogen. En er kwam niets voor in de plaats.

Behalve vragen.

4

De ochtend begon weer klammig, en enigszins koud, met een dikke mist boven de kustlijn. Het dreigde alweer een sombere dag te worden in de zo teleurstellende augustus in het zuidoosten.

Door de mist droegen ze Artie Logans kist vanuit de kerk in Dunmore East de trappen af naar de wachtende lijkwagen. Op de bovenkant lag de Amerikaanse vlag. En een Amerikaanse marinier liep er in vol ornaat achter.

De rouwenden draalden niet op de trappen buiten de kerk. Huiverend haastten ze zich naar hun auto's, zetten de verwarming aan en wachtten tot de lijkwagen zou vertrekken.

Vanuit Dunmore nam de rouwstoet een vreemde route naar het in de buurt liggende kerkhof bij de Corbally-kerk. In plaats van de wegwijzers te volgen, ging de stoet naar het zuiden, reed een gebied met nóg minder zicht in en kroop over de smalle kustweg. Halverwege maakte de stoet nog een omweg, deze keer langs een handjevol huizen, dat samen het dorp Portally vormde. En daarna stopte de stoet naast het kasteel bij Swines Head en bij een zwerfkei in Ballymacaw.

McCadden zat voor in een dienstauto die door een geüniformeerde agent bestuurd werd en hij vroeg zich af wat die stopplekken inhielden, wat ze met de overleden man te maken hadden. Hij vroeg het niet. De bestuurder had het veel te druk met de weg. En achter hem zat commissaris Daniel Cody stokstijf op de achterbank en staarde uit het zijraampje.

Er zat de commissaris deze ochtend iets dwars. Iets nieuws. En onverteerbaars.

Gisteravond, toen McCadden contact met hem had opgenomen met het verzoek om de begrafenis bij te wonen, was Cody ontroerd doordat hij het verzoek verkeerd begreep. Het was, gaf hij opgewekt toe, het soort gebaar dat hij graag maakte, een image dat hij graag uitdroeg: de politie als integraal element van een zorgzame maatschappij, die dezelfde worstelingen uitvocht en dezelfde verliezen leed. Menselijk. En kwetsbaar.

Maar deze ochtend was Cody weer niet te bereiken, hij leek wel boos en negeerde McCadden. En hij blafte tegen de zenuwachtige jonge chauffeur: "Láát dat verdomde rempedaal toch eens met rust, man!"

Het was tien uur toen ze eindelijk bij het kerkhof bij het kruispunt van Corbally aankwamen.

Brownstown Head lag zuidelijker, aan hun linkerkant. Het huis van Eleanor Shiels lag nog geen vier kilometer verderop. En de alomtegenwoordige brigadier Mullaney had het heel druk op het kruispunt, dirigeerde driftig het verkeer naar de kleine weggetjes en regelde parkeerplekken rondom het kruispunt. Toen de auto met de commissaris op een paar centimeter langs zijn schoenen reed probeerde hij een komisch aandoend paradesaluut dat zijn meerdere niet eens opmerkte.

McCadden bleef nog even zitten nadat ze geparkeerd hadden, nam een passende tijd in acht voor hij de mopperende Cody achternaging, die inmiddels zijn plek in de pikorde van vips had gevonden. Tegen die tijd was de mist bijna verdwenen. Het wolkendek brak en de belofte van warmte hing in de lucht. Maar de warmte kwam te laat voor de meeste wachtenden; ze konden niet terug en stonden daar met hun dikke overjassen en grote paraplu's.

De kerk, haastig neergezet onder aan de heuvels vlak bij het kruispunt, was niet open. Klein en pas gebouwd, saai pleisterwerk en ongekleurd glas, leek het – in elk geval wat betreft de buitenkant – geen architectonische of historische pretenties te hebben. Het kerkhof erachter was ouder, de zerken waren gedenktekens van Kelten en Vikingen, Noormannen en Engelsen die ooit in deze uithoek van het land geleefd hadden of er binnengetrokken waren of het gekoloniseerd hadden.

Zoals altijd bij begrafenissen op het platteland liepen de rouwenden langs andere graven en haalden herinneringen op aan eerdere begrafenissen. Zonder persoonlijke gedachten liep McCadden wat rond en keek toe, nam het centrale pad over het kerkhof en liep toen langzaam via een weggetje buitenom naar de weg terug om te vermijden dat hij tussen de mensen door zou moeten lopen terwijl de ceremonie al begonnen was.

Artie Logans graf lag in de zuidwestelijke hoek van het kerkhof, onder een lage muur en naast de graven van drie plaatselijke vissers die op 4 februari 1996 waren omgekomen toen de *Jenalisa* verging in een storm bij Brownstown Head. De kist, nog steeds met de Amerikaanse vlag bedekt, stond op een houten rekwerk te wachten tot hij in het graf zou worden geplaatst. Daarnaast stond de Amerikaanse Marine stram in de houding.

De marinier was de kleurrijkste van het indrukwekkende gezelschap rouwenden. Waarschijnlijk ook de meest mysterieuze. Maar niet de meest verrassende.

Aan zijn rechterkant stonden drie politici, onder wie minister Niall McAwley, McCaddens hoogste baas.

McAwley was een vechtersbaasje – niet groter dan een meter vijftig en boordevol strijdlust – dat op dit moment veel in het nieuws was. Zijn naam dook telkens op bij verschillende gerechtelijke onderzoeken naar corruptie, voorkennis, omkoping en belastingontduiking onder politici. Maar de beschuldigingen deerden hem niet. Ze konden nooit hard gemaakt worden. Hij was ondoorgrondelijk. Een ouderwetse doordouwer die door de mazen van het net glipte en zich makkelijk aan veranderingen aanpaste. Een dinosaurus van fiberglas.

Aan de linkerkant van de marinier, met alleen een van gezondheid blakende, diepgebruinde, atletische man van begin zestig ertussen, stonden twee filmsterren. De ene was Cathy Morrison, de roodharige Ierse die het zo goed in Hollywood deed dat ze inmiddels thuis herkend werd. De ander was een kloon, een pokerface die in een paar actiefilms had gespeeld en wiens agent, zo werd gefluisterd, hem probeerde de zin 'Zijn er nog lichaamsdelen van iemand die uitgerekt moeten worden?' zo overtuigend mogelijk uit te laten spreken.

Toen de zon doorbrak – precies op het moment dat de priester de plechtigheid met het zegenen van de kist opende – was de kloon de enige die de stralen verwelkomde. Hij hief zijn gezicht wat omhoog om de warmte op te vangen en draaide zijn profiel een beetje om zo voordelig mogelijk in het licht te staan.

Degenen die van camera's houden, houden van zichzelf, dacht McCadden onaardig.

Het merendeel van de andere mensen, nog steeds veel te warm gekleed en gevangen in de ceremonie, begon te transpireren. Allereerst vanwege de onverwachte hitte. En vervolgens vanwege de schaamte omdat ze transpireerden. Ze deden McCadden denken aan kleine kinderen die niet op tijd naar de wc waren gegaan en nu de gevolgen zo goed mogelijk moesten opvangen.

Hij vroeg zich af of Artie Logan om de grap zou hebben gelachen.

Hij keek naar Eleanor Shiels die helemaal alleen aan de andere kant van het open graf stond in een dun, zwart mantelpakje en enigszins geamuseerd keek en hij bedacht dat de man er best om gelachen zou kunnen hebben, als het paar zo close was als Sonny Newburn suggereerde. Als ze hetzelfde gevoel voor humor hadden.

McCadden was echter niet de enige die Eleanor Shiels nauwlettend gadesloeg.

Een paar passen van haar vandaan, aan haar linkerkant, in de eerste rij van de boog rouwenden die nu om het open graf stonden, leunde een kleine man met een baard tegen het lage muurtje aan de buitenkant van het kerkhof. Gezien de lengte van de mensen om hem heen en het feit dat hij maar iets boven Niall McAwley uitstak, moest hij iets langer zijn dan een meter vijftig. Maar in tegenstelling tot McAwley had hij wel de gedrongen bouw van een dwerg. Een opgeblazen borstkas. Afgeronde schouders. Korte armpjes en kromme beentjes.

Hij keek Eleanor Shiels strak aan. Zo strak dat zij het voelde en opkeek. Geschrokken keek hij weg, duwde zichzelf van het muurtje af en bukte zich een beetje om te horen wat de jonge brunette fluisterde die naast hem stond. Deze tweede actie vond McCadden iets komisch hebben. Er school, vond hij, iets van verraad in van het kinderlijke mannelijke verlangen naar superioriteit. Want de brunette was bijna vijftien centimeter groter dan de kleine man. En in plaats van te bukken zou hij op een bankje moeten gaan staan om zijn oor in de buurt van haar lippen te krijgen.

De uitdrukking op Eleanor Shiels' gezicht veranderde niet. Nog steeds een beetje spottend. Nog steeds enigszins minachtend. Ze bleef even naar de bebaarde man kijken, net zolang tot ze er zeker van was dat ze hem had afgeschrikt en keek toen vervolgens naar de norse politici en de zelfbewuste filmsterren.

Zich van dit alles onbewust, raffelde de priester ondertussen de begrafenisplechtigheden af. Zijn optreden was zonder gevoel. De formules waren zonder betekenis. Zijn woorden stegen in de warmte omhoog en vervlogen al stijgende, als zeepbellen die een kind de lucht in blaast en vervolgens vergeet.

Terwijl hij achter de rouwenden langs wegliep ontdekte McCadden dat hij weer bij de ijzeren hekken stond, op de kiezelstenen bij de ingang van het kerkhof. Daarvandaan wierp hij nog een laatste blik op de groep mensen. Sonny Newburn was er niet bij, zag hij. En Rookie Wallace ook niet.

Hij draaide zich om.

Op de weg stond brigadier Mullaney nog steeds paraat. Maar de man stond inmiddels zo stram dat hij op een eigenaardig, genegeerd monument leek, midden in een rustig verkeersgebied. Het daglicht was vriendelijk voor zijn uiterlijk, maar wreed voor zijn persoonlijkheid. Een fysiek imponerende man, hij leek net zo op een reus als de bebaarde man op het kerkhof op een dwerg leek. Maar er kleefde iets sinisters aan zijn doorgroefde gezicht. Het miste karakter, concludeerde McCadden. Of zijn ogen alleen maar de meest basale emoties konden uitdrukken en passies die op de rand van wreedheid balanceerden. Lust en achterdocht gisteravond, vandaag loyaal en dienstbaar. Zijn ontzag voor autoriteit zat duidelijk heel diep. Onwrikbaar, en zorgwekkend.

"Wilt u een sigaret, meneer?" vroeg hij toen McCadden naar hem toe liep.

Eventjes stond McCadden met zijn mond vol tanden en vroeg zich af of de brigadier een onvermoed gevoel voor humor had. Maar de vraag van Mullaney verwees niet naar de afgelopen avond, het was slechts een armzalige poging om erbij te horen.

McCadden schudde zijn hoofd.

"Ik ben ermee gestopt."

"Ah!"

"Sinds gisteravond."

"Maar vindt u het dan erg als ik, eh ..."

"Nee."

Terwijl de brigadier er snel een opstak, wees McCadden in de richting van de begrafenis.

"Hoe goed kende jij hem?"

"Meneer Logan, meneer?" Mullaney zoog hongerig de rook naar binnen en blies die met tegenzin weer uit. Ondertussen verborg hij de sigaret in zijn gebalde hand. "Hij was hier zeer bekend."

"Waarom de Amerikaanse vlag?"

"Ik heb gehoord dat hij in hun leger heeft gediend."

"Juist."

McCadden pauzeerde even. Niet om een volgende vraag te formuleren. Gewoon om het ritme te doorbreken. Om ruimte te maken voor Mullaneys irritante pogingen op rookgebied.

Vervolgens vroeg hij: "Waarom is het lichaam niet naar Amerika teruggegaan?"

"Hij had verzocht om hier begraven te worden. Hij heeft dat plekje zes of zeven jaar geleden gekocht, een paar jaar nadat hij hier was komen werken. Ik denk dat hij geen familie meer had in Amerika. Broers. Zussen. En zo. Ze zeiden dat hij enig kind was. Zijn ouders zijn al heel lang dood. En volgens mij is hij nooit getrouwd geweest. Er is niemand vanuit Amerika voor de begrafenis overgekomen. Behalve meneer McMullan."

"McMullan?"

De brigadier wees met zijn sigaret voor hij die op de grond gooide en onder zijn enorme rechterschoen vermorzelde.

"Die witharige man tussen die twee acteurs, meneer. Hij is de eigenaar van Lisenter, waar meneer Logan werkte."

"Wie is dat kleine mannetje met die baard?"

"Micheal Constant. Iemand van hier. Hij woont in het eerste huis in de heuvels."

"En dat meisje dat naast hem staat?"

"Ellen O'Doherty. Arme ziel."

"Horen ze bij elkaar?"

"O, ja."

"Weet je wat voor relatie ze hebben?"

De kerkklok sloeg ineens. De zware klank vibreerde over het rustige platteland, schrikte de rouwenden op en onderbrak McCaddens gedachtegang.

Een golf van onrust ging door de groep om het graf heen. Hoofden werden opgetild, keken naar de klokkentoren en naar de gesloten deuren van de kerk. Handen werden boven de ogen gehouden om ze tegen de zon af te schermen.

Geschrokken van de bewegingen en het lawaai hakkelde de priester en hij moest even kuchen. Hij ging snel door de paar nog te bidden gebeden en stapte toen in verwarring achteruit, ging op iemands voet staan en wankelde even voor hij werd vastgegrepen en opgevangen. Een paar seconden stond hij stil, met de ogen van zijn toehoorders strak op zich gericht, om zijn kalmte te hervinden. Toen wenkte hij ongeduldig naar Bill McMullan.

McMullan aarzelde. Hij keek onzeker van de priester naar de rouwenden en omgekeerd. Maar de mensen waren stil. En de priester had haast. Dus stapte hij naar voren. Hij trok een blad met aantekeningen half uit zijn jaszak, maar leek zich te bedenken en in plaats van een formeel praatje te houden besloot hij te improviseren.

Maar dat ging hem niet zo makkelijk af. Hij had veel te veel dollars besteed aan zijn merkkleding. En ook veel te veel aan zijn gebeeldhouwde lichaam. Als hij glimlachte waren zijn tanden nét een tikkeltje te licht. Wat de aandacht vestigde op zijn andere kunstgrepen. Je kon bijvoorbeeld goed zien dat zijn huid veel te zacht was. Dat zijn wenkbrauwen veel te netjes zaten. Dat zijn neus waarschijnlijk een beetje te recht was … Al met al zag hij er nét niet echt uit. Zo onecht dat die plastic acteur die naast hem stond zijn natuurlijke zoon kon zijn.

Toen hij sprak, klonk hij levendig en onderhoudend, was zijn praatje een bijna provocerend contrast met de saaie preek van de priester, maar het viel wel wat uit de toon vanwege het natuurlijke verdriet dat bij de gelegenheid hoorde.

Maar misschien had hij Artie Logan nooit gemogen, dacht McCadden. Of misschien was hij vastbesloten om de dood op de Amerikaanse manier te benaderen. Stoïcijns, met open blik en de schouders naar achteren. Of misschien was hij het archetype van de teruggekomen emigrant. Beláden met succes.

Of zoiets.

"Als ik naar de mensen kijk die hier vandaag bijeengekomen zijn," zei hij, "geloof ik dat Artie in Ierland net zo populair en gerespecteerd werd als thuis. Ikzelf, ik ken deze vent al vanaf dat we kinderen in Boston waren. Ierse kinderen, te midden van de Cavanaghs, Doherty's, Doyles en Driscolls …"

McMullan groeide tijdens zijn lofrede, maar bleef op zijn hoede.

Misschien verwachtte hij dat de klok weer ging luiden, dacht McCadden. Alsof dat eerste gelui niet toevallig was geweest.

Diezelfde stemming raakte ook zijn publiek. Dat werd ongeduldig. En bezorgd. De mensen waren merkbaar opgelucht toen McMullan een eind breide aan zijn korte bijdrage en de priester naar voren stapte voor de laatste zegening.

Daarna haalde de onverstoorbare marinier de vlag van zijn land van de kist. Toen hij achteruitstapte en zijn laatste saluut maakte tilden de kraaien de kist op en schoven het rek waar hij op had gestaan opzij. Langzaam lieten ze de kist in het graf zakken, trokken de touwen die door de handvatten gingen eruit en rolden de klaarliggende rechthoekige groene zoden over het gat.

En niemand huilde.

Achter in de menigte lachte kort een kind. En in de lucht kibbelden twee zeemeeuwen over een korst brood. En dat was de enige muzikale begeleiding die Artie Logan gegund werd op zijn laatste reis.

Misschien zouden tranen de rouwenden veel te lang hebben opgehouden, dacht McCadden. Want ze hadden haast om weg te komen. De meesten in elk geval.

Eleanor Shiels bleef trouw met gebogen hoofd aan het graf staan. Een paar seconden hield het mannetje met de baard haar op afstand gezelschap en staarde haar ondertussen aan ... tot de jonge brunette naast hem wegglipte en snel naar de Hollywood-sterren liep.

Ze kon een fan zijn. Ze had die gepijnigde uitdrukking van een echte fan op haar bleke gezicht. Diepe eerbied, een beetje gepikeerd met een spoor van afkeuring. Want ondanks haar papieren had zíj het zelf nooit echt gemaakt. Maar Cathy Morrison had haar gezien en wachtte toch op haar, maakte de anderen duidelijk dat ze er zo aankwam.

Michael Constant voelde direct de afwezigheid van de brunette en ging haar achterna, greep haar arm en trok haar naar achteren. En even, achter de heftig knikkende hoofden en schuddende schouders van de vertrekkende rouwenden, hing er een onprettige, misplaatste ruzie in de lucht.

Helaas maakte McCadden het eind niet mee. Het onmiskenbare geluid van leren handschoenen die in de handen van een meerdere klapten was vlak bij zijn rechteroor te horen. Even later verklaarde de stem van de commissaris trots: “Ik rij met de minister mee, inspecteur. Neem de auto maar naar het bureau als je zover bent.”

Cody wachtte niet op McCaddens felicitaties. Dat kon hij zich niet permitteren. Hij draafde achter de kleine politicus aan en bereikte net op tijd, zonder zijn benen te breken, de achterbank van de ministeriële Mercedes.

McCadden draaide zich om om aan brigadier Mullaney te vragen waarom hij de brunette als ‘arme ziel’ had beschreven. Maar ook Mullaney had het nu veel te druk. Weer druk aan het werk ging hij helemaal op in zenuwachtige gebaren en signalen terwijl hij het verstopte kruispunt probeerde vrij te maken.

Terwijl McCadden gefascineerd keek naar de overdreven

bewegingen van de man liep de jonge brunette voor hem langs. Ellen O'Doherty was alleen en duidelijk van streek, haar rechterhand bedekte haar mond en neus en ze probeerde haar tranen tegen te houden. Op het kerkhof zat Michael Constant op het lage muurtje en keek naar Eleanor Shiels, die nog steeds bij de begraven kist stond. Ze waren de enige twee mensen die nog bij het graf stonden.

"Meneer?"

McCadden draaide zich om. De geüniformeerde agent die die dag zijn chauffeur was, dook met een rood gezicht naast hem op.

"Ja?"

De chauffeur haalde diep adem en barstte los: "Ik ben de commissaris kwijt, meneer."

McCadden trok een wenkbrauw op.

"Dat is toch niet zo moeilijk? Dat gebeurt mij al jaren."

"Nee, meneer, ik bedoel dat ik hem niet kan vinden en ..."

"Oké, oké. Maak je niet druk. Weet jij trouwens waar die mensen nu naartoe gaan?"

"Naar de plaatselijke kroeg, meneer, ongeveer anderhalve kilometer verderop. Is de commissaris daar misschien ook naartoe?"

"Dat is goed mogelijk. Wil jij dat nagaan? Dan zie ik je daar weer. Ik moet eerst nog even ergens naartoe."

5

Het huis van Michael Constant, het eerste van een rijtje van vier op een klein perceel aan het begin van de heuvels, was van ongeverfd grijs beton, donkergrijs leisteen en ramen met dubbelglas en kunststof kozijnen. Lelijk om te zien, zelfs als de zon scheen. Het soort primitieve bouw in een romantisch landschap dat de woedende kritiek uitlokt van milieuactivisten en hardnekkig verdedigd wordt door mensen wier grootouders in de meer traditioneel gebouwde huizen gestorven zijn aan onderkoeling.

Toen McCadden er was, nadat hij te voet vanaf het kerkhof Ellen O'Doherty achterna was gegaan, stond de voordeur nog open. Hij klopte zachtjes en riep: "Hallo?"

Het antwoord vanbinnen kwam direct. Maar het was een onbekende stem, die enigszins gemaakt klonk. En de naam die werd geroepen werd niet volledig uitgesproken.

"Mi...ael?"

Voor McCadden kon reageren, rende Ellen O'Doherty naar de deur.

Van dichtbij zag ze er veel ouder uit dan vanuit de verte. Eind twintig waarschijnlijk. Een vriendelijk, beetje vierkant gezicht met zachte gelaatstrekken. Maar hij schrok van haar ogen. Niet alleen omdat ze rood van het huilen waren, maar ook omdat de uitdrukking erin zo snel verdween. Eerst helder en hoopvol, maar toen ze McCadden zagen, stonden ze meteen uitdrukkingsloos. Dat was geen stemmingswisseling. Was ook geen teleurstelling. Het was wezenloosheid. Leegheid.

"Ken … ik u?" stamelde ze.

En weer was de uitspraak gebrekkig. Diezelfde onnatuurlijke breuk, deze keer zelfs in een korte zin, alsof ze alleen maar in kleine stukjes kon praten.

McCadden hield zijn kaart voor haar neus en probeerde te peilen hoeveel ze begreep.

"U kent me waarschijnlijk niet", zei hij. "Ik ben een Garda-inspecteur, uit Waterford. Mijn naam is McCadden. Carl McCadden."

"En u zoekt Mi…ael?"

"Nou, nee, niet echt."

"Zit hij … in moeilijkheden?"

"Nee, helemaal niet. Ik wil alleen maar wat weten. Iemand in de heuvels heeft namelijk over een gluurder geklaagd."

"Gluur…er?"

"Het is waarschijnlijk niets. Maar het kan bijvoorbeeld een inbreker zijn die huizen doorzoekt. Dat weten we op dit moment nog niet."

Ze had geen moeite met zijn verhaal, zag hij, maar kwam niet op het idee om antwoord te geven. Ze had een communicatieprobleem.

"Komt u … toch binnen", nodigde ze hem uit.

McCadden knikte en liep achter haar aan.

"Dank u wel."

De binnenkant van het huis was net zo erg als de buitenkant. Alleen maar donkere kleuren. Achter een klein halletje lag een sombere woonkamer, verpest door lompe eiken meubels en verkracht door bruin behang en modderkleurig verfwerk. Er waren veel te veel deuren, die veel te symmetrisch neergezet waren. Het leek zo op de lounge van een goedkoop hotel.

Aan McCaddens rechterhand stond een deur een klein stukje open. Door de kier zag hij een kleine kamer en veel kleurrijke foto's aan de muren. Hij liep er net naartoe vanwege een bekende maar onverwachte afbeelding, toen de stem van de brunette, weer zonder die medeklinker in de naam, hem tegenhield.

"Mi…ael."

McCadden draaide zich direct om.
“Sorry?”
Ze probeerde te lachen, maar de woorden dwongen haar lippen de andere kant op.
“Komt gauw … terug.”
“O, oké.”
Ellen O’Doherty was ontzettend zenuwachtig. Niet omdat ze een vreemde in haar huis had, dacht McCadden. Ze had hem niet binnen hoeven vragen. Maar omdat ze bang was om verantwoordelijkheid te nemen, om zonder hulp van Michael Constant antwoorden te geven op vragen die haar werden gesteld.
Haar enthousiasme verdween en om dat te maskeren verviel ze in de stereotiepe traditionele rol van de Ierse plattelandsvrouw die een bezoeker moet bezighouden.
“Ik ga even … een thee zetten.”
Maar voor alle eerlijkheid: ze keek gegeneerd toen ze dat zei, alsof ze heel goed wist dat ze haar zenuwen niet de baas was. McCadden deed net alsof hij het niet zag.
“Dat zou lekker zijn”, zei hij. “Bedankt.”
Toen ze de kamer uit was en de keukendeur achter zich dicht had gedaan, liep hij snel naar de deur aan zijn rechterhand en ging in de deuropening staan.
Binnen brandde licht.
En dat was nodig ook, ook al was het middag en scheen de zon. De dikke gordijnen voor alle ramen waren gesloten, waardoor de kamer muf rook en afgesloten leek.
De kamer was als een studeerkamer ingericht. Een bureau. Een goedkope computer. Een draaistoel. Een paar boekenplanken.
De foto’s aan de muren waren niet allemaal uitvergrotingen zoals hij eerst gedacht had. Er hingen ook posters en wat illustraties uit tijdschriften en kranten. Maar verder was zijn eerste indruk goed geweest. De hele muur tegenover de deur, boven het bureau, was helemaal aan Eleanor Shiels gewijd.
Toch was het geen seculier altaar. En ook geen overzicht van de hoogtepunten van haar zangcarrière. Het was veeleer een

plakboek van haar zwakheden, haar dieptepunten, haar missers.

De meeste waren afschuwelijk.

Op een wel heel grove foto stond ze dronken of stoned in Soho, Londen. Van juli 1974 toen ze negentien was. Haar lange zwarte haar zat in de war en was vies. Haar bleke kindergezicht was vertrokken achter een donkere bril. Haar rechtervoet zat vast in een plastic zak en gleed van de stoeprand af. En haar meestal zo elegante lichaam, dat op het punt stond om te vallen, was verdraaid in een lelijke, vernederende houding.

Onder de kop VALLENDE STER BETRAPT, stond een wellustig stuk vol leedvermaak. McCadden las het snel door, probeerde zich te herinneren wat hij die dag zelf gedaan had, toen hij veertien jaar was.

> Beledigde fans die veel te dure tickets hadden gekocht en naar het National Stadium kwamen voor het Edge Links-concert, om daar tot de ontdekking te komen dat de zangeres "onwel" was, ontdekten later tot hun woede dat Eleanor Shiels die avond in een kroeg samen met twee bekende playboys uitgebreid de spot had gedreven met hun stommiteit. Shiels viel later in een straat in Soho, haar lichaam vol met de dodelijke cocktail van drugs en drank. Niet verrassend werd ze prompt door haar dronken ridders in de steek gelaten. Toen ze later gearresteerd werd en beschuldigd werd van dronkenschap, wangedrag en bezit van verboden middelen, spuugde ze naar verluidt de hele balie op het politiebureau onder ...

Er waren nog meer beledigende verslagen. En andere foto's van een verwarde Eleanor Shiels. Nog meer kwetsende koppen. Maar McCadden had er geen belangstelling meer voor. Hij zag dat de kleinere muren aan zijn rechter- en linkerkant ook volhingen met foto's en krantenberichten over allerlei onderwerpen.

Rechts was het opvallendste een zwartwitfoto van een strenge, oude vrouw die bijna volledig verborgen zat in een zwarte shawl en onwillig voor de halve deur van een villa met een rieten dak poseerde. Daarboven stond de rare kop DE LUSTIGE WEDUWE CONSTANT. Zonder datum. Door de kleren en de buitenkant van het huis schatte McCadden dat de foto zo'n vijftig jaar oud moest zijn, dus ergens eind jaren veertig, begin jaren vijftig was genomen.

Links hing een kort verslag over een nieuw te bouwen farmaceutische fabriek hier in de buurt door de Amerikaanse international Lisenter. Het was zo'n tien jaar eerder uit een landelijke krant geknipt. Daaromheen hingen dingen die ermee te maken hadden. Een verslag van de officiële opening van de fabriek. Een kritisch artikel over de moedermaatschappij uit een Amerikaans blad. Een tekening van de eigenaar, Bill McMullan. Een artikel uit een medisch blad over de mogelijk kwalijke bijwerkingen van een van Lisenters geneesmiddelen.

McCadden bekeek alles even kort, maar had geen tijd om de details in zich op te nemen. Achter hem klonk een zware, geïrriteerde stem beschuldigend: "Hé! Daar mag je helemaal niet komen!"

McCadden draaide zich om. Michael Constant stond midden in de woonkamer. Hij keek woedend en al zijn zichtbare spieren stonden strakgespannen, alsof hij elk moment zou gaan aanvallen.

McCadden trok zijn kaart tevoorschijn, en stelde zichzelf weer voor. Maar Constant was niet onder de indruk.

"Heb je een huiszoekingsbevel?" vroeg hij kwaad.

McCadden trok zijn wenkbrauwen op.

"Huiszoekingsbevel?"

"Zodat je hier legaal naar binnen mag."

"Ik geloof dat u me niet helemaal begrijpt, meneer Constant."

"Hoe kunt u nou weten wat ik begrijp?"

"U bent toch Michael Constant?"

"Wat wil je weten?"

"We doen een onderzoek. Er is melding gemaakt van een gluurder in de heuvels."

"Je moet geen spelletjes met me spelen, begrijp je dat goed?"

"Ja zeker", verzekerde McCadden hem. "Maar hebt u de laatste tijd nog vreemdelingen in de buurt gezien? Iemand die verdacht deed? Ik heb vooral interesse in ..."

"Wil je nu alsjeblieft mijn huis uit gaan?" onderbrak Constant hem. "Niemand heeft je hier naar binnen gevraagd."

"Nou, dat is eerlijk gezegd niet helemaal waar."

"Niemand die jou binnen had mógen vragen."

"Tja, dan is het wat anders."

"Ik zie niets anders."

"Ik dacht dat mevrouw O'Doherty hier ook woonde. Dat is toch zo?"

"Dat gaat je niets aan."

"Rookt u, meneer Constant?"

"Hoezo?"

"Mijn sigaretten zijn op."

"Ik rook niet."

"Niets aan te doen. Wilt u me bij mevrouw O'Doherty verontschuldigen? En haar zeggen dat ik die thee een andere keer kom opdrinken?"

Constant gaf geen antwoord. Zijn pitbullachtige lichaam trilde niet. Hij keek niet eens om toen McCadden naar de voordeur liep.

Misschien gaf hij inderdaad zijn verontschuldigingen aan de brunette door, peinsde McCadden. Of misschien deed hij dat niet. Misschien waardeerde zij zijn manier van boodschappen doorgeven.

Of misschien niet.

Er zat blijkbaar een enorme hoeveelheid agressie in dat kleine mannetje.

6

Er rookte iemand hasj op de nazit na de begrafenis van Artie Logan.

Direct toen hij de lawaaierige kroeg binnenkwam rook McCadden dat zoetige geurtje, dat sterker was dan de gebruikelijke stank van verschaald bier en tabak. Hij dacht onmiddellijk aan de peuken in de zachte aarde naast het huis van Eleanor Shiels en liet die gedachte even vlug weer los. Het was veel te druk in de kroeg voor een speurtocht. En het was het verkeerde moment. Alles beter dan nu een relletje schoppen.

Hij had dorst en worstelde zich door de opeengepakte rouwenden door. Maar bij de bar was het helemaal propvol. Twee tieners, allebei meisjes, werkten zich met rode hoofden in het zweet onder een zee van handen die met papiergeld naar hen wapperden en bestellingen op hen afvuurden. Hun onervarenheid lokte veel commentaar uit. Een grote, breedgeschouderde boer stond met zijn handen in zijn zij voor een plompe, kleine vent in een witkatoenen pak en beschuldigde hem van voordringen. De geüniformeerde chauffeur van McCadden stond ertussen en probeerde de vrede te bewaren.

McCadden gebruikte zijn politiekaart om er snel naartoe te gaan. Maar tegen de tijd dat hij er was waren de gemoederen al bekoeld. De man in het witte pak was verdwenen. En de boer nam een tevreden slok van een groot glas Guinness.

McCadden wenkte zijn chauffeur, hing tegen de bar, trok aan de mouw van een van de voorbijlopende tieners en liet zijn kaart weer zien.

"Een dubbele wodka en een citroenlimonade", bestelde hij zachtjes. "Als je even tijd hebt."

Zijn manier van aanpak trok natuurlijk de aandacht. Maar niet lang. Voor de dorstigen waren de meisjes achter de bar veel interessanter dan zijn slinkse aanpak. En ze waren eerder jaloers dan kwaad op McCadden.

Alleen een van de gasten bleef hem in de gaten houden.

Ze zat op een hoge kruk aan de andere kant van de bar tussen oude bewonderaars en knikte langzaam met haar hoofd over iets wat een tandeloze, oude boer dringend voorstelde, maar haar blauwe ogen keken naar McCadden.

Hij voelde zich gestreeld. Zijn bewonderaarster was de roodharige actrice Cathy Morrison. Het verbaasde hem dat ze hier was. Haar buurman, de plastic actieman, was er al vandoor, hij prefereerde de chique nazit in het Corballymore House, waar de minister van Justitie, de commissaris en Bill McMullan ook waren.

McCaddens toegenomen gevoel van eigenwaarde duurde zo'n dertig secondes, tot zijn drankje kwam. Toen hij zich omdraaide om te betalen zag hij in een flits dat Cathy Morrison daar gebruik van maakte. Zodra hij haar niet meer recht aankeek, dook ze met haar hoofd naar beneden, zette stiekem een joint aan haar lippen en zoog de rook gretig naar binnen.

McCadden zuchtte. Begreep dat iemand haar gewaarschuwd had dat hij van de politie was en dat haar gestaar alleen maar betekende dat ze hem in de gaten hield, niet dat hij haar fascineerde.

Een beetje teleurgesteld liet hij zijn wisselgeld op de bar liggen. Hij mixte zijn drankje, nam een grote slok, draaide zich om en liep naar het einde van de bar.

Ze zagen hem komen. Wisten wat hij was. En vielen stil.

Hij bekeek de eigenaardige groep eens goed. Die geweldige jonge vrouw, rood haar golfde over haar blote schouders, blote benen onder een blauw leren minirokje, neergestreken op een hoge kruk te midden van grijze, oude boeren in ouderwetse pakken. Een kwak erotisch getinte verf tegen een ronde, grijze muur.

Ze was iemand die oudere mannen aantrok, zag hij. De jongere mannen bleven op afstand, begeerden vanuit de verte, waren bang hun zelfbeheersing te verliezen en hartkloppingen te krijgen als ze dichterbij kwamen.

Toen hij bij de groep was stak hij zijn hand uit.

"Carl McCadden."

Ze stak de hare ook uit. Aarzelend.

"Cathy Morrison."

Hij zei: "Ik heb altijd gedacht dat de gewone sigaret een beter attribuut voor een actrice was. Herinner je je nog Lauren Bacall in *Key Largo*? Of Ingrid Bergman in *Casablanca*? De joint van de jaren zestig bedierf het effect. *Klute* misschien. *Easy Rider*? Toch niet ... hetzelfde."

Ze plette de joint die ze gerookt had in een asbak op de bar. Lachte ongemakkelijk.

"Ik weet niet precies wat ik hiervan denken moet."

"Hoezo?"

"Is het kritiek op mijn films? Morele kritiek? Image-advies?"

McCadden haalde zijn schouders op.

"Ik neem aan dat er hier niet ergens een rustig plekje is om met je te praten?"

"Ik neem aan van niet."

"Kunnen we dan even naar buiten gaan? Er is geen tuin of zo, maar er staan een paar banken."

"Een van die voorstellen die je niet kunt weigeren", mompelde ze.

Ze gleed van haar barkruk, vroeg de oudjes om die voor haar vrij te houden en beloofde binnen een paar minuten weer terug te zijn. McCadden ging aan de kant en liet haar voorgaan, wist dat de mensen voor haar veel makkelijker aan de kant zouden gaan dan voor hem. In feite weken ze voor haar uiteen als een diep eerbiedige mensenmassa uit een bijbels epos; als in gebed riepen ze: "Daar is Cathy! Leve Cathy!"

Het enige oponthoud werd door McCaddens chauffeur veroorzaakt, die naast hem opdook en fluisterde: "Sorry meneer, maar als ik me niet vergis, rookt iemand hier cannab..."

"Maakt niet uit", verzekerde McCadden hem. "Heb je inmiddels de commissaris gevonden?"

"Nee, meneer."

"Geeft niet. Blijf zoeken."

Een paar kinderen die genoeg hadden van het begraven van de doden en last kregen van de cafeïne in hun cola renden wild achter elkaar aan naar buiten. McCadden sprong aan de kant om ze door te laten.

Cathy Morrison zette haar drankje op een houten tafel, ging op de bank ernaast zitten en toen ze McCadden zag, ging ze er achterover tegenaan hangen. Kruiste haar benen, pakte een pakje sigaretten en een zilveren aansteker uit haar tasje, duwde het pakje open en bood de inhoud aan.

"Wilt u roken?"

McCadden schudde zijn hoofd.

"Nee, bedankt."

Ze haalde een sigaret uit het pakje, rolde die tussen haar vingers en likte over haar lippen voor ze de filter ertussen stak. Terwijl ze hem opstak imiteerde ze expres de klassieke films waaraan McCadden gedacht had. Ze keek niet naar de vlam die de tabak aanstak. Ze trok haar wenkbrauwen op, keek McCadden recht aan en wachtte op zijn reactie.

Is dit beter? leek ze te vragen.

Maar McCadden gaf geen antwoord en ze kreeg genoeg van het spelletje. Het was zinloos zonder publiek. De halfopgerookte sigaret mikte ze op de grond en verpulverde die onder haar hak. Een beetje van haar stuk gebracht haalde ze haar Ray-ban-zonnebril uit haar tas en zette die op haar neus, zich verontschuldigend dat ze op haar ogen moest letten.

"Vindt u het vervelend?"

Weer schudde McCadden zijn hoofd.

"Nee."

Ze reikte naar achteren om haar glas te pakken, maar dronk er niet van. Ze wees ermee naar het dak.

Ze zei: "Dat was van riet toen ik een kind was. Het zag er geweldig uit. Dit is heel wat anders, hè?"

McCadden was verbaasd.

"Komt u uit deze buurt?"

"Ik ben in Lismore geboren. Kent u dat?"

Hij knikte.

"Kerkdorp", declameerde hij. "Beroemd vanwege zijn kloosters en kerken."

"Toen ik klein was gingen we altijd naar Tramore in de zomervakantie. Vanuit hier kun je de camping zien, aan de overkant van de baai."

"En dan liepen jullie over de zandplaten als het eb was naar de heuvels hier?"

"Soms."

"Kende u Artie Logan?"

"Toen woonde hij hier nog niet."

"Van uw laatste bezoeken?"

"Ja. Ik kende hem. En u?"

"Nee. Ik heb hem nooit ontmoet."

"Maar waarom was u dan op zijn begrafenis?"

"O, voornamelijk nieuwsgierigheid."

"Hoezo?"

"De jonge vrouw die aan het graf naar u toe kwam, na de plechtigheid", zei McCadden. "Kent u haar?"

Cathy Morrison keek hem ernstig aan. Zelfs vanachter haar Rayban was haar angst voelbaar.

"U bent van de politie, hè?"

"Inspecteur."

"Waarom wilt u dat weten? Is dit een officieel onderzoek? Want we hebben te horen gekregen van het hoofd van de veiligheidsdienst van de productiemaatschappij dat alles via hem zou lopen."

McCadden fronste zijn wenkbrauwen.

"Ik snap het niet", bekende hij. "Over welke productiemaatschappij hebt u het?"

"Van de film."

"Welke film?"

Dit negeren van haar carrière leek haar meer te raken dan al het andere. Ze snauwde: "Waarom denkt u godverdomme dat we hier allemaal in deze uithoek van de wereld zitten? We maken hier een film."

"In de heuvels?"

"Ja, in de heuvels."

"Hoe heet hij?"

"*Sacrifice*."

"Waar gaat het over?"

"Geen idee."

"U hebt geen idee?"

"Ik bedoel dat ik het daar niet met u over mag hebben. Ik moet u doorverwijzen naar de publiciteitsafdeling."

"Oké. Geen probleem."

"Ze hebben ons verteld dat er wat moeilijkheden konden ontstaan over de locatie."

"En was dat zo?"

"Tot nu toe heb ik er niets van gemerkt. Maar daarom wil ik wel weten of uw onderzoek officieel is of niet."

McCadden ging op dezelfde bank als Cathy Morrison zitten, aan haar linkerkant. Ze moest zich wat omdraaien om naar hem te kunnen kijken. Hij dronk zijn glas leeg en zette het op de bank.

"Het zit zo", begon hij. "Er is een mogelijkheid – en niet meer dan dat – dat er hier in de buurt een gluurder rondloopt. Ik vond Ellen O'Doherty nogal nerveus. Daarom wil ik wat meer over haar weten."

Cathy Morrison pakte een nieuwe sigaret. Maar deze keer zoog ze de nicotine voor haar plezier naar binnen. Toen ze gekalmeerd was zei ze: "U hebt gelijk. Ik ken Ellen. Al een jaar of zeven, acht."

"Van vakanties hier in de buurt?"

"Nee, om u de waarheid te zeggen van de universiteit in Dublin. We deden allebei drama."

'Was ze actrice?"

"En een goede."

"Dus haar handicap is van de laatste tijd?"

"Zo'n acht maanden geleden, denk ik. In elk geval minder dan twee jaar geleden."

"Wat is er gebeurd?"

"Weet ik niet precies. Niet zeker. Blijkbaar was ze op een soort survivaltocht met een werkgroep."

"Van het toneel?"
"Nee. Volgens mij wilde ze aan haar acteerprestaties werken. Zomerwerk. Hoe dan ook, ze viel van een rots. Het heeft destijds in de kranten gestaan."
"Kenden jullie elkaar goed?"
"Niet echt. Natuurlijk is er een band als je uit dezelfde streek komt en elkaar toevallig in Dublin tegenkomt ... Maar ik ging na school naar Amerika en zij bleef hier. Ik neem aan dat ik geluk heb gehad. Ik kreeg de kans. We hebben elkaar een paar keer geschreven, maar daar bleef het dan ook wel bij. En ook dat hield al gauw op."
"Waarom wilde ze u vandaag zo graag spreken?"
"Eh, ja ..."
"Het was volgens mij meer dan de draad oppakken van een oude vriendschap."
"Volgens mij kan ze zich niets meer van het ongeval herinneren en ik denk dat ze ook niet beseft hoe zwaar haar verwondingen zijn. Ze kan zich haar carrière nog wel herinneren en helaas hoopt ze op een comeback. Ik hou mijn hart vast."
"Dus het is onmogelijk?"
"Duidelijk."
"Kent u de man met wie ze vandaag was? Michael Constant?"
"Ik heb hem een keer ontmoet. Ik vind hem niet aardig."
"Waarom niet?"
"Waarschijnlijk omdat ik hun relatie niet gezond vind."
"Hoezo?"
Ze haalde haar schouders op.
"Persoonlijke mening? Op basis van een enkele ontmoeting? Hij heeft graag alles onder controle. Zij is wanhopig. Een slechte combinatie. En ik kan het weten."
McCadden viel stil en dacht na over wat er besloten lag in de laatste zin.
Andere bezoekers van de nazit hadden inmiddels de kroeg verlaten, maar hingen nog steeds in de buurt van het gebouw rond. Ze hoorden hen lachen.
Hij zei: "Ik heb waarschijnlijk uw drankje verpest."
Zij schudde haar hoofd.

“Nee, niet mijn drankje.”
“Uw voorliefde voor films uit de jaren zestig dan.”
“Dat is net zo’n eufemisme als alle andere.”
“Wat drínkt u dan?”
“Whisky. Met ijs. En rode grenadine.”
“Zal ik er nog een voor u halen? Ik hoop dat u daar dan wel van kunt genieten.”
“Niet alleen, hoop ik?”
Hij glimlachte.
“Volgens mij vindt u het heel erg om hier alleen achter te blijven, hè?”

7

De volgende dag om zeven uur, een uur voor de wekker zou afgaan, werd McCadden wakker – half wakker – met de geur van hasj in zijn neus. Ongelovig en nog groggy zweefde hij eventjes tussen droom en nachtmerrie. Hij verbeeldde zich dat Cathy Morrisons donkerrode haar op het kussen naast hem lag uitgespreid terwijl zij smachtend een joint rookte. Maar toen hij zijn hand uitstrekte om haar aan te raken versnipperde het beeld en veranderde het in een grote bedreigende schim die hem afstandelijk vanuit een donkere, bloedrode achtergrond aanstaarde en ook een joint rookte.

En eindelijk was hij helemaal wakker, schoot overeind en bleef verstijfd zitten. Hij hijgde onregelmatig, maar kreeg zijn adem onder controle en luisterde naar de geluiden die de insluiper, wiens aanwezigheid hij voelde, maakte.

Ergens in het huis kraakte hout van de warmte. Vanuit zijn slaapkamerraam zag hij zwaluwen onder het dak vliegen.

Maar verder niets.

Hij zweette heel erg, trapte het laken waar hij onder geslapen had van zich af en sprong uit bed. Behoedzaam sloop hij de houten trap af van de zolder naar de woonkamer, nog steeds bezorgd, hoewel hij nu wel wist dat de littekens en de hasjgeur alleen maar in zijn hoofd zaten.

Hij douchte, kleedde zich aan en maakte een ontbijt van verse koffie, toast en müsli, maar dronk alleen de koffie op. En dat allemaal enigszins beneveld en gedesoriënteerd, alsof hij een enorme kater had.

Zijn hoofd werd die hele ochtend niet helder. Hij was er gewoon niet helemaal bij. Hij reed schutterig naar zijn werk. Zat stompzinnig achter zijn bureau en staarde naar een kort verslag zonder de inhoud in zich op te nemen. Hij hoorde de dingen als door een dikke mist en antwoordde maar heel af en toe. Hij nam een telefoontje aan van ene Mak McLeod, een tweedehandsplatenhandelaar, die de achtergrondinformatie over Eleanor Shiels had waar hij om gevraagd had, maar was veel te duf om de informatie in zich op te nemen en stelde voor dat hij een keer naar de winkel zou komen. En ergens in de middag, toen de grote, onbehouwen rechercheur Frank Ryan binnenwaggelde, een opengeslagen krant op zijn bureau wierp en de vette geur van een van zijn onvermijdelijke donuts het vertrek begon te vullen, rook hij de hasjlucht weer.

"Frank?" vroeg hij.

"Hm?"

"Ruik jij ook dat specifieke luchtje ..."

"Luchtje? Waarvan?"

"Ach, laat maar."

"Donuts?"

"Laat maar zitten, Frank."

"Ik heb net een paar donuts op."

"Dat is het dan waarschijnlijk."

"We gaan nu ergens wat eten. Heb je zin om mee te gaan?"

"Nee, nee ..."

"Dan zie ik je straks wel, oké? We willen allemaal het verhaal horen."

"Verhaal?"

McCadden had een waardeloze lunch, alleen. Reed naar de rechtbank om te getuigen in een inbraakzaak. Reed weer terug toen hij te laat te horen kreeg dat die zaak uitgesteld was omdat de bewijslast nog niet rond was. Soms maakte hij zich bezorgd over de hasjlucht. Soms niet. En vroeg zich af of hij de werkdruk net zo makkelijk aankon als vroeger.

Tegen de tijd dat Ryan terugkwam, iets na tweeën, was hij hun eerdere gesprek totaal vergeten. De eenlettergrepige herinnering van de rechercheur zei hem niets.

"Nou?"
"Wat 'nou'?"
"Is het waar?"
"Wat is waar? Waar heb je het over, Frank?"
"Heb je dat verslag gelezen?"
"Nee. Welk verslag?"

Ryan ging zoeken. Op het bureau. Op de vloer eronder. Hij vond de krant in een bruine map. Nog steeds open op de bladzijde die hij had opengeslagen. Hij vouwde de krant twee keer zodat één artikel eruit sprong en gaf het toen aan McCadden.

McCadden las. Langzaam.

Onder de kop GARDA-MOORDONDERZOEKSTEAM TERUG stond een kort verslag.

Binnen een paar weken wordt de mededeling van de minister van Justitie, Niall McAwley, verwacht dat het landelijke moordonderzoeksteam binnen het Garda Síochána weer zal worden opgezet. De beroemde afdeling, in de jaren tachtig op een omstreden wijze ontmanteld, zal opnieuw een elite-eenheid vormen, die zich uitsluitend bezig zal houden met moordonderzoeken door het hele land. De afdeling zal bemand worden door zeer ervaren agenten op het gebied van moordonderzoeken en zal kantoor houden op het Garda-hoofdkwartier in Phoenixpark, Dublin. Volgens insiders zijn de kandidaten voor de prestigieuze vacature van leider van deze eenheid commissaris Joe Havelin van het National Bureau of Criminal Investigation, inspecteur Tom Reynolds van Special Branch en inspecteur Carl McCadden van Head of Detectives in Waterford (...)

De laatste jaren was de druk om de afdeling weer op te zetten toegenomen door het hoge percentage onopgeloste moorden, vooral onder jonge vrouwen. Het tij is gekeerd ten gunste van degenen die menen dat aparte onderzoeken in de verschillende districten, vaak geleid door agenten met weinig of geen moordonderzoekservaring, die vaak met interne concurrentie te maken hebben, niet alleen onnodig (en meestal overbodig) veel geld kosten, maar ook de kans op het ontdekken van overeenkomsten tussen de moorden verkleint. De mogelijkheid dat een seriemoordenaar in Ierland actief is en op verschillende locaties weerloze jonge vrouwen belaagt, is een spookbeeld voor leidende figuren binnen Garda en het ministerie van Justitie en is angstaanjagend voor de gewone mensen ...

McCadden las het nog een keer, fronste zijn wenkbrauwen en keek op naar een afwachtende Ryan. Hij schudde zijn hoofd.

"Ik weet van niets."

"Oké, ik weet dat er nog niets officiéél bekend is", begreep Ryan.

"Nee. Maar eerlijk, Frank, ik weet van niets. Officieel. Onofficieel. Shortlists. Afwijzingen. Ik weet van niets."

"Maar heb je ernaar gesolliciteerd?"

"Ja, dat wel."

"En zou je het doen?"

"Doen?"

"De baan. Als het je werd aangeboden. Hoofd van het moordonderzoeksteam."

"Natuurlijk doe ik het dan, Frank. Anders zou ik niet gesolliciteerd hebben."

"Dan kun je je speech alvast gaan schrijven. De commissaris is boven naar je op zoek. En hij heeft net telefoontjes gehad van de minister en de hoofdcommissaris."

Cody stond naast het raam in zijn kantoor met zijn rug naar de deur en keek naar de parkeerplaats. Zijn handen in zijn broekzakken, waardoor het achterpand van zijn uniformjasje opgetrokken zat. Een onaangestoken pijp stak tussen zijn tanden.

Hij zei niets toen McCadden klopte. En draaide zich niet om toen de deur openging. Toen hij zijn bezoeker in het raam weerspiegeld zag, zei hij scherp: "Ga zitten, inspecteur."

McCadden ging zitten en probeerde ondertussen Cody's humeur te peilen aan de hand van dit formele verzoek. De man was boos, nerveus en bokkig. Maar dat was hij de laatste tijd wel vaker; het hoefde niets te betekenen. Hij was al zo vanaf de begrafenis gisteren.

Een tijdlang zei Cody niets. Zelfs nadat hij zich omgedraaid had en bij McCadden aan het bureau was gaan zitten speelde hij onrustig met de pijp die hij uit zijn mond had gehaald, maakte de kop schoon en stopte er nieuwe tabak in. Eindelijk kuchte hij en mopperde: "Ik begrijp dat je Cathy Morrison kent, inspecteur?"

McCadden fronste zijn wenkbrauwen. Was op zijn hoede.

"Cathy Morrison?"

"Een actrice. Was gisteren op de begrafenis. Om de een of andere reden was ze daarna niet in Corballymore House, maar je kunt haar gezien hebben."

McCadden knikte bedachtzaam.

"Ja, ik heb haar daar gezien."

"Dan zul je ook wel gehoord hebben dat ze een film in Brownstown Head aan het opnemen zijn?"

"Ik geloof dat die *Sacrifice* heet, is het niet?"

"*Sacrifice*", bevestigde Cody. Hij zuchtte diep, keek in de tabakszak die hij in zijn hand had, trok een la open en legde de pijp daarin. "Het project loopt nu tegen plaatselijke moeilijkheden op. Een paar inwoners zijn ertegen. Niet veel. In feite maar een kleine minderheid. Maar daar zijn wel buitenstaanders op afgekomen, die er ook tegen willen optreden. Het vervelende van het geval is ... ze zijn hier nu drie weken en vertrekken komende vrijdag. Tot nu toe is het rustig gebleven, alleen wat verbaal geweld. Maar dat is veranderd."

"Op wat voor manier?"

"Afgelopen nacht werd mevrouw Morrison mishandeld."

McCadden schoot rechtop in zijn stoel, kreeg een vreemd gevoel in zijn maag.

"Hoe erg is het?" wilde hij weten.

"De plaatselijke brigadier", ging Cody verder. Hij stopte, bladerde tussen paperassen die hij met zijn linkerhand naar zich toe trok. "Mullaney", las hij voor. "Hij werd naar de plaats delict geroepen nadat een voorbijganger mevrouw Morrison bewusteloos had gevonden. Toen hij ter plaatse was, kwam ze net bij.

De filmmaatschappij wil de mishandeling liever niet in de publiciteit brengen, maar het is nu een Garda-zaak en ze hebben er niets meer over te zeggen."

"Die actrice", vroeg McCadden weer, "was ze zwaar gewond?"

"Ze is een nacht ter observatie in het ziekenhuis gehouden. Vanochtend mocht ze naar huis. Denk je dat het je lukt om er voor vijf uur vanmiddag even langs te gaan?"

"Dat lijkt me wel, ja."

"Blijkbaar vróég ze naar jou."

"Vroeg ze naar míj?"

"Persoonlijk."

"Oké. Nou, ik heb haar inderdaad gisteren na de begrafenis ontmoet ..."

"Haar verzoek is helemaal naar boven gegaan, inspecteur, en toen weer helemaal naar beneden. De hoofdcommissaris heeft me hierover in de lunchpauze gebeld. Net toen ik naar mijn vrouw wilde gaan. En de hoofdcommissaris had een telefoontje van het ministerie gehad. Ik neem aan dat je ook de minister van Justitie op de begrafenis gezien hebt?"

"Vanuit de verte, ja."

Cody maakte een brug van zijn handen, leunde zwaar op het bureau en legde al zijn boosheid in de koude blik waarmee hij McCadden aankeek.

"Hij is een vriend van de filmproducer, Bill McMullan. Blijkbaar wil zijn partij een tweede kandidaat uit dit kiesdistrict naar de volgende verkiezingen afvaardigen. De film en McMullans farmaceutische fabriek zorgen voor een heleboel werkgelegenheid in dit gebied."

McCadden trok een wenkbrauw op.

"Oké ..."

"Dat was het, inspecteur", deelde Cody hem mee, nu op ijzige toon. Hij mocht gaan. "Zorg ervoor dat je rond vijf uur in Brownstown bent, ja? Heeft iets met hun draaiboek te maken."

"Oké ..."

8

Mak McLeod, midden vijftig, was een overblijfsel uit een vorige eeuw. Een lange lat in een flodderige spijkerbroek en een prachtig paars overhemd, met een golvende grijze baard en een rechte pony en met zoveel gezichtshaar dat zijn helderblauwe ogen leken op roofdierogen vanuit de bosjes.

Het winkeltje in Highstreet, tussen fastfoodtenten, computerwinkels en boetiekjes, leek ook een overblijfsel uit andere tijden. Binnen had hij een foto aan de muur hangen van de straat meer dan dertig jaar geleden. Zijn winkeltje had de enige voorgevel die niet veranderd was, behalve het handgeschilderde bord met de naam erop en met wat er verkocht werd. Destijds was het een bakkerij.

Een ontwikkelaar had geprobeerd hem uit te kopen. Onderdeel van een campagne om het rijtje plastic gevels een prettiger aanblik te geven. Maar zijn huurcontract was goed opgesteld en hij was hardnekkig, niet in geld geïnteresseerd en niet te vermurwen, ook niet onder druk.

Binnen was de inrichting eenvoudig. McLeod zat achter in de winkel achter een hoge toonbank boven zijn handel verheven. Althans, dat moest het oorspronkelijke plan geweest zijn. Maar hij was niet het type dat van afstand hield, ondanks zijn ogen. Hij was veel te enthousiast over zijn handel. Het grootste deel van de tijd was hij in de winkel te vinden, op hetzelfde niveau als zijn klanten, en scharrelde met hen tussen de houten en kartonnen bakken waarin een enorme collectie lp's, ep's, oude singletjes en cassettebandjes zat met alle genres van de twintigste-eeuwse muziek, en elke stijl uit elke periode.

Voor de handel werd altijd alle tijd genomen. Er was niemand die er naar binnen ging, naar een album vroeg en de zaak verliet met alleen datgene waarvoor hij gekomen was. McLeod kende geen losse nummers; bij elk liedje hoorde een verhaal, vond hij. En over elk verhaal diende gepraat te worden.

Toen McCadden die middag naar binnen stapte was het net na drieën en hield hij de klok al in de gaten. McLeod was iemand aan het helpen. Een stokoude man met een hondenriem in zijn ene hand leunde met de andere hand zwaar op een wandelstok en zocht een vroege opname van Fats Domino.

McCadden besloot ze vijf minuten te geven, snuffelde wat rond om de tijd te doden, vond *The Manchester Angel* van Ewan MacColl en een Deense opname van Sandy Denny and the Strawbs uit 1967, besloot ze allebei te kopen en vergat de tijd.

Uiteindelijk schrok hij van McLeods stem achter zich.

"Ik kan wel aan een paar vroege MacColl-albums van Topic komen voor u, als u daar belangstelling voor hebt."

"Wat?"

"Als u die verzamelt. Ewan MacColl?"

"Oké ..."

"Een paar maanden geleden is er trouwens een verzamel-cd van Sandy Denny uitgebracht. Maar daar bent u niet naar op zoek. En ik verkoop ze niet. Cd's worden hier in deze winkel allang niet meer verkocht. Steriel. Geen oppervlakteruis. Geen achtergrondruis. Steriele opnames. Typisch voor deze tijd. Bang voor aids. Geobsedeerd door genen. Ongezond. Afglijdend. Ik heb u hier nog niet eerder mogen begroeten. Bent u pas in de stad komen wonen?"

Hoewel hij geïrriteerd was door het praatje, lukte het McCadden om het kort te houden.

"Ik ben Carl McCadden. Ik heb u vanochtend aan de telefoon gehad."

McLeods ogen lichtten op.

"O ja! De Eleanor Shiels man. Grappig. Zo hoor je jarenlang

niets over een artiest en zo wil iedereen van alle kanten er iets over weten. Wat is dat met jullie? Richten jullie een fanclub op of zo?"

McCadden was zo verbaasd dat hij een fout maakte. In plaats van dat hij voorzichtig zijn voelhorens uitstrekte verknoeide hij het meteen: "Jullie?"

McLeod was scherp. Onmiddellijk op zijn hoede, voelde hij dat hier meer achter zat dan muziek. Hij zei behoedzaam: "Ja. U bent al de tweede deze maand die naar Eleanor Shiels vraagt."

"Wie was de eerste?"

McLeod glimlachte.

"Ha, eh … ik denk dat ik daar niets over kan zeggen."

"Kom op", zei McCadden. "We hebben het over muziek, niet over een vertrouwelijke rekening van iemand."

"Maar u bent een agent, toch?"

"Ja, ik ben een agent."

"En ik heb een reputatie hoog te houden. Hier hoort een praatje bij de muziek."

McCadden knikte.

"Oké, dat lijkt me niet onredelijk. Wat hebt u trouwens voor me?"

"U wilde verhalen over Eleanor Shiels?"

"Kort graag. Anders moet ik de oude kranten doornemen. Niets dat niet openbaar is gemaakt."

McLeod lachte en draaide zich om. Hij tilde het toonbankblad omhoog, liep naar een duivenkastje daarachter en kwam met een lp en een cassette terug. De lp was het debuutalbum van Eleanor Shiels uit 1972, *Dead Certain*. Op de voorkant stond een zwartwitfoto van de zangeres in haar beroemde pose, die zijwaartse blik over de naakte schouder.

"Ik heb dit voor u", legde McLeod uit. "Er is nooit een cassette van gemaakt. Ik zal het op een bandje zetten, zodat u het in de auto kunt draaien. Ik kan ook aan de rest komen. Het andere soloalbum. De twee albums die ze met Edge Link heeft opgenomen. Er zijn een paar van mijn contacten aan het speuren. Twee weken. Hoogstens een maand. U zei dat u achtergrondinformatie over haar wilde hebben. Hoeveel weet u?"

"Alleen maar vage dingen. Ik was vijftien toen ze er in 1975 mee ophield."

"Vijftien? Een jaar jonger dan Eleanor Shiels zelf toen ze begin 1971 naar Londen kwam met niet veel meer dan een oude Gibson-gitaar. Ze liep daar de folkclubs af. Werd bekend. Maakte een paar soloalbums. Kreeg veel zendtijd op Radio One. Begin 1973 ontmoette ze Dave Pennick. Pennick speelde viool, gitaar, mandoline ... en alles waar hij geluid uit kon krijgen. Hij had ook een drummer, een basgitarist en een leadgitarist. En belangrijker, hij was een begaafd arrangeur en producer. En daar begonnen de band Edge Link en de carrière van Eleanor Shiels. Hun muziek bracht rock, Ierse folk en de oude muziek samen. Wát een openbaring destijds. De nummers die ze brachten, werden tegelijkertijd harder, politieker, radicaler en persoonlijker. Vaak waren het covers. Soms van oude songs als *Barbara Allen*. Soms van moderne, als *No Men's Land* van Richard Thompson. Maar de songs van haarzelf waren beter. Ik bedoel: beter voor haar. Niemand kent ze nu nog. Als mensen haar nog kennen, is het als zangeres, niet als songwriter. Kent u *My Old Man Shot Me With A Camera*?"

McCadden schudde zijn hoofd.

"Nee."

"Een liedje van haar. Grappig, maar zwartgallig, net als al haar andere liedjes. Een tienermeisje wordt door haar vader in een ongebruikelijke pose gefotografeerd. Het is een conventioneel beeld, maar de vader vindt het aantrekkelijk. En het beeld wordt permanent op het moment dat het negatief ontwikkeld wordt. De foto is niet echt. Een momentopname. Maar hangt als een molensteen om de nek van het kind tot ze het niet meer aankan, een pistool in haar mond steekt en de trekker overhaalt. Maar het was uiteraard de camera die schoot."

"Eleanor Shiels houdt nogal van beelden."

"Het was een thema, zeker. Vooral door haar teksten. Niet het gebruikelijke tienerbeeld van een kooi. U weet wel: pap aan het werk, mam in de keuken, priester op de kansel, smeris aan je voordeur. Wat subtieler dan. Het spul dat je geest bederft.

Foto's. Poses. Beelden. Platenhoezen. Haar opnames en optredens werden radicaler en politieker, maar haar privé-leven ging de andere kant op. Die kloof was er altijd. De barsten waren al voor de serie grote concerten zichtbaar, voor ze echt beroemd werd. Ze werden natuurlijk wel duidelijker. Hoe moest ze dat oplossen? Ze kwam niet opdagen voor concerten, tot ze in 1975 permanent wegbleef. Ze verdween gewoon. Kwam jarenlang niet boven water, terwijl het leven ondertussen zonder haar verder ging. Ze hadden haar vergeten. Het is nog steeds een raadsel. Voor mij in elk geval wel. Ik heb nog nooit iemand ontmoet die wist waar ze zat."

Een paar klanten waren de zaak binnengelopen, liepen een paar keer heen en weer en wachtten nu ongeduldig op hun beurt. McCaddens polshorloge piepte, waarschuwde hem dat het vier uur was en dat hij minder dan een uur had om op de filmset in Brownstown te verschijnen. En nog wilde hij zich niet van Eleanor Shiels' fascinerende geschiedenis losrukken.

Tot McLeod weer in zijn verkopersrol teruggleed.

"Wilt u de lp *Dead Certain* meenemen? Ik doe het bandje er gewoon bij."

"Ja. Bedankt ..."

"En die van Ewan MacColl en Sandy Denny?"

"Ja, die neem ik ook maar mee."

"En moet ik de andere platen van Eleanor Shiels voor u aanschaffen?"

McCadden stond op Merchant's Quay geparkeerd, een klein eindje van McLeods winkel vandaan. Toen hij in de Mondeo zat, stopte hij het sleuteltje in het contact, het bandje in het cassettedek en luisterde naar het beginnummer terwijl de motor al liep. *The First Time Ever I Saw Your Face*. Een vrij traditionele versie van het liefdeslied. De gitaar was goed, maar niet bijzonder. Maar de stem was geweldig. Helder en zuiver. En sterk genoeg om de luisteraar moeiteloos te boeien.

Hij voegde zich tussen het vroege spitsuur, sloeg rechtsaf Barronstrand Street in en luisterde ondertussen. *Running From Home* was het tweede nummer. Daarna *She Moves Through The*

Fair. En zijn gevoel was bij alle nummers hetzelfde: het besef dat hij een groot talent hoorde dat nog niet echt een persoonlijke stijl gevonden had.

Een kleine verkeersopstopping door een ongeluk op Broad Street, rukte McCadden los van de muziek. Hij wurmde zich uit de opstopping, liet zich helpen door een geüniformeerde agent die net aan kwam lopen, reed Michael Street in en wilde het groene verkeerslicht bij het kruispunt halen toen hij weer werd afgeleid. Even dacht hij dat het weer zo'n wazig beeld was waar hij de hele dag al last van had. Alleen was deze keer niet hasj de oorzaak.

Omdat hij een slingerende fietser wilde inhalen keek hij in zijn linker buitenspiegel om te zien of de weg vrij was. In een flits zag hij, net toen hij weer voor zich op de weg moest kijken, een verwilderde, bekende figuur naast de ingang van een fastfoodwinkel staan die spiedend rondkeek. Een grote man. Heel groot. Donker haar. En een litteken op zijn linkerwang.

Rookie Wallace?

McCadden stond boven op zijn rem. Helaas zat er een opzichtige lesauto achter hem. En die rijlesser reed veel te dicht achter hem. Hij reageerde laat, maakte eerst een schuiver, raakte in paniek en trapte toen pas op de rem. De auto raakte direct in een slip en gleed met de zijkant in de richting van de achterlichten van de Mondeo, tot McCadden het gaspedaal diep intrapte en buiten bereik van de lesauto over de stoep naar voren schoot.

De auto achter hem moest zo'n twaalf jaar oud zijn, berekende McCadden. De slechtste combinatie op aarde, vond hij. Een jonge, mannelijke lesser in een oude rammelkar. Zoveel om de wereld te bewijzen en zo oneerlijk behandeld, zelfs met testosteron in de tank.

De jongen sprong uit zijn super-Mini nadat hij hem midden op de straat had weten te parkeren zonder iets te raken.

"Wat godverdomme ..."

McCadden zwaaide met zijn politiekaart naar hem terwijl hij terugliep.

"Hou je mond", adviseerde hij. "En verdwijn."

Wallace, voorzover hij had kunnen zien – áls het tenminste Wallace was – had een donkergroen shirt en een zwarte spijkerbroek aan. Niet opvallend. Maar ook niet origineel.

Hij stond niet meer voor het restaurant. En, paradoxaal genoeg, was het zijn afwézigheid waardoor McCadden ervan overtuigd was dat hij er inderdaad gestaan had.

Wallace had natuurlijk de piepende banden gehoord, vermoedde McCadden. Hij had opgekeken. Gezien dat er moeilijkheden zijn kant op kwamen. En was ervandoor gegaan. In tegenstelling tot alle anderen in de buurt, onder wie het oude Amerikaanse echtpaar naast hem, die allemaal op het opstootje afkwamen, tuk op melodrama. Want zíj hadden geen reden om ergens voor weg te rennen.

McCadden werkte zich door de menigte heen, maar zijn hoop was verdwenen. Hij had maar een kans van een op vier dat hij de goede weg uitkoos op het kruispunt. En die kans werd bij elke zijstraat die Wallace genomen zou kunnen hebben, kleiner. Tot zelfs de kans dat hij een donkergroen shirt zou zien tot nul gedaald was.

Gefrustreerd liep McCadden naar de Mondeo terug. De jongen in de rammelende super-Mini had de eer aan zichzelf gehouden en was vertrokken. De meeste mensen waren ook weggegaan. Een klein groepje vasthoudende avonturiers hoopte dat het drama nog niet afgelopen was en sprak elkaars versie van het gebeuren op de stoep tegen.

McCadden stapte in de wagen. De motor draaide niet meer, maar het contact stond nog aan. De cassette van Eleanor Shiels was aan het einde van de eerste kant en zoemde. McCadden haalde het bandje eruit, draaide het om en liet het terugspoelen. Hij keek op zijn horloge en zag dat hij nog maar dertig minuten had om op tijd op de set te zijn, wat de minister van Justitie graag wilde, en dus ook de commissaris en zijn eigen hoofdcommissaris.

Terwijl hij de motor startte was de cassette klaar met spoelen en klikte hij op *play*.

Het eerste nummer van de achterkant was *The Night Before Larry Was Stretched.*

9

Voor de drie weken durende opnames voor *Sacrifice* in deze buurt had de productiemaatschappij de openbare parkeerplaats naast de ingang van Brownstown Head van de gemeente gehuurd.

McCadden was er vijf minuten voor zijn deadline.

De parkeerplaats zelf, volgepropt met trucks, tenten en caravans, was het middelpunt van hectische maar strak georganiseerde activiteiten. Op dit moment waren het strand en de duinen erachter allebei leeg. Maar de weg ernaartoe – een smal aflopend paadje dat van de hoofdweg afboog – was chaotisch vol.

Een colonne jonge bewakers, allemaal in gevechtskleding, militaire laarzen en bivakmutsen, liep agressief heen en weer en zong hard. McCadden dacht eerst dat ze bij de film hoorden. Ze zagen er onecht en overdreven genoeg uit om erbij te horen. Maar hun kleding was helemaal verkeerd. De acteurs zaten op de parkeerplaats en droegen spullen uit de jaren vijftig. Of in elk geval wat Hollywood dacht dat de Ieren in de jaren vijftig droegen. Versleten wollen broeken, wollen vesten, petten en af en toe een gespikkelde zakdoek die zwierig om de gespierde nek van een jonge vent zat.

En daarnaast waren er affiches, die de betogers heen en weer zwaaiden met vernietigende kritiek op het medium film. DE CAMERA STEELT ONZE ZIEL, meldde er een, en herhaalde daarmee een oud bijgeloof én het onderwerp van het lied van Eleanor Shiels dat McCadden even tevoren had gehoord. Andere waren directer. WEG MET DE PLUNDERAARS. GEEN UITBUITING. RESERVAAT, GEEN OPNAMES.

Als dat alles was geweest, had McCadden kunnen onderhandelen, zijn werk kunnen afronden en op de terugweg de reden van de protesten kunnen vragen. Maar er was meer en het dreigde uit de hand te lopen. De beveiligingsmensen van de filmmaatschappij provoceerden een confrontatie en drongen naar voren om de betogers op een gevaarlijk klein stukje grond in te sluiten. En er waren agressieve inwoners die liever de betogers uitscholden dan dat ze hun eigen standpunt duidelijk maakten. Die enthousiast de beveiligingsmensen aanmoedigden in hun poging de betogers in te sluiten en mopperden als die zich even inhielden.

Het enige obstakel tussen de groepen waren de alomtegenwoordige brigadier Mullaney en een zenuwachtige agent die naast hem stond.

McCadden riep de brigadier, knikte in de richting van de betogers en trok vragend een wenkbrauw op.

"Komen uit Dublin, meneer", vertelde Mullaney, alsof dat een grote misdaad was.

"Oké. Maar wie zíjn het?"

"Mensen die zichzelf 'eco-strijders' noemen. Sommigen komen rechtstreeks van het protest bij de snelweg in de Glen o'the Downs. Ze zijn hier sinds afgelopen nacht en hebben hier hun kamp opgeslagen."

"Waarom?"

"De duinen, meneer, de Tramore Burrow, het vogelreservaat. In het contract met de filmmaatschappij is de bescherming daarvan geregeld, maar de betogers vinden dat niet genoeg. Ze zeggen dat het reservaat verwoest wordt. Niemand is het met ze eens. En zoals u kunt zien, moeten de bewoners ze ook niet."

Nee, dat denk ik ook niet, dacht McCadden. De betogers waren waarschijnlijk studenten, waarschijnlijk zonder geld, en zeker zonder dollars om hun idealisme aantrekkelijker te maken. Hij stond niet achter zijn scepsis.

Hij zei: "Ik wil een afgevaardigde van de betogers hier hebben, en een afgevaardigde van de bewoners. Een van allebei. En het hoofd Beveiliging van de filmmaatschappij."

De afgevaardigde van de betogers bleek, toen ze haar bivakmuts afzette, een knappe blondine te zijn wier glimlach veel meer stemmen zou winnen dan haar verhaal. Ze leek het minst van iedereen die McCadden ooit in zijn leven gezien had, op een strijder. Maar deze bijzonder incorrecte mening hield hij voor zich. Voor het evenwicht was de vertegenwoordiger van de bewoners een verdorde oude heer die de moderne wereld met zijn wandelstok bleef bedreigen.

Het hoofd Beveiliging had meer tijd nodig om naar de onderhandelingsplaats te komen. Maar toen hij eindelijk verscheen, begeleid door een van zijn mensen vanuit een caravan op de parkeerplaats en langs de buitenste hekken liep, nam McCaddens optimisme wat af.

Weer een bekend gezicht. Weer een vervelende geschiedenis.

Het was Paul Hyland, ex-rechercheur. Een vent die door de jaren heen McCadden ongeveer net zo vaak gered als in de steek gelaten had. Charmant. Onweerstaanbaar. En absoluut niet betrouwbaar. Tot over zijn oren in de gokschulden, seksuele verwikkelingen en dubieuze vrienden, had hij het korps zo'n zes maanden eerder verlaten. Waarschijnlijk voor zo'n vervloekt intern onderzoek. En het was duidelijk dat alles weer op zijn pootjes terecht was gekomen.

Gelukkig maakte hij geen gebruik van het feit dat hij McCadden kende. Hij hield zijn kiezen op elkaar en knikte.

"Ongeacht de grensafspraken die jullie met de gemeente gemaakt hebben", zei McCadden tegen hem, "zetten jullie hier ook hekken neer en blijven jullie mensen daarachter. En wat jullie betreft … daar gaan jullie niet voorbij. Jullie mogen allemaal op een vreedzame manier jullie standpunt duidelijk maken …"

Hij wilde met zijn toespraak niet de orde bewaren. Woorden alleen kregen dat nooit voor elkaar. Het was een demarcatiepunt, een verduidelijking van wat wel en wat niet toegestaan was. Iets waarover iedereen een tijdje moest nadenken. Iets om de verhitte gemoederen wat af te koelen.

Toen hij met Hyland naar de caravan van Cathy Morrison liep keek McCadden achterom en telde de eco-strijders.

"Negen directe verdachten voor de mishandeling", zei hij.

Hyland schudde zijn hoofd.

"Nee."

"Denk je dat ze zoiets niet durven? Fanatisme vindt soms een hevige uitlaatklep."

"Volgens mij heeft iemand anders het gedaan."

"O? Wie dan?"

Hyland gaf geen antwoord. Hij tikte op McCaddens mouw en zei zachtjes: "Ik praat later nog wel met je. Aan je linkerkant. Glimlach als je hem ziet."

McCadden keek en zag de gepolijste Amerikaan Bill McMullan in een groene ruitjesbroek, groen shirt en wit jasje onder de luifel van een kleine tent staan en wuifde naar hem.

McMullan loeide.

"Meneer McCadden!"

Alsof hij per afstandsbediening bestuurd werd, veranderde Hyland onmiddellijk van richting en trok McCadden met zich mee. McMullan kwam al roepend dichterbij. Een luidruchtige man. Schreeuwerig. Zich zeer bewust van zijn macht. Hij schudde McCaddens hand net zo krachtig als zijn mond overliep van complimenten.

"Goed u te ontmoeten, meneer McCadden. Heb uw naam al een paar keer gehoord sinds ik hier ben. Uw minister is gek op u, vertelde me dat u vlak voor een promotie staat. Ik neem aan dat u weet dat Niall een oude sparringpartner van me is …"

Net als de meeste agenten hield McCadden niet van mensen die het gesprek naar zich toe trokken. En uitbundige complimenten maakten hem zenuwachtig. Hij vond Bill McMullan niet zo sympathiek. Toen ze met z'n drieën naar de privé-caravan van Cathy Morrison liepen, bedacht hij dat er wat onechts aan de man kleefde. Iets anders dan uiterlijke ijdelheid, iets wat dieper ging dan plastische chirurgie.

De actrice was binnen met een paar visagisten, een kledingassistent, een persoonlijk assistent en de directeur van de filmmaatschappij.

De productie lag achter op schema door het overlijden van Artie Logan en de aanval op Cathy Morrison had dat nog vergroot. Dus nu er nog een paar zonuren in de dag zaten, probeerden ze wanhopig de schade aan haar gezicht weg te schminken.

Er zaten grote blauwe plekken op haar linkerslaap. Haar huid was opgezwollen en op sommige plaatsen kapot, waardoor haar oog half dichtzat. IJskompressen en tijd zouden het wel helen, bedacht McCadden, maar zoals ze er nu uitzag kon ze echt niet voor een camera staan.

De directeur van de filmmaatschappij, Bob Bettesworth, een tengere, drukke Engelsman, bleef maar kletsen terwijl de anderen doorwerkten, verzekerde haar dat ze het schema makkelijk konden omgooien, dat ze de scènes waar ze niet in zat het eerst zouden schieten, dat ze een stand-in zouden gebruiken ... Wanhopig probeerde hij eerder zichzelf dan haar te overtuigen.

Cathy Morrison keek op toen McCadden met de anderen binnenkwam. Ze begroette hem met een verlegen glimlach. Verontschuldigde zich ermee dat ze een slachtoffer was.

"Hoi."

Misschien voelde ze zich door McMullan niet op haar gemak, het gevoel dat hij gaf dat háár nietsdoen hém dollars kostte. Hij wilde graag laten merken dat hij degene was die hier het geld liet rollen. Zelfs bij zijn snelle vertrek, waarbij hij iedereen die hem voor de voeten liep aan de kant duwde en waarbij hij de vertrouwelijkheid van het gesprek tussen slachtoffer en politieman benadrukte, was het duidelijk dat hij de baas was. Zijn vertrek was een gunst.

Toen ze eindelijk alleen waren, nam McCadden haar kin in zijn hand, draaide haar gezicht zodat hij de wond kon zien en trok een grimas.

"Lelijk", zei ze.

"Iets gebroken?" wilde hij weten.

"Nee. Maar lelijk."

Hij knikte meelevend.

Het licht in de caravan was gedimd. Ze had de gordijnen dichtgedaan. Dus kostte het hem nog een minuut of twee om zijn ogen aan de schemer te laten wennen na de heldere zon buiten en om bij te komen van de verblindende uitstraling van Bill McMullan. Daarna schoof hij een stoel bij en ging zitten.

"Wat zeiden ze in het ziekenhuis?" vroeg hij.

Ze haalde haar schouders op.

"Toen de röntgenfoto's klaar waren, werden ze bang voor een hersenschudding. Ik wist dat ik geen hersenschudding had. Ik maakte me meer bezorgd ... ik moest ze ... ik was bang voor seksuele mishandeling."

"Hoezo was je daar bang voor?"

Ze keek snel van hem weg.

"Het is iets wat in je opkomt," snauwde ze, 'als je weer bijkomt en je kleren schots en scheef om je heen hangen."

"Maar niemand heeft het er tot nu toe over gehad. Wás er enig bewijs voor seksuele mishandeling?"

Opnieuw kwam haar antwoord kort en geïrriteerd.

"Nee."

Rustig vroeg hij: "Hebt u misschien liever een vrouwelijke agent?"

Ze schudde haar hoofd. "Nee." Ze pauzeerde, balde haar hand een paar keer tot een vuist en probeerde haar zelfbeheersing niet te verliezen. Zo gekleed in haar kostuum – een dunne, lichtgekleurde bloemetjesjurk uit de jaren vijftig – leek ze kwetsbaarder dan gewoonlijk.

Ze zei: "Toen die vent me vastgreep leek de aanval eerst seksueel. Hij kwam van achteren. Ik had hem niet gehoord. Hij legde zijn linkerhand over mijn mond en zijn rechterhand ging helemaal over mijn lichaam heen. Ik kon zijn adem voelen en hoorde hem in mijn linkeroor lachen."

"Had hij een baard?"

"Wat?"

"Je hebt waarschijnlijk zijn gezicht tegen het jouwe gevoeld. Heb je gemerkt of hij een baard had? Of was hij gladgeschoren?"

Ze dacht even na.

"Ik geloof niet dat hij een baard had."

"Glad?"

"Weet ik niet zeker. Maar zeker geen baard. Er was iets kouds toen hij in mijn oor lachte."

"Koud? Zijn stem?"

"Nee, nee …"

"Zijn adem?"

"Iets hárds. Iets van een sieraad of zo. Of misschien toch gewoon zijn lippen of tanden. Ik weet het niet."

"Verder nog iets? Lang of kort? Moest hij omhoog of omlaag reiken om u vast te houden? Slappe of harde greep? Jonge of oude stem?"

"Geen idee. Hij leek lang. Hij leek sterk. Maar dat zouden de meeste mannen toch zijn, in zo'n situatie? Hij zei niets. En hoe weet je de leeftijd van een stem?"

"Weet u nog dat u gewond raakte?"

"Nee."

"Ik neem niet aan dat u geslagen bent. Dat kan helemaal niet: iemand die u zou willen slaan, moet tegenover u hebben gestaan. Bent u soms gevallen?"

"Ik ben flauwgevallen."

"Wanneer?"

"Vlak nadat hij me vastgreep, denk ik."

"Dus toen hij u nog steeds vasthield?"

"Ja."

"En waar was dat?"

"Op het kerkhof. Waar de begrafenis gisteren was."

"Hoe laat?"

"Rond middernacht, denk ik."

"Ik hoop dat u het niet erg vindt dat ik het vraag, maar wat …"

"Ik was toen een beetje dronken."

"Oké."

"Vrienden van mij, van toen ik als kind hier op vakantie kwam, liggen hier begraven. Ik denk dat ik sentimenteel werd."

"Oké. Was u alleen?"

Ze knikte. "Stom, hè?"

"Nee …"

"Maar u vertelde gisteren dat er een gluurder in de omgeving was gesignaleerd."

"Vertel me maar wat u deed nadat ik u in de kroeg had achtergelaten."

"Tja, hoe laat was het toen? Tegen de middag? Ik heb in de kroeg geluncht. Tegen een uur of twee waren we weer terug op de set, we hebben de hele middag doorgewerkt tot 's avonds. De meeste spelers en de ploeg gingen direct door naar Corballymore House. Daar verblijven we. Ik ging terug naar de kroeg. Er waren daar mensen die ik jaren niet gezien had, snapt u? Ik neem aan dat ik te veel dronk. Rond een uur of halftwaalf ging ik alleen weg. Ik liep over straat terug naar Corballymore House. En toen ik langs het kerkhof kwam, liep ik naar binnen."

"Hebt u ooit het gevoel gehad dat iemand u in de gaten hield?"

"In de gaten hield?" herhaalde ze ongelovig. Het was geen ijdelheid, maar een pijnlijke herinnering dat ze leefde van de blikken van mensen.

"Ik snap dat het voor de hand liggend is", accepteerde McCadden. "Maar ik bedoel geen verering of nieuwsgierigheid of belangstelling. Ik bedoel in de gaten houden, waardoor u zich niet meer op uw gemak voelt. Een gevoel dat iemand je achtervolgt."

"Ik heb niets raars opgemerkt."

"Iemand die kwaad op u is?"

"Niet dat ik weet."

"Was u al langer op het kerkhof of werd u meteen aangevallen toen u het kerkhof op liep?"

"Als je aangeschoten bent is het lastig om de tijd te schatten. Maar ik werd in elk geval niet meteen aangevallen. Een van de graven waar ik naar op zoek was, had ik al gevonden en ik liep wat rond om het andere graf te vinden. Jezus!" riep ze opeens geërgerd. "Wat kan iemand toch stom doen!"

"Luister eens", adviseerde McCadden. "U moet zich echt niet verantwoordelijk gaan voelen voor die aanval, dat is veel beter. Wat u deed, had geen ander oorzakelijk verband met aangevallen worden dan het opstaan gisterochtend. Als u in bed was gebleven, was u niet aangevallen."

"Maar toen u het over die gluurder had ... zijn er nog andere mishandelingen in de buurt gepleegd?"

"Nee. Er bestaat een mogelijkheid – en niet meer dan dat – dat iemand uit de buurt een ongezonde belangstelling voor beroemdheden heeft. Als dat klopt, dan moet hij sinds Hollywood binnen is gereden in de zevende hemel verkeren."

"Vrijdag zijn we hier klaar."

"Dat heb ik gehoord."

"Wat moet ik nou doen?"

"Ik weet zeker dat de beveiligingsmensen u vanaf nu nauwlettend in de gaten zullen houden. U zult het een paar dagen moeten volhouden. Wij gaan door met het onderzoek. Waarschijnlijk heb ik u nog nodig om de precieze plek van de aanval aan te wijzen. Voor wat het waard is: ik denk niet dat het persoonlijk gericht was, de mishandeling. Dus is het niet waarschijnlijk dat u continu in gevaar bent."

"Toch laat het een nare smaak achter", zei ze verdrietig. "Ik dacht dat ik er hier min of meer bijhoorde. Nu kan ik me niet eens meer ontspannen ..."

10

Buiten wachtte Paul Hyland op McCadden.

Midden op de parkeerplaats, omringd door bewonderaars, leek het of Hyland een technisch, in *special effects* gespecialiseerd publiek vermaakte met robotachtige imitaties van de plaatselijke bewoners. Zelfs op een filmset lukte het hem om het zonlicht te weerkaatsen.

Hij maakte zich los van de groep en terwijl hij naar McCadden liep stak hij een sigaret op. McCadden moest toegeven dat hij er goed uitzag. Licht zomerpak, bruinleren schoenen, en wat zeer dure sieraden.

“Mooie dingetjes”, bewonderde McCadden.

Hyland keek tevreden naar zijn aanwinsten. “Het draait tegenwoordig allemaal om geld, Carl, vind je ook niet? De oude waarden zijn verdwenen. Je moet met de stroom meegaan. Ik heb nu mijn eigen beveiligingsbedrijf. Daar ligt de toekomst. Hou je eigen zaken op orde door een prof in te schakelen die ervoor zorgt.”

De afgelopen twee jaar hadden vier kadermensen met een hogere rang dan commissaris het korps verlaten voor lucratieve banen in de privé-sector. McCadden was niet in de positie om de overstap te bekritiseren.

Hij vroeg: “En wat heb je voor me over de mishandeling van Cathy Morrison?”

Hyland glimlachte, wiegde met zijn linkerhand van voor naar achter en weer terug alsof hij McCadden wilde uitdagen, maar besloot uiteindelijk tot een omweg.

"Hoorde dat je het gisteren heel gezellig met haar hebt gehad."

"Ik ben een fan, Paul."

Deze keer glimlachte Hyland wellustig.

"Zijn we dat niet allemaal? Heeft ze nog iets negatiefs over iemand in het bijzonder gezegd?"

"Heb je met haar gesproken?"

"Niet over de mishandeling. Daar wilde ze het niet over hebben. Hield vol dat dat alleen voor jouw oren bestemd was. Maar het is juist mijn werk om dingen te weten, om problemen te voorkomen."

"Maar deze keer dus niet", benadrukte McCadden.

Hyland probeerde onverschillig te doen, maar was geïrriteerd. Zijn gladde maniertjes hadden nóóit veel uitgehaald bij McCadden doordat hij zo nuchter was en dat zat hem nog steeds dwars.

Hij zei: "Ik durf erom te wedden dat de man achter wie jij aan zit Michael Constant is."

"Ik wed niet, Paul."

"Jij weegt de kandidaten tegen elkaar af, net als iedereen doet."

"Waarom Constant?"

"Recente info. Zijn vriendin, die gehandicapte, heeft geprobeerd met Cathy Morrison in contact te komen. Dat vindt hij maar niets. Hij is een dominant klein mannetje. Behandelt haar als een huisdier. Aan de lijn, een dagelijks wandelingetje, een paar kunstjes en niet op het tapijt poepen. Een paar dagen geleden kwam hij ons hier bedreigen als we haar niet naar hem terugstuurden. Hij was haar ergens kwijtgeraakt. Maar ze was hier niet. Hier zit alleen de luxe buitenkant. Zijn echte probleem is niet Cathy Morrison, dat is Bill McMullan."

"Waarom?"

"Dat heeft een hele voorgeschiedenis, Carl. Iets als de gigantische botsing tussen het boeren-Ierland en de Keltische tijger."

"Paul ..."

"Kap me nou niet af. Luister gewoon eens. Michaels moeder was de weduwe Constant. Heb je ooit van haar gehoord?"

"Vaag."

"Ze woonde in hetzelfde huis als waar hij nu woont. Toen er maar vier of vijf huizen in het heuvelland stonden. Ze was beroemd, man. Een kruidenvrouw. Een heks, zeiden sommigen. Mensen kwamen van kilometers ver met al hun kwalen uit die tijd. Rachitis. Reuma. Tuberculose. Ongeluk. Tegenwoordig nemen de mensen gewoon een pilletje. Gaat er al een belletje rinkelen? Pilletje? Farmaceutische producten? Lisenter? Bill McMullan? Dat was precies het ondoorzichtige verband dat dat gekke mannetje legde. Zijn moeder stierf ongeveer tien jaar geleden. Nog steeds is die dood niet helemaal helder. Misschien was het zelfmoord. Maar niet voor het witharige mannetje, hoor. Hij wéét dat de multinational haar vermoord heeft. En hier zijn we dan, een paar maanden voor het nieuwe millennium worden we nog steeds door bijgeloof verneukt. Je hoeft alleen maar naar die gekken hier te kijken."

"Heb je bewijzen die Michael Constant met de aanslag verbinden, Paul?" vroeg McCadden zich hardop af.

"Ga je met hem praten?"

"Mogelijk."

"Zeg hem dan alsjeblieft dat hij moet ophouden met het bedreigen van meneer McMullan, wil je? Als hij iets heeft, laat hij er dan mee komen, dan kunnen we het allemaal beoordelen."

"Ik vind dat je hem dat beter zelf kunt vertellen. En neem dan de advocaat van meneer McMullan mee."

"Ik bedoel het niet letterlijk, Carl. Gewoon een stille hint. Zoals vroeger."

"Behalve dan dat de oude waarden verdwenen zijn."

"Zal ik je eens wat vertellen? Het enige wat ik mis na mijn vertrek bij het korps zijn de collega's, de geintjes, de vriendschap ..."

McCadden luisterde niet echt meer naar deze valse nostalgie. Terwijl hij naar de hekken bij de ingang van de parkeerplaats keek repeteerde hij wat hij ging zeggen tegen de rivaliserende groepjes die daarachter nog steeds postten.

Hij moest alle namen hebben van iedereen die gisteravond in

de kroeg was geweest en verklaringen van iedereen die op straat of in de buurt van het kerkhof geweest was. En dan ook nog van die oude man die op Cathy Morrisons gekerm had gereageerd en haar half bewusteloos had gevonden. Hij verwachtte geen problemen. De plaatselijke bevolking wilde veel te graag de filmmensen te vriend houden.

Maar de eco-strijders waren een ander verhaal. Mogelijk wilden die als het donker werd langs de zijkanten van de parkeerplaats naar de duinen sluipen en die bezetten. En onderweg wat van de flora vertrappen die ze wilden beschermen tegen het nietsontziende Hollywood. Misschien dat de waarschuwing dat ze verdachten in een ernstige zaak waren hen kon tegenhouden. Maar misschien ook niet. Hoe dan ook, hij wilde weten wanneer wie aangekomen was, waar ze hadden geslapen en of ze iets gezien hadden.

Toen pas keek hij weer naar brigadier Mullaney. Het standpunt van de grote man was overduidelijk: hij keek neer op de eco-strijders, stond met zijn rug naar de plaatselijke betogers en liet zo duidelijk zien waar hij dacht dat de problemen vandaan zouden komen.

De brigadier zou eigenlijk verklaringen van de getuigen moeten opnemen en het meeste benenwerk in deze zaak moeten verrichten. Maar weer moest McCadden aan de brute wellust op zijn rode gezicht denken toen ze een paar avonden geleden onder het slaapkamerraam van Eleanor Shiels stonden. Hij vertrouwde Mullaney niet. Zeker niet met vrouwen. Niet omdat de man naar hen verlangde. Seksuele opwinding was prima. Natuurlijk. En voyeurisme ook, echt waar. Maar politiewerk was werken in dienst van de gemeenschap. En een agent moest de discipline hebben om een acceptabel openbaar gezicht te trekken.

Hij zou wel iemand van het bureau in Waterford sturen om het te doen, besloot hij. Misschien Rose Donnelly. Bovendien zou de mening van Rose over brigadier Mullaney, en over Paul Hyland, interessant zijn ...

11

Toen McCadden van de set wegreed stopte hij bovenaan op het weggetje. Aan de andere kant van de hoofdweg, zo'n vijftig meter aan zijn rechterhand, stond het huis van Michael Constant. Het stenen huis met de halve deur stond ook op de foto die haar zoon bij het krantenstukje had gezet, herinnerde McCadden zich nu. Net als de meeste andere huizen in het heuvelland was het origineel afgebroken en in een modernere stijl herbouwd.

Toch bleef het eenvoudiger om gebouwen af te breken dan om herinneringen weg te poetsen. Want de oude vrouw was nog overduidelijk in de heuvels aanwezig.

Ondanks zijn belangstelling had McCadden al besloten om niet met Michael Constant te gaan praten. In elk geval niet vandaag. Hij wist dat de man Cathy Morrison niet had aangevallen; Constant was veel te klein. Zo simpel konden dingen zijn. Hij kon niet makkelijk zijn linkerhand over haar mond gelegd hebben als ze even hoog stonden. En zelfs al had hij zich zo lang weten te maken, dan nog had hij niet tegelijkertijd in haar oor kunnen lachen. Cathy Morrison was ongeveer even lang als Ellen O'Doherty. En Constant moest zich al uitrekken om zijn vriendin in de ogen te kunnen kijken als ze wat gebukt stond.

Waar McCadden zich bezorgder over maakte, was het enthousiasme van Paul Hyland om de kleine man als belangrijkste verdachte naar voren te schuiven. Hyland gaf daar geen bewijzen voor. Hij had niet eens de basale feiten gecontroleerd. Hij ventileerde alleen maar verdachtmakingen.

Misschien werkte Hyland voor Bill McMullan. Was er wellicht een langdurige ruzie tussen Constant en de directeur? Iets uit het verleden? Had Constant bijvoorbeeld een advocatenpak uit de kast getrokken? Hij was zeker een type om te procederen. Een eigengereide beschermer. Van dode en levende vrouwen. Volhardend. Direct. Een beetje paranoïde. En wrokkig.

Terwijl hij hier verder over nadacht, reed McCadden links het weggetje af langs het kerkhof, en nam de volgende afslag rechts, terug naar Waterford.

Hij meldde zich niet op het politiebureau toen hij in de stad aankwam. Daar lagen alleen maar stapels papieren te wachten. En een slaperige brigadier achter de balie. En een paar vroege dronkelappen of ruziemakers in de cellen. En een lege rechercheurskamer. En trouwens, hij wilde thuis zijn antwoordapparaat afluisteren.

Daar wachtte maar één boodschap op hem. En niet een waarop hij gehoopt had.

Carl? Roberta weer. Ben je er niet? Heb je maandag mijn boodschap niet doorgekregen?

McCadden vloekte. Roberta Gavin. Stand-up comedian. Voor het laatst zo'n drie jaar geleden in Waterford gezien, waar ze in een kroeg optrad en zo betrokken raakte bij een moordonderzoek dat ze zelfs even een verdachte was.

Zij was de interessante afspraak geweest die McCadden maandagavond had kunnen hebben als hij zijn tijd niet had gebruikt met het achternajagen van de vage ideeën van Eleanor Shiels en de schaduw van Rookie Wallace. Tot nu toe was hij haar compleet vergeten en had hij nooit teruggebeld.

Maar het apparaat schonk meteen vergiffenis.

Hoe dan ook, ging de boodschap verder, *ik ben vanavond weer terug in Waterford. Woensdagavond dan? Geen optreden. Ik moet met een paar mensen praten. Vanaf een uur of halfnegen zit ik in Geoff's Bar …*

McCadden keek op zijn horloge. Bijna acht uur. Nog voldoende tijd om te douchen, te scheren, zich om te kleden en een taxi te bellen.

Maar hij verroerde zich niet.

Hij wist dat hij die avond geen aangenaam gezelschap zou zijn. Hij was veel te onrustig. Veel te verstrooid. Bezeten van die volledige toewijding aan zijn werk die zijn ex ervan overtuigd had dat hij er niet klaar voor was om een goede vader te worden. Tot ze zichzelf ervan had overtuigd dat hij ook nooit klaar zou zijn om een goede man te zijn en zich van hem liet scheiden.

Maar deze keer begreep hij niet waar het gevoel vandaan kwam.

Was het die flits van Rookie Wallace in Waterford? Zijn twijfel aan de motieven van Paul Hyland? Of iets persoonlijkers? De behoefte zichzelf te bewijzen, zijn talenten in het openbaar te laten zien in de aanloop tot de benoeming als hoofd van het nieuwe moordonderzoeksteam, een baan die McCadden zó ontzettend graag wilde hebben dat hij besefte dat het een zwakheid was die hem alleen maar zou afleiden?

Het vervelende was dat zijn werk op dit moment alleen maar routineklusjes waren.

Nou, toegegeven, behalve dan de mishandeling van Cathy Morrison. Zou dat een test voor hem zijn? Hielden de minister en de hoofdcommissaris zijn aanpak van zo'n gevoelig probleem nauwlettend in de gaten? Hing het daar allemaal van af?

Want verder was het werk saai. Administratief. Iedereen die een beetje kon schrijven, kon het. Geen moord. Geen grote zaak. Niets behalve zijn eigen vage bezorgdheid, zijn zeurende niet-weten over Rookie Wallace en de interesse van Wallace in Eleanor Shiels.

Dáár bleef hij uiteindelijk voor thuis, realiseerde hij zich. Voor het telefoontje dat hij verwachtte. Dat het niet-weten zou aanvullen. Dat hem op de hoogte zou brengen van Wallace' huidige rang en staat van dienst.

Hij kon natuurlijk inkomende telefoontjes naar zijn mobiel door laten schakelen en toch uit gaan. Maar een kroeg was geen goede plek om op slecht nieuws te wachten. En hij had het altijd het beste gevonden om een wacht alleen te houden.

Dat scheidde de kuddedieren van de eenzamen, voelde hij. Of ze nu wel of geen behoefte aan gezelschap hadden als ze onder druk stonden. Hij had er geen behoefte aan.

Hij wiste de boodschap op zijn antwoordapparaat en liep naar de keuken om koffie te zetten.

12

De volgende ochtend vroeg zond McCadden Rose Donnelly naar Brownstown om de leiding van het onderzoek over te nemen, had brigadier Mullaney daarvan op de hoogte gesteld en zich op de hoogte laten brengen van het feit dat er die nacht geen uitvallen van de eco-strijders waren geweest en ook geen botsingen tussen bewoners en bezoekers.

Op dit moment leek het rustig op het platteland.

Weer opgehouden door de medische verzorging van Cathy Morrison, was de filmploeg niet verder gegaan met opnames op de set van *Sacrifice*. En misschien had dat de kortetermijn-eisen van de strijders voldoende bevredigd.

Op andere punten boekte McCadden minieme vooruitgang.

Hij sprak de dokter die Cathy Morrison behandeld had bij de Eerste Hulp. Zoals McCadden al vermoedde, was de wond bijna zeker ontstaan door een val en niet door een klap. Waarschijnlijk tegen een hoeksteen, dacht de dokter. Een gedenksteen. Een of andere stenen herinnering op het kerkhof.

En degene die haar gegrepen had, mogelijk met seksuele bedoelingen, had haar al snel weer losgelaten, voor hij tijd had gehad voor een seksueel vergrijp. En had haar hard laten vallen. Slap en bewusteloos was ze tegen een gedenksteen gevallen.

De reden van de storing was waarschijnlijk niet zoiets onbelangrijks en ongevaarlijks als iemand die over de weg langs het kerkhof liep. Dan zou de reactie van de aanvaller niet zo radicaal en zo abrupt zijn geweest. Hij zou zijn slachtoffer vastgehouden hebben, ervoor gezorgd hebben dat ze haar mond hield en geen lawaai maakte. Of, als hij wist dat ze al bewusteloos was, zou hij haar voorzíchtig op de grond hebben gelegd, zou hij het niet geriskeerd hebben haar bij te brengen terwijl hij stilletjes wilde ontsnappen. Maar hij had haar alleen gelaten. Alsof hij verrast werd. Alsof hij zichzelf moest verdedigen.

Maar als de redder zó dichtbij was geweest, waarom, vroeg McCadden zich af, had hij het slachtoffer aan zijn voeten dan niet gezien? Of, als hij haar wel gezien had, waarom had hij dan niet onmiddellijk om hulp geroepen? Kenden ze elkaar misschien, de aanvaller en de getuige? Dekte de een de ander? Waren het bijvoorbeeld twee leden van dezelfde groep die hetzelfde doel, maar een verschillende aanpak hadden? De wijze en de gekke eco-strijder wellicht?

Hoe dan ook, McCadden was er nu nog zekerder van dat er al vrij snel een storing was geweest. Iémand had Cathy Morrisons aanvaller gestoord. Dus waren er naast het slachtoffer minstens twee mensen op het kerkhof geweest. En dat bood weer grotere kansen dat er sporen waren.

En daarna hing het er natuurlijk van af hoe fanatiek de hoge heren de dingen wilden doorlopen. Zouden ze hetzelfde forensisch onderzoek mogen doen als in een moordzaak, oftewel vezel-, bloed- en DNA-onderzoek? En hoeveel agenten zou de hoofdcommissaris op de zaak zetten? Hoe meer je er inzet, hoe sneller je betrouwbare resultaten kreeg. Of werd dit een oppervlakkig, cosmetisch onderzoek, net zo onbetrouwbaar als het gebronsde en chirurgisch verminkte lichaam van Bill McMullan?

Je moet nooit de omvang van het cynisme van bovenaf onderschatten, zei McCadden tegen zichzelf. Op dit moment was een omvangrijk onderzoek, geleid door een inspecteur, goede pr. Maar het filmcircus zou over een paar dagen vertrekken naar een nieuwe locatie. De eco-strijders zouden dan allemaal weggaan om de bossen in het graafschap Wicklow te gaan verdedigen. En dan, tenzij er inderdaad een serieverkrachter in de buurt rondliep die opnieuw zou toeslaan, zou de mishandeling van Cathy Morrison in de boeken worden opgetekend als het werk van een geobsedeerde fan.

Toen hij van het regionale ziekenhuis naar het politiebureau reed, voelde McCadden zich erg onzeker, ondanks wat hij inmiddels allemaal te weten was gekomen. Dat was afgelopen nacht begonnen, maar werd verergerd door het politieke spel rond de zaak-Morrison. En politici houden er andere ideeën op na als het gaat om wetshandhaving. Politiek gaat over populariteit, aanvaardbaarheid en imago. Op de plaats delict is het net zo hulpeloos als een dik, egocentrisch kind dat exclusieve aandacht eist nadat het bij zijn kindse moeder weggelopen is.

Maar de politiek zou ook bepalen wie er straks hoofd van het Garda-moordonderzoeksteam werd.

Zoals zou blijken werden McCaddens vage onzekerheid en angst snel gerechtvaardigd.

Hij zat nog geen halve minuut achter zijn bureau of hij had al van drie kanten te horen gekregen dat de commissaris dringende boodschappen voor McCadden had achtergelaten dat hij, zodra hij binnen was, contact met hem op moest nemen. Het addertje onder het gras in de boodschap was 'binnen was'. Vrij vertaald verraadde het de irritatie van de commissaris over McCaddens tijdsverspilling aan kleine onbelangrijkheden, terwijl er iets belangrijks op kantoor om dringende aandacht vroeg.

McCadden trok de telefoon naar zich toe en toetste het nummer van de commissaris in. Verbazingwekkend genoeg leek Cody enigszins te schrikken van zijn telefoontje. Hij stotterde even en zei toen koeltjes: "Geef me, eh, tien minuten. In mijn kantoor. Over tien minuten."

Het verschil tussen het eerdere brandende verlangen van de oude man om hem te spreken en nu het uitstellen van de vervulling daarvan was geen goed teken. McCadden hield ongerust de klok in de gaten. Toen het elf uur was, bijna tien minuten later, verliet hij zijn bureau, liep de trap op en duwde na een bescheiden klopje de deur van het kantoor van de commissaris open.

Direct voelde hij dat er moeilijkheden waren.

Er zaten al twee bezoekers bij Cody. En er was geen stoel meer in de kamer voor McCadden.

Dus dáár was die tienminutenpauze van Cody voor nodig geweest. Deze twee moesten nog gauw opgeroepen worden en de sfeer en de opstelling moesten nog geregeld worden voor het gesprek kon beginnen.

McCadden zette meteen zijn stekels op. Hij liep de gang weer in, pakte een plastic stoel die daar stond en nam die mee naar binnen.

"Er waren er blijkbaar niet genoeg", merkte hij droog op.

Hij perste de stoel tussen de twee bezoekers, waardoor hij ze uit elkaar drong. Toen hij ging zitten had hij de opstelling in de kamer en de sfeer al veranderd. Nu waren er drie mensen die de commissaris aankeken, in plaats van dat er drie mensen tegenover hém zaten. En de twee buitenstaanders konden niet meer naar hem kijken zonder ook naar elkaar te kijken.

McCadden kende de bezoekers al. Vond ze allebei vervelende, onvriendelijke klootzakken. Ze waren van hetzelfde geslacht en verschilden nauwelijks van elkaar.

De kerel aan zijn linkerkant was een fanatiekeling. Op die rigoureuze, onverbiddelijke manier die McCadden ook zo vaak bij anderen had gezien. Dezelfde lege ogen en dunne, droge lippen. Hetzelfde uitgehongerde vlees. Hetzelfde verschrompelde hart dat uitsluitend gevoed kon worden met het lijden van de persoon zelf of van anderen. En dezelfde koude uitstraling, familie van een grafsteen op een kerkhof, en die 'had-ik-het-niet-gezegd'-blik.

De man rechts was een soldaat. Een man van het platteland. Hij had dezelfde waarden en normen als zijn collega, maar het was hem nooit gelukt om zich in de ijzige sfeer thuis te voelen. Hij was er de persoon ook niet naar. Zijn kleding was een goed voorbeeld van zijn boerenwarmte: gemakkelijk en slordig. Zijn versleten zwarte broek en saaie geruite jasje pasten totaal niet bij het keurige grijze pak van zijn vriend, net zoals zijn slappe, ongeschoren gezicht het tegenovergestelde was van het getrainde, bleke gezicht van de ander.

Tom Reynolds en Jerry O'Dea. Tom en Jerry. Niet zo beroemd of gewelddadig als hun naamgenoten. Maar daar werd aan gewerkt.

McCadden vroeg zich af welke geslepen advocaat hen naar Waterford had gestuurd. En met wat voor onzalige boodschap. Voor hem was O'Dea – de gemoedelijke plattelander – onbelangrijk. Maar Reynolds was gevaarlijk. Een zeer gewaardeerde inspecteur bij Special Branch. Ambitieus. En waarschijnlijk de grootste concurrent van McCadden voor de baan bij het Garda-moordonderzoeksteam.

Cody stelde hen ongemakkelijk aan elkaar voor. Terwijl hij sprak, frommelde hij met zijn leren handschoenen. Hij had niet de rust om ze, zoals anders, glad te strijken, maar trok er telkens aan, zodat het stikwerk losraakte.

"Dit zijn, eh, inspecteur Thomas Reynolds en, eh, rechercheur … O'Dowd?"

"O'Dea, meneer."

McCadden had geen idee waarom Cody zo opgelaten was en wilde hem daarom niet helpen. Hij wachtte. Toen de commissaris klaar was keek hij Reynolds aan en vroeg onschuldig: "Hier op vakantie, inspecteur?"

Reynolds toverde een dun, miezerig glimlachje op zijn gezicht, wat een ongewone stand was voor zijn lippen.

"Dat zou ik niet willen zeggen."

"Dat zóú je niet willen zeggen?"

"Werk."

"Héb je wel eens vakantie?"

De glimlach bevroor op Reynolds lippen. Hij haalde een klein boekje uit zijn binnenzak en sloeg het open.

Hij zei: "Je hebt gisteren gebeld, inspecteur …"

"Waar ga jíj eigenlijk naartoe, Jerry?" onderbrak McCadden hem.

O'Dea had duidelijk een rol. En hij was die rol zichtbaar aan het repeteren, maar hij had zijn wachtwoord nog lang niet verwacht. Hij sprong op en keek verontrust langs McCadden heen naar zijn baas.

"Wat?"

"Je vakantie", legde McCadden uit. "Waar ga je dit jaar naartoe?"

"Je hebt gebeld, inspecteur", greep Reynolds in. "Afgelopen

vrijdag. Naar het Garda-bureau in Kevin Street, Dublin. Weet je de inhoud nog van dat gesprek?"

Dit was een vijandige ondervraging, ontdekte McCadden ineens. De eerste keer, behalve dan in oefensessies, dat hij aan de verkeerde kant stond. Voor het eerst was het geen spelletje. Voor het eerst moest hij nieuwe informatie verwerken en geven en ondertussen moest hij het spelletje meespelen en door stiltes niet te veel verraden.

Hij begreep bijvoorbeeld nú pas waarom hij geen telefoontje uit Dublin over Rookie Wallace terug had gekregen. Hoewel het verzoek een geheim was tussen hem en een vriend die te vertrouwen was. Zijn telefoontje was getraceerd. Zijn vriend misleid, had waarschijnlijk te horen gekregen dat McCadden op een andere manier zijn informatie zou krijgen.

Maar op dit moment wist McCadden dat niet. Hij had geen idee waarnaar deze twee killers van Special Branch op zoek waren. Geen idee waarom ze hun vragen stelden.

Hij vroeg: "De inhoud? Vertellen jullie mij dat maar."

Reynolds ging er niet op in.

"Mijn vragen maken deel uit van een officieel onderzoek, inspecteur", zei hij gladjes. "In geval van tegenwerking riskeert u een schorsing wegens obstructie."

"O, jeetje", zuchtte McCadden spottend. "Obstructie."

"Precies."

"Onderzoek naar wat?"

"Wil je alsjeblieft mijn vraag beantwoorden?"

"Vertel me eerst eens", begon McCadden. "Hoeveel officiële telefoontjes heb ik afgelopen vrijdag naar Kevin Street gepleegd?"

"Een."

"Fout."

"Hoeveel dan?"

"Geen."

Reynolds lippen trokken zich weer moeizaam strak.

"Ik ben bang dat dat niet waar is."

"Oké", zei McCadden verzoenend, "ik zal je het voordeel van de twijfel geven. Ik neem aan dat je het verschil kent tussen

officieel en onofficieel, tussen formeel en informeel."
"Nou vlucht je in taalspelletjes."
"Misschien is mijn vertrouwen in jou verkeerd. Misschien weet je het verschil níét. Ik weet het niet. Maar ik zal het risico nemen. Jij beweert dat je een officiéél onderzoek doet. Nou, dan heb je een rare manier om dat aan te pakken. Als je iets wilt weten uit dit district, volg dan de standaardprocedures. Je doet het óf op de formele manier óf op de informele ... Persoonlijk maakt het me niet zoveel uit welke je neemt. Maar als je iets weet wat met politiezaken in dit district te maken heeft, willen wij het ook weten. Zo niet, laat me dan met rust."
Reynolds wisselde een blik met Cody.
McCadden kon ernaast zitten, omdat hij maar een van de twee gezichten zag, maar hij vond het een zie-je-wel-blik, een blik die de verdenking bevestigde die ze allebei al eerder hadden.
"Afgelopen vrijdag", zei Reynolds toen, "heb je contact gehad met inspecteur Christopher Smith, die op het Garda-bureau in Kevin Street werkt, en je hebt hem gevraagd een man, Tony Wallace genaamd en ook bekend onder de naam Rookie Wallace, na te trekken."
"Ga door", moedigde McCadden hem aan.
"Waarom ben je precies op dit moment in Rookie Wallace geïnteresseerd?"
"Ik ken hem."
"Daar ben ik van op de hoogte."
"Dan weet je ook waarom ik in hem geïnteresseerd ben."
"Maar waarom precies op dít moment?"
"Ik heb hem al heel lang niet gezien. Zijn naam kwam ineens in me op. En niet voor de eerste keer dit jaar."
"Waardoor kwam hij ineens in je op?"
"De vorige keren?"
"Deze keer."
"Ik wil niet zeuren, maar volgens mij heb je daar iemand voor nodig die beter op de hoogte is van de ondoorzichtige werking van onze hersenen dan wij, wil je daar een zinnig antwoord op krijgen."

"Wanneer heb je Wallace voor het laatst gezien?"
McCadden dacht na. Lang genoeg om de indruk te wekken dat hij snel en onbezorgd zijn geheugen aftastte, maar niet zo lang dat hij de indruk wekte te twijfelen of bang te zijn.
"Twee jaar, denk ik. Hij was toen voor een verhoor naar Dublin opgeroepen. Daar was ik toevallig in de buurt."
"Heb je Wallace de afgelopen tijd nog gezien?"
"Zijn die twee jaar de afgelopen tijd?"
"De afgelopen maand."
"Nee."
"Heb je aanwijzingen dat hij in Waterford kan zijn?"
"In Waterford? Nee. Ik neem aan dat hij dan contact met me opgenomen zou hebben."
"Heb je hem niet in Waterford gezien?"
"Bedoel je dat hij in Waterford is?"
"Dat vraag ik aan jou."
"Het zou me verbazen."
Reynolds maakte een kort gebaar, veegde wat stof van de leuning van zijn stoel en legde zijn hand toen weer neer.
"Dank je, inspecteur. Dat was wat ik wilde weten."
McCadden knikte.
"Oké."
En eventjes knetterde de stilte van onderdrukte dreiging. Tot de commissaris zijn keel schraapte.
"Willen jullie, eh, nog iets vragen?"
Reynolds gaf geen antwoord, en dat gaf O'Dea de kans zijn bijdrage te leveren.
"Nee, meneer. Dat is het voorlopig."
"Mooi, mooi ..."
Het was duidelijk dat Cody er niets meer van begreep. Hij hakkelde en wiebelde met zijn armen en benen. De angst begon te komen, wat alleen maar kon betekenen dat Reynolds een onzichtbaar gewicht in dit gevecht had weten te leggen, dat hij waarschijnlijk een boodschappenjongen van de hoofdcommissaris was of van de minister van Justitie. En Cody had nog steeds voldoende ouderwets ontzag voor autoriteiten om zich daar niet tegen af te willen zetten.

McCadden keek naar de oude man en voelde zoals gewoonlijk wat medelijden en verachting voor hem en wist dat hij uit die hoek geen steun hoefde te verwachten. De commissaris had zich al van hem afgewend uit angst voor moeilijkheden.

McCadden probeerde iets te verzinnen om Reynolds op het verkeerde been te zetten of om hem kwaad te krijgen. Hij kon niets bedenken.

Hij had geen idee wat er allemaal aan de hand was, geen idee of zijn schandalige leugen over het wel of niet zien van Rookie Wallace zijn geloofwaardigheid had aangetast of dat hij zich eruit had gered.

Hij was blind. Aangeslagen. Wist dat hij ging verliezen. Hij was zo gefocust op onvoorziene valkuilen dat hij ineens een paranoïde beeld kreeg, wat helemaal niets voor hem was. Misschien was het een complot, bedacht hij geschrokken. Wallace, de minister, Reynolds ... een complot om hem zo slecht af te schilderen dat de sollicitatiecommissie hem met afschuw zou laten vallen.

Het klonk onwaarschijnlijk, maar het was wel mogelijk. Rookie Wallace, bijvoorbeeld, had beweerd dat hij Eleanor Shiels kende, maar zij beweerde dat ze nog nooit van hem had gehoord.

Hulpeloos tastend in het duister, maar te trots om het te laten zien, stond McCadden op. Hij wees met een vinger naar O'Dea.

"Ik kan je Dunmore East aanbevelen, Jerry."

Een makkelijk doelwit, Jerry was onmiddellijk van zijn apropos.

"Wat?"

"Voor je vakantie. Je zult Dunmore East geweldig vinden. Je houdt toch van vissen?"

"Nee, ik ..."

"Misschien moet je de stoel maar weer op de gang zetten, Jerry. Als je hem niet voor iemand anders nodig hebt."

McCadden liep naar buiten zonder verdere beleefdheden uit te wisselen. Dat was zijn enige fout geweest, moest hij later toegeven; het was zijn manier om toe te geven dat hij gekwetst was.

Hij liep niet direct naar zijn eigen kantoor, maar zette eerst een ketel water op het gas in de kantine, maakte een kop Rombouts-koffie toen het water kookte en nam die mee. Toen hij achter zijn bureau zat wijdde hij een paar tellen alleen aan de koffie. En ging daarna aan het werk.

Op een leeg blaadje krabbelde hij aantekeningen in kleine kolommen onder elkaar. Dat deed hij altijd als hij de kluts kwijt was. De schijnbare duidelijkheid op papier compenseerde de verwarring van de realiteit. Maakte die natuurlijk niet makkelijker. Maar het hielp wel even.

Binnen de kolommen werkte hij met data. Dagen. Weekenden. Maanden. En zo nodig een andere indeling. Tijd op papier was op de een of andere manier altijd rustgevend.

Van maandag 24 juli tot vrijdag 11 augustus, schreef hij op, was hij op vakantie geweest.

Geen geweldige vakantie …

Maar dat was een andere kwestie, die nu onbelangrijk was.

Op vrijdag 11 augustus was hij weer terug in Waterford. Tussen alle boodschappen op zijn antwoordapparaat thuis had Rookie Wallace gestaan, al op vrijdag 28 juli. Een lange boodschap, waarin hij herinnerde aan die goeie oude tijd en zei dat hij het jammer vond dat ze elkaar zo ongelooflijk lang niet gezien hadden, en of hij misschien informatie bij elkaar kon schrapen over de vroegere popster Eleanor Shiels, die tegenwoordig in het rustige Brownstown Head woonde.

Diezelfde dag had McCadden het Garda-bureau in Kevin Street gebeld, contact gezocht met inspecteur Chris Smith en hem vertrouwelijk gevraagd Rookie Wallace na te trekken. Hoewel Smith beloofd had vlug terug te bellen, had McCadden het hele weekend niets van hem gehoord.

Maandagochtend had McCadden weer naar Kevin Street gebeld. Inspecteur Smith kon niet aan de telefoon komen. Waarom niet? De telefoniste leek het niet te weten. Misschien was hij op vakantie, zei ze. Misschien was zijn vrouw aan het bevallen. Misschien was hij gevloerd door een mysterieus virus. Had hij nog een boodschap voor ene inspecteur Carl McCadden achtergelaten? Nee …

McCadden had Smith' privé-nummer gebeld. Daar nam niemand de telefoon op. Een standaardboodschap op het antwoordapparaat. *Op dit moment niet in de gelegenheid de telefoon op te nemen … spreek uw naam en nummer in … we bellen zo spoedig mogelijk terug …*

Diezelfde maandagavond, suf van een dag achterstallig papierwerk wegwerken dat in zijn vakantie was blijven liggen, was McCadden naar Brownstown gereden en naar Eleanor Shiels gegaan.

Eleanor Shiels …

Hij had net haar naam in de vijfde kolom op zijn kleine papiertje geschreven toen zijn telefoon overging. Geïrriteerd keek hij welk knopje brandde. Het kwam van de balie.

Hij mepte op de knop.

Riep in de hoorn: "Ja?"

"Ik heb hier een mevrouw aan de balie die u wil spreken, meneer."

"Wil je haar naam opschrijven, brigadier? En waarover ze me wil spreken? Ik zit nu in een bespreking."

Hij hing op en keek weer naar de mooie, nutteloze kolommen op het blaadje.

Dertig secondes later rinkelde zijn telefoon weer. Dezelfde knop lichtte op: de balie.

Hij drukte er met een pen op, was boos.

"Wat is er?"

"Meneer? De vrouw die u wil spreken. Zegt dat u haar vast ook wilt spreken, meneer. Ze zegt dat ze Eleanor Shiels heet …"

13

Ze had een lang wit T-shirt aan, een vale blauwe spijkerbroek, bruine riem en schoenen en reflecterende klemmetjes boven op haar witte baseballpet, die de haren uit haar gezicht hielden. Haar lange zwarte haar kwam onder de rand van de pet uit en golfde over haar schouders en rug.

Ze was 44 jaar oud, maar de jonge broekies konden hun ogen niet van haar afhouden. Kinderen die net deze week van school waren gekomen en van wie de bezorgde moeders waarschijnlijk jonger waren dan Eleanor Shiels.

En haar humeur was ook veranderd, zag McCadden onmiddellijk. Niet meer uit de hoogte en afstandelijk, zoals afgelopen maandagavond toen hij in haar huis zo had lopen stuntelen, of koud en onverschillig zoals op de begrafenis van Artie Logan de volgende dag. Ze zag er nu verleidelijker uit. Een tikkeltje ordinair om het manvolk te behagen en een snufje verbijstering van een vrouw die in vijandig gebied tussen stoere militairen staat.

Ze zag er té opgepoetst uit, vond McCadden, en té zelfbewust; dit moest een aankondiging van iets anders betekenen. En haar eerste woorden bevestigden die gedachte.

Ze keek op haar horloge aan haar linkerpols en vroeg: "U hoeft me toch niet per se hier op het bureau te ondervragen, hè?"

Hij schudde zijn hoofd.

"Ik hoef u nergens te ondervragen."

"Kunnen we in dat geval dan ergens anders naartoe gaan? Ik wil onderhand wel even lunchen."

McCadden had geen bezwaar. Op dit moment waren Reynolds en O'Dea het water thuis aan het vergiftigen en hoe verder hij uit hun buurt kwam, hoe liever het hem was.

"Als u het niet erg vindt om een stukje te lopen", zei hij. "Maar het is niet ver weg."

Buiten was de middagzon heet. De droogteperiode die dinsdag op de begrafenis van Artie Logan was begonnen, was inmiddels een officiële hittegolf geworden. De stenen van de stoep voelden heet aan, zelfs door de zolen van McCaddens zware schoenen heen. Rechts van het bureau werd aan de straat gewerkt. Er werd een pneumatische boor de grond in gejaagd en de brokken beton vlogen in het rond. Maar voor de trappen werd het pas gelegde asfalt weer zacht in de zon, waardoor er bubbels in gaten kwamen die het asfalt geacht werd te vullen.

McCadden en Eleanor Shiels sloegen links af en liepen Patrick Street in, niet genoeg op hun gemak voor een oppervlakkig praatje en te snel lopend voor een serieus gesprek.

Er was niet veel verkeer. Augustus was een vakantiemaand in Waterford. Vroeger gingen de bewoners naar badplaatsen in de buurt, allemaal zo'n vijftien, twintig kilometer van hun eigen huis, alsof ze er met een touw aan verbonden waren. Nu vlogen ze naar Spanje, Kreta, Barbados ... Maar het resultaat was hetzelfde. Behalve de toeristen die op het Waterford glaswerk en de Vikingtorens afkwamen, was de stad in augustus half verlaten. En de betere restaurants, die lokale producten gebruikten, waren grotendeels leeg.

"Waar hebt u zin in?" vroeg McCadden toen ze bij het kruispunt van Broad Street en Patrick Street op het verkeerslicht stonden te wachten. "Gezond eten? Chinees? Indiaas? Italiaans?"

"Misschien gewoon een kroeg?" stelde Eleanor Shiels voor.

"Een kroeg?"

"Ik heb niet zoveel honger."

"En u zei ..."

"Meer dorst dan wat dan ook."

"Oké."

"Kent u Egans?"

"Ja, oké."

Ze sloegen weer links af en liepen Barronstrand Street in. In Egans – een van die ouderwetse pubs uit het midden van de negentiende eeuw, waarvan het hout- en tegelwerk de illusie opriepen dat hij aan de moderne tijd ontsnapt was – vonden ze een koel, donker hoekje. McCadden, die nog dienst had, nam een kop koffie en een hamtosti. Eleanor Shiels dronk Guinness.

Toen ze proostten zei ze ontwapenend: "U ziet er gespannen uit, inspecteur."

Hij haalde zijn schouders op en deed een halfhartige poging om te flirten: "Nou, dat ligt dan niet aan mijn gezelschap."

"Waar dan wel aan? Het werk? Het is vast geen bevredigende bezigheid voor een intelligent iemand."

"Net zoveel als altijd."

"Dat geloof ik niet. En volgens mij u ook niet."

"Nou, ik probeer geen dingen te zeggen waar ik niet echt achter sta. Misschien ligt het aan mij."

"Toen ik een jong meisje was, inspecteur, werd een agent gerespecteerd, misschien ook een beetje gevreesd. Nu drijven ze de spot met jullie, toch? Pokdalige kinderen van lage afkomst. Trendy liberalen. De media. De enigen die nog van jullie houden zijn de verzekeringsmaatschappijen."

"Dat geldt de afgelopen tien jaar voor alle Ierse overheidsdiensten. Het is ook niet noodzakelijk verkeerd."

"Publieke onverschilligheid aan de ene kant. Slecht behandeld door jullie politieke bazen aan de andere kant. Gekonkel. Corruptie. Hebt u vanochtend het nieuws gehoord? Er wordt beweerd dat jullie minister van Justitie weer over de schreef is gegaan. Een donatie van vierduizend pond voor de campagne in een bruine envelop? Jezus! En geen bewijs dat het ooit in de partijkas terechtgekomen is? Hoe gaat hij zich hieruit praten? Maar het gaat hem wel lukken, hè? Hij is slim genoeg om niet arm te worden, of slecht bedeeld om zich geen advocaat te kunnen permitteren."

McCadden at zijn tosti en gebruikte dat als excuus om geen antwoord te hoeven geven. Hij had al spijt van zijn menukeuze. Zijn tosti was zo heet dat tegen de tijd dat die afgekoeld was, zijn koffie koud zou zijn. En als hij zijn koffie warm wilde drinken, werd de tosti in zijn mond sponzig van het vocht.

Maar hij wist best dat hij niet in de stemming voor iets leuks was. Hij was nijdig en wrokkig en stond altijd sceptisch tegenover vrouwelijke sympathie en medeleven. Hij moest zoveel en zo lang mogelijk zijn kiezen op elkaar houden.

Eleanor Shiels legde haar baseballpet op tafel. Ze maakte er een deuk in en legde daar haar zonnebril in. Toen ze weer opkeek naar McCadden hield ze haar hoofd schuin. Haar lange zwarte haar viel over haar gezicht. Ze liet het hangen en keek hem aan vanachter haar haar.

"U gaat het me niet vragen, hè?" zei ze.

"Wat?" mompelde hij bozig.

"Waarom ik u wilde spreken."

Hij stopte de laatste stukjes van het voedsel in zijn mond, legde de kruimeltjes bij elkaar op het bord en maakte zijn lippen met een papieren servetje schoon.

"Ik neem aan dat u het me wel gaat vertellen als u zover bent."

"Bent u een geduldig mens, inspecteur?"

De vragen werden intiemer, een verandering van hun houding, van werk naar het persoonlijke, van een levendige naar een lome ondertoon.

"Dat hangt ervan af hoe belangrijk het is waarop ik moet wachten", hield hij een slag om de arm. "En u?"

Ze lachte en wierp haar hoofd in haar nek. Duwde met de vingers van haar rechterhand haar haar van haar voorhoofd en liet haar handpalm, met de vingers nog in haar haar, boven op haar hoofd liggen en antwoordde: "Ik ben van de ongedúldige generatie, inspecteur. Ongeduld was een levenshouding van ons. Als je geen zin meer had in hamburgers, bestelde je gewoon de volgende keer een pizza. Als je genoeg had van je ouders, nam je zelf kinderen. En als de Kinderen van het Goddelijk Licht je niet onmiddellijk tot spirituele rust konden brengen, kon je het volgende weekend altijd nog transcendente meditatie proberen, of ketterij, of LSD."

"Waarom bent u als zangeres gestopt? Ook te ongeduldig?"

Haar hand viel naar beneden. Tegelijkertijd leek haar lichaam wat in te zakken alsof ze teleurgesteld was.

"Vindt u dat het meest interessante aan mij?"

McCadden pakte zijn lepeltje en roerde in de kop koffie.

"Naar mijn ervaring nemen de meeste mensen constant grote of kleine beslissingen. Al die keuzes samen bepalen hun leven, hun gewoontes. Meestal is er geen sprake van zo'n duidelijk breekpunt. Zeker niet als het niet aan hun talenten ligt. Dus, ja, in elk geval op dit moment vind ik dit het meest interessante aan u."

"U bent heel direct, hè?"

"Dat gebeurt als je beseft dat de klok doortikt."

"Wat bedoelt u daarmee?"

McCadden haalde zijn schouders op en tikte met een vinger op de wijzerplaat van zijn horloge.

Eleanor Shiels schudde langzaam haar hoofd, ze accepteerde de overduidelijke ontwijking niet.

"Toen ik jóng was", zei ze, "was ik ook direct. Politiek geïnteresseerd. En protesteren was destijds een politiek gebaar van de jongeren, in 1968 en begin jaren zeventig. Ik dacht dat muziek een politieke uiting was."

"En was dat niet zo?"

"Nee."

"Weer een cliché uit die periode dat de prullenmand in kan."

"Rock in elk geval niet. In het openbaar was het niet meer dan een obsceen gebaar. *Fuck you*! Twee vingers omhoog tegen het establishment. Privé draaide het om geld en consumptie. Zwitserse bankrekeningen, gezamenlijke beslissingen, snelle auto's, snelle vrouwen, snelle drugs. Gewoon kapitalisme met een straatlevensausje."

McCadden had zijn eten op. Hij keek twijfelend naar de onaantrekkelijke koude koffie en vroeg zich af of hij zou toegeven aan de verleiding om wat drank te bestellen en aan een middag van herinneringen, spijt en nostalgie te beginnen.

Hij zei: "Dat was een mooie analyse van – wat? – een negentien-, twintigjarige?"

Ze lachte weer. Ook om zichzelf.

"Nee. Het was zoals ik het jaren later voor mezelf verklaarde. Ik ben uit de muziek gestapt omdat ik bang was. Ik kon het niet meer behappen. Ik raakte de weg kwijt. Op een kloteochtend keek ik in de spiegel en ineens zag ik dat ik carrière maakte door mezelf te vermoorden. Dat was de enige kutmanier waarop een vrouw het toen kon maken, waardoor ze echt wereldberoemd kon worden. Door zichzelf als slachtoffer voor te doen. Dat vond het publiek prachtig. Misschien nog wel. U kijkt naar een van de sterren ... ik gebruikte mijn afschuwelijke jeugd. Alcoholische vader. Depressieve moeder. Misbruikt kind."

"Seksuéél misbruikt?"

"Bestaat er een andere vorm die commercieel interessant is?"

"Sorry ..."

"En jezus! Het verkocht! Sloeg in als een bom! Het zette alles in perspectief voor mijn fans en de media! De drank. De drugs. Ik was net zo goed hún gevangene als ik destijds die van mijn vader was. Op die manier begrepen mijn fans me. Door het weglopen van huis om in Londen op te treden werd mijn weglopen van latere optredens en afspraken opeens ook logisch. Door de pijn van dat misbruik van vroeger werd de nieuwe pijn die ik mezelf aandeed begrijpelijk. De media vonden het prachtig om mijn pijn op de voorpagina's breed uit te meten. Eerst op sympathieke toon. Daarna werden ze kritisch. Uiteindelijk werd het walgelijk. Ze bouwen je op om je vervolgens keihard neer te halen. Lijden irriteert de mensen zodra ze er geen begrip meer voor kunnen opbrengen. Zodra ze hun liefdadigheidsknaak hebben gegeven of betaald hebben voor hun kaartjes voor Live Aid, of donaties aan Telethon hebben gedaan, willen ze dat je uit het zicht verdwijnt. Maar dat pikte ik niet. Ik kon het niet loslaten. Ik raakte helemaal verstrikt in het beeld dat ze van me gemaakt hadden."

"*My Old Man Shot Me With A Camera*", herinnerde McCadden zich.

Eleanor Shiels liet zich naar achteren vallen, veegde haar haren weer uit haar gezicht, keek hoogst verbaasd, met grote bruine ogen en open mond.

"Heb ik dan nog steeds fans?" vroeg ze.

"Veel dichter bij huis dan u wellicht denkt."

"O?"

"Michael Constant?"

Maar onverwacht veranderde ze van onderwerp. Zo snel en makkelijk dat hij niet wist of het wel of niet bewust was.

"Ik heb gehoord dat u Michael Constant wilde ondervragen in verband met die aanslag op die jonge actrice. Zeggen jullie dat niet zo? 'In verband met?'"

"Hulp bij het onderzoek."

"Dát is het: een 38-jarige man helpt de Garda met haar onderzoek ..."

"Van wie hebt u gehoord dat ik met Michael Constant wilde praten?"

"Ik heb mijn bronnen in de heuvels."

"Bronnen? Ik heb hier maar met één iemand over gesproken."

"Ach", glimlachte ze, "mijn contacten gaan veel verder dan het hoofd beveiliging van een filmmaatschappij."

McCadden had het er plotseling moeilijk mee en moest dat toegeven.

"U ligt blijkbaar een paar stappen op me voor."

"Meer dan een paar, inspecteur", deelde ze mee. Ze dronk haar glas leeg en gaf de barman onmiddellijk een seintje om een nieuw glas te brengen. Toen ze weer naar McCadden keek, zei ze: "Michael Constant was bij mij thuis die dinsdagavond. Ik weet dat de aanranding van de actrice tussen elf en één plaatsvond. Michael was toen bij mij."

McCadden staarde haar aan. Zijn enige voordeeltje, wist hij, behaalde hij als hij niet onthulde dat hij allang wist dat Constant niet bij die aanranding betrokken kon zijn geweest, als hij het gesprek zo normaal mogelijk zou voortzetten en zou afwachten wat ervan kwam.

Hij vroeg: "Zijn er nog meer getuigen?"

"Vertrouwt u me niet, inspecteur?"

"Is Michael Constant een vriend van u?"

Ze glimlachte om de vage beschrijving.

"Vriend? Onze relatie is wat ingewikkelder dan dat, ben ik bang. Hebt u zijn verzameling krantenknipsels gezien?"

“Ja.”
“Dat vertelde hij me al.”
De barman bracht haar een nieuwe Guinness en nam het geld en het lege glas mee van de tafel. Ze keek hem na en draaide pas weer naar McCadden toen hij buiten gehoorsafstand was.
“Er is niets engs aan Michael, hoor”, zei ze. “Hij is vrij ongevaarlijk. Hij heeft een zwak voor mislukkingen, dat is alles.”
“Op welke manier?”
“Verdwenen iconen. Terwijl de rest van de wereld zich druk maakt om de allerlaatste sterren, wil hij de oude garde weer nieuw leven inblazen. Daardoor voelt hij zich belangrijk. En tegelijkertijd buiten de tijd staan. Het is griezelig, maar niet bedreigend.”
“Hoe zit het met uw buurman, meneer Newburn?”
“Sonny?”
“Zou hij kunnen bevestigen dat Michael Constant dinsdagavond bij u op bezoek was?”
Ze fronste haar wenkbrauwen en keek hem wat minder sympathiek aan. Er sloop iets negatiefs in haar ogen. Wrevel. Twijfel.
“Ik neem aan van wel”, zei ze, “als hij dat zou willen. Maar ik durf te wedden dat hij zal zweren dat hij de hele nacht met gesloten ogen en dichte gordijnen naar Bach heeft geluisterd. Dan zie je geen kwaad, u kent dat wel. En je hoort niemand buiten op straat.”
“Waarom zou hij dat doen?”
“Michael is niet erg populair hier in de heuvels.”
“Door zijn moeder?”
“Gedeeltelijk. Ze heeft zeker een aantal mensen doodsbang gemaakt toen ze nog leefde, onder wie veel kinderen die beweren dat ze nu nog steeds nachtmerries over haar hebben. Er werd gezegd dat ze de macht had om je te vervloeken. Maar tegenwoordig leven we in verlichte tijden, nietwaar? Dus het vooroordeel tegen Michael heeft net zoveel met geld van doen als met bijgeloof. Michael verzet zich tegen de farmaceutische fabriek van Bill McMullan hier in de streek. Hij is zeer vast-

houdend. Heel fanatiek. Echt een nagel aan hun doodskist. Maar het maakt hem niet populair. De plaatselijke economie is erg afhankelijk van de fabriek want die heeft wat er hier nog aan bedrijven zat, verdreven. En niemand maakt zich tegenwoordig nog druk over iets anders dan welvaart, toch? Het enige waar de mensen hier nog over praten is hun salaris, de waarde van hun bezittingen en het vermogen van hun verdomde automotoren."

"Waarom geeft Constant het niet op?"

"Waarom denkt u?"

"Ik denk door zijn moeder. Maar u suggereert duidelijk dat er nog meer is."

Door zijn enigszins emotionele gebroken stem werd ze voorzichtig, was ze bang dat ze zich iets te veel door het verhaal had laten meeslepen.

Ze boog haar hoofd een beetje en zei zacht: "U hebt gelijk. Er is nog wat anders. Dat heeft met Ellen O'Doherty te maken."

"Die jonge vrouw met wie hij samenwoont?"

"Vooral vanwege haar ziekte."

"Wat is daar dan mee?"

Maar terwijl hij aandrong, schakelde zij weer over naar een zijspoor, voordat hij de kans had om tot haar door te dringen.

"Hoe goed kent u Bill McMullan, inspecteur?"

McCadden zuchtte maar bleef geduldig.

"Afgelopen dinsdag heb ik hem voor het eerst ontmoet."

"En Artie Logan?"

"Heb ik nooit ontmoet. Ik weet niets van hem. Behalve dan dat hij met McMullan in Boston is opgegroeid."

Eleanor Shiels schonk hem een ironische glimlach.

"O, zeker. Ze groeiden allebei in Boston op", gaf ze toe. "Maar niet in dezelfde buurt. Artie moest in dienst en werd naar Vietnam gestuurd. Hij kreeg een medaille, maar kwam gedesillusioneerd terug en ging bij de burgerrechtenbeweging. McMullan was een plaatselijke politicus in zuid-Boston, hij vocht voor de onder vuur liggende rechten van de blanke, Iers katholieke werkende klasse, zoals hij het zelf noemde. Maar hij onderscheidde zich pas werkelijk toen het gerechtshof midden jaren zeventig bepaalde dat de scholen in Boston voor iedereen open moesten staan, dat de rassen gemengd moesten worden. Hij organiseerde stakingsacties, boycotten, betogingen. Hij is zelfs veroordeeld voor een aanval op een zwarte tiener die naar school werd gebracht."

McCadden fronste zijn wenkbrauwen en liet zijn twijfel merken.

"Hoe komt u aan die informatie?"

"Gelooft u me niet?"

"Hij lijkt me geen voor de hand liggende bondgenoot van een minister van de Ierse regering."

"Ach, dat was vijfentwintig jaar geleden", zei ze luchtig. "Dat is nu allemaal bijna verdwenen, net als mijn eigen beroemdheid. En McMullan heeft ondertussen zijn imago weer kunnen oppoetsen. Nou ja, hij heeft zijn smerigheid in elk geval kunnen verbergen. Mensen kunnen zich heel makkelijk aanpassen, inspecteur. Wat destijds racistisch leek, was eigenlijk puur patriottisme, weet u. En onbarmhartigheid is maar één kant van sentimentaliteit. U hebt vast wel gehoord dat ik bevriend raakte met Artie Logan vanaf het moment dat hij hier kwam werken?"

"Het is ter sprake gekomen."

"Toen hij me vertrouwde, toen hij inzag dat we politiek aan dezelfde kant stonden, vertelde hij me een interessant geval. 'Interessant' is eigenlijk niet het goede woord. 'Ziek' misschien. Lisenter – het bedrijf van Bill McMullan – had ooit een farmaceutische afdeling in Edinburgh, Schotland. Toen het bedrijf daar wegging, veroorzaakte dat een enorme werkloosheid, en liet het een jonge vrouw achter, Jennie McMordie, die gezond was toen de fabriek er kwam en inmiddels zo'n ernstige hersenbeschadiging had opgelopen dat ze als een kasplantje leefde. In Boston ging McMullan als jongeman met een jong katholiek meisje uit, Bridget Sullivan. Bridget stierf toen ze eenentwintig was. Er werd beweerd dat ze zelfmoord pleegde."

"En Ellen O'Doherty?" wilde McCadden weten.

Ze keek naar hem en hield zijn blik even vast.

"Ellen O'Doherty werkte bij Lisenter als tijdelijke vakantiekracht bij de staf toen ze die hersenbeschadiging kreeg."

McCadden kreeg ineens een koud, leeg gevoel in zijn maag. En hij werd ook een beetje misselijk, alsof de tosti zijn maag niet zou halen. Hij had behoefte aan een wodka. Maar hij wilde het niet laten merken.

Hij zei: "Viel ze niet van een rots tijdens een uitje van het werk?"

"U wist niet dat ze bij Lisenter werkte, hè?" vroeg Eleanor Shiels.

Hij schudde zijn hoofd.

"Nee."

"Dus u hebt de details van de zaak niet nagetrokken?"

"Nee."

"Doet u dat dan. Er staat dat ze viel toen ze een rots in de Comeragh Mountains beklom, dat haar twee metgezellen vrienden waren die ze van Lisenter kende en dat er verder geen getuigen waren. Er zijn tegenstrijdigheden. Michael Constant was de enige die er later achteraan ging, net zoals hij de enige was die voor Ellen wilde zorgen."

"Wilt u insinueren dat dat hele ongeluk niet gebeurd is?" vroeg McCadden bot.

"Ik weet zeker dat het niet gebeurd is."

"Wat is er dan wel gebeurd?"

"Ik neem aan dat u alle absurditeiten in uw werk inmiddels wel gezien hebt, inspecteur. Mannen met perverse seksuele verlangens bijvoorbeeld. Mannen die zichzelf bijna verstikken terwijl ze masturberen zodat het gebrek aan zuurstof de sensatie zal vergroten. Mannen die een kik krijgen als ze anderen laten stikken. Mannen die liever een slap, warm lichaam hebben dan dat van een veeleisende, levende vrouw. Het is waarschijnlijk allemaal oud nieuws voor u, hè? Maar voor mij niet. Ik heb mij tot taak gesteld Bill McMullan beter te leren kennen sinds hij een paar weken geleden in Ierland is aangekomen. We hebben op dit moment een relatie die gekenmerkt wordt door nieuwsgierigheid. Wat ik altijd graag heb mogen doen, is de lust van mannen tegen hun egoïsme uitspelen. U zult het niet in de bladen terugvinden, maar ik val er altijd op terug, zelfs als het slecht met me gaat. Vooràl als het slecht met me gaat. Vrouw als slachtoffer? Vrouw als lokaas? Ik ben er goed in. En mannen zijn zo ontzéttend stom. Hun egoïsme verdwijnt onveranderlijk in een ampele seconde. Bill McMullan, bijvoorbeeld, haat wat ik ben, maar hij wil me. Bovenal wil hij me naakt en vastgebonden. Dat windt hem op. Handboeien. Leren riemen. Bondages. Touwen. Onderwerping. Dominantie maakt hem geil. Afgelopen maandagavond toen u bij mij thuis was, wachtte ik op hem. Mijn voordeur stond open om Bill McMullan binnen te laten. Het was donker in huis, omdat hij dat graag zo wil. Ik wachtte op hem in mijn slaapkamer."

Het duizelde hem een beetje, zijn gevoel schommelde tussen afkeer en verlokking, tussen het idee van pokerface McMullan die een vrouw misbruikte en het beeld van een bereidwillige Eleanor Shiels met haar zwarte haren op witte kussens gedrapeerd. McCadden kon maar op één idiote vraag komen: 'Waarom hebt u dit niet eerder gerapporteerd?"

"U bent een ervaren politieman, inspecteur", bracht ze hem in herinnering. "Zou u zonder harde bewijzen iets tegen Bill McMullan ondernemen? Gezien zijn plaats in de plaatselijke gemeenschap? Gezien zijn politieke connecties? Ik heb geen bewijzen. Ik heb geen machtige vrienden op hoge posities. Ik heb alleen maar een verraderlijk plan om mezelf als lokaas te gebruiken om hem in de val te lokken."

Een barman kwam en nam de koude koffie van McCadden mee en het inmiddels weer lege bierglas. Hij zette het op de bar en kwam terug met een doekje om de tafel schoon te vegen. Hij treuzelde, hoopte op een nieuwe bestelling. Maar McCaddens trek, zelfs in een drankje, was verdwenen. En Eleanor Shiels had blijkbaar ook geen trek meer.

Toen hij weg was, leunde McCadden voorover met zijn ellebogen op tafel. Hij zei: "Ik vroeg u afgelopen maandagavond of u ene Rookie Wallace kende."

Ze schudde haar hoofd.

"Ik ken niemand die Rookie Wallace heet. Is hij een agent?"

"Waarom denkt u dat?"

"Als hij in me geïnteresseerd is, is dat een mogelijkheid. Een betere dan dat hij een stalker of een gluurder zou zijn. Sinds

Artie is verdwenen, sinds zijn lichaam gevonden is, ben ik voorzichtiger geworden, meer op mijn hoede. Arties dood … werd ook al als een ongeluk afgedaan."

"Denkt u dan dat dat niet het geval was?"

Ze lachte hol.

"Nee, op de een of andere manier geloof ik dat niet."

McCadden leunde weer naar achteren en keek haar even aan zonder iets te zeggen. Vervolgens zei hij rustig: "U geloofde me afgelopen maandag niet, mevrouw Shiels. U werkte helemaal niet mee. Vandaag zoekt u me op en bent u heel open. Waarom bent u van gedachten veranderd?"

Ze keek langs hem heen, haar donkere ogen weer vol vertrouwen en licht geamuseerd zei ze: "Ik ontdekte dat Bill McMullan een ontzettende hekel aan u heeft, inspecteur. Of nee, eigenlijk erger. Eigenlijk meer. Hij is, om precies te zijn, báng voor u. Bang genoeg om uw superieuren opdracht te geven u in te tomen. Ik weet niet precies waarom, natuurlijk, maar dat op zich vind ik al een goede aanbeveling. En na Artie … ik moet toch iemand kunnen vertrouwen, toch? Iemand die sterker is dan Michael Constant. U maakt binnenkort promotie, hè? McMullan vertelde me dat. Hij moest erom lachen, zei dat hij uw minister van Justitie in zijn broekzak had en zelfs al mocht u de beste kwalificaties hebben, dan nog had u net zoveel kans op die baan als een sneeuwbal in de hel had. Zijn eigen misplaatste cliché, ben ik bang …"

14

Het zonlicht deed zeer aan McCaddens ogen toen hij uit de donkere kroeg op de drukke stoep stapte. Hij klopte op zijn zakken, zocht zijn zonnebril, maar herinnerde zich toen dat hij die in de auto had laten liggen toen hij met Eleanor Shiels naar Patrick Street liep. Hij moest zijn ogen tot spleetjes knijpend op de stoep wachten tot zij aan het licht gewend waren. Hij vond het wel grappig. Een blinde rechercheur, dacht hij, op zoek naar een betrouwbare hond om hem te begeleiden.

Behalve dan dat het grapje de realiteit een beetje te dicht benaderde.

Terwijl hij langzaam naar het bureau terugwandelde, via Barronstrand Street en de heuvel op naar Ballybricken, herkauwde hij wat Eleanor Shiels hem net had toevertrouwd.

Waar hij zich zorgen over maakte, ook al had hij dat niet tegen haar gezegd, was dat zulke tegenpolen als Bill McMullan en Artie Logan zo graag met elkaar in zee waren gegaan.

Hij kon een kant van die samenwerking wel begrijpen, aangenomen dat McMullan inderdaad een gevaarlijk seksueel beest was, zei hij tegen zichzelf. Aangenomen dat hij een bizarre kik kreeg van vrouwen half smoren en vastbinden. Aangenomen dat het af en toe misging en zo'n misbruikt kind een hersenbeschadiging kreeg omdat ze bijna stierf door zuurstoftekort.

Dat was wat Eleanor Shiels beweerde. Dat was wat ze beweerde dat Logan tegen haar gezegd had.

Dit alles aangenomen. En dat Logan besloten had om in McMullans bedrijf te infiltreren zodat hij dicht genoeg bij de klootzak kon komen om hem op heterdaad te kunnen betrappen. Dat was allemaal prima. Een beetje onorthodox, vermengd met een beetje onpraktische romantische heroïek, bijna een Hollywood-film, maar het was mogelijk als je je aannames accepteerde.

Maar waarom had McMúllan in vredesnaam Lógan in dienst genomen?

McMullan bereikte daar niets mee. Waarom zou hij een ruziezoeker zo dicht bij zichzelf brengen? Een politieke radicaal, als Eleanor Shiels beschrijving klopte. Een agressieve kruisvaarder. En waarom liet McMullan hem helemaal de Atlantische Oceaan overvliegen zodat hij zijn neus boven op de drempel kon drukken waar McMullan net zelf zijn eigen rotzooi had gedumpt?

Chantage? Maar als Logan genoeg smerigheid van McMullan wist om hem te kunnen chanteren, hoefde hij helemaal niet rond te gaan snuffelen op zoek naar duistere geheimen. Hij had direct de beschuldigingen op tafel kunnen leggen.

Het klopte niet, besloot McCadden. Hij kreeg het niet rond. In elk geval nóg niet.

Terug op het bureau ging hij op zoek naar Frank Ryan om over het laatste plaatselijke nieuws bijgepraat te worden en hoorde dat Reynolds en O'Dea met de commissaris aan het lunchen waren.

"Ik vraag me af wie er betaalt", mompelde hij.

Ryan zocht nauwkeurig zijn afgebeten vingernagels af naar een stukje dat hij misschien vergeten was.

"Wat is er allemaal aan de hand, Carl?"

McCadden schudde zijn hoofd.

"Ik weet het niet zeker. Ik tast op het moment een beetje in het duister. Wie zit er op het Artie Logan-dossier, Frank?"

"Jerry Tobin. Die gaat maandag op vakantie."

"Logans lichaam is toch afgelopen dinsdag gevonden, hè?"

"Hm-hmm."

"Weet jij wanneer hij vermist werd?"

Ryan zoog lucht tussen zijn lippen door, alsof hij fysiek én mentaal aan de slag moest.

"Een week daarvoor ongeveer. Ik kan het voor je nakijken."

"Wil je dan ook contact met de Amerikaanse ambassade in Dublin opnemen? Er was een marinier bij Logans begrafenis. Ik wil weten wanneer en waar Logan in dienst is geweest. En ik wil weten wat het protocol is, of ze zo'n poespas bij elke begrafenis van een ex-militair maken. Vraag ook wat hij voor zijn diensttijd heeft gedaan, of hij ooit vredesactivist is geweest. Wie heeft trouwens de autopsie op Logan verricht?"

"Hugh Craig is ervoor overgekomen uit Dublin. Recht erin en recht eruit. Geen complicaties. Ik denk niet dat hij de aanklager een andere mogelijkheid laat dan het als een toevallige dood te beschouwen."

"Oké. Nog een paar andere dingen. Dit maakt het onderzoeksgebied zo groot, dat ik geen idee heb waar we op uitkomen. Het volgende moet zeker gecheckt worden. Of Lisenter, de farmaceutische fabriek van McMullan, ooit een afdeling in Edinburgh heeft gehad, en of ene Jennie McMordie een ongeluk heeft gehad in de tijd dat ze daar werkte. Probeer erachter te komen of Bill McMullan een strafblad in Boston heeft, mogelijk ergens begin of midden jaren zeventig."

"Jezus!" riep Ryan. "Dat zou een boel stront aan de knikker geven. Alleen al die vrágen veroorzaken stront."

"Weet ik, weet ik. Gebruik mijn naam maar, niet de jouwe. En hou dit spul natuurlijk bij Tom en Jerry vandaan. Hou het eigenlijk maar helemaal voor je, Frank. Ik ga naar Brownstown vanmiddag. Rose Donnelly is daar al. Piep haar even op, wil je? Zeg dat ze over anderhalf uur bij de ingang van de filmset op me moet wachten."

Iets na halfdrie verliet McCadden het bureau.

Hij reed eerst naar de vissershaven Dunmore East en volgde daarvandaan de vreemde route die de begrafenisstoet van Artie Logan afgelopen dinsdag had genomen. Gedeeltelijk om aanwijzingen te vinden van het drukke leven en de eenzame dood van de man op de obscure plekken waar de stoet gestopt was, gedeeltelijk vanwege de Lisenter-fabriek, die nog geen kilometer van het kerkhof lag, in Corbally, en waar de stoet die dag gewoon langsgereden was.

Hij werd niets wijzer van het eerste deel van de route en verloor zijn geduld langs de prachtige kustlijn. Tegen de tijd dat hij bij de farmaceutische fabriek was, was het helemaal op. Buiten, terwijl hij bij de ingang wachtte tot de slagboom omhoog zou gaan, constateerde hij geïrriteerd dat de bewaker bij de hoofdingang een mannetje van Paul Hyland was. En toen hij het terrein op reed was het opnieuw een mannetje van Hyland dat hem zijn parkeerplek aanwees, een bezoekerspasje op zijn revers schoof en hem door de draaideuren naar de ontvangsthal begeleidde.

De jonge vrouw van de receptie, een blondine met lichtbruine sproeten, keek nerveus naar zijn identiteitskaart.

"O, dan moet u meneer Parks hebben", zei ze toen McCadden naar de baas vroeg. "Meneer Parks is onze assistent-manager-directeur. Onze vróégere manager-directeur was ..."

"Ja, dat weet ik. Arthur Logan."

"Maar meneer Parks is momenteel in vergadering."

"Het is dringend", snauwde McCadden.

Hij ging op een bruinleren bank zitten en wachtte, zag het verkeer voorbijrazen. Het hele bedrijf, merkte hij, leek besmet met een behoedzame ongerustheid. Gespannen koffiejuffrouwen. Zenuwachtige veiligheidsmensen. Onrustige secretaresses. Hij vroeg zich af of dat misschien een bijproduct was van de medicijnen die ze maakten.

Ook Parks zelf, een kalend, klein mannetje met een gerimpeld gezicht en de rollende ogen van een bang beest, was zo geprikkeld dat hij meteen na het voorstellen terzake kwam: "Gaat dit over meneer Logan?"

"Waarom zou het over meneer Logan moeten gaan?" vroeg McCadden.

"Nou, zijn ongelukkig afgelopen ongeval ..."

Een man met een baard in een witte jas, die overduidelijk kwaad keek, als een krankzinnige wetenschapper in een B-film, beende gehaast voorbij, maar bleef bij de drankautomaat dralen; hij probeerde erachter te komen waar ze het over hadden.

"Misschien kunnen we naar uw kantoor gaan", suggereerde McCadden.

"Natuurlijk, natuurlijk ..."

Het bleek de kamer van de overledene te zijn. Om de een of andere reden hadden ze het oude naamplaatje nog niet van de deur gehaald van het voormalige hok van Artie Logan.

"Het was makkelijker dat ik naar de stapels dossiers verhuisde", legde Parks haastig uit. "In plaats van, dat begrijpt u wel, de hele berg te ..."

"Oké."

"Wilt u thee, koffie, of iets anders?"

McCadden schudde van nee.

"Bedankt, maar ik heb niet veel tijd. Hebt u hier een personeelschef?"

"Ik hou me met het personeel bezig. In elk geval tot we een vervanger benoemd hebben voor ..."

"Goed", mompelde McCadden.

Het was noodzakelijk, besloot hij, dat hij bleef wroeten in onbelangrijke gesprekken om de ene uitspraak te kunnen schrappen en de andere uit te diepen. Parks was een van die mensen die een zin nooit leken af te maken. Misschien vond hij een punt veel te definitief. Misschien gebruikte hij die hiaten voor aanpassingen, veranderingen, herzieningen ... in elk geval was hij geen geboren beslisser.

McCadden zei: "Ik ben in de jonge vrouw Ellen O'Doherty geïnteresseerd. Ik geloof dat ze hier afgelopen jaar gewerkt heeft. Weet u dat nog?"

Parks knipperde snel een paar keer met zijn ogen.

"Ja, ja ..."

Hij zat achter zijn bureau, liet McCadden staan en wapperde met een ingelijste foto van een streng uitziende vrouw van middelbare leeftijd die evengoed zijn moeder als zijn vrouw kon zijn.

"Heel akelig. Het is allemaal ... is allemaal gerégeld met de verzekering, begrijpt u, en ..."

"Daar twijfel ik niet aan", stelde McCadden hem gerust. "In die kant ben ik niet geïnteresseerd."

"Niet?"

"Ik onderzoek de achtergrond van de vrouw. Weet u nog hoe lang ze hier gewerkt heeft?"

"Nou, dat vergeet je niet zo gauw, hoor, na wat er gebeurd is. Het was in de zomer. Puur tijdelijk, begrijpt u."

"Wat voor werk deed ze?"

"Ik geloof dat ze actrice was."

"Ik bedoel hier."

"Ze werkte op verschillende plekken omdat er werknemers op vakantie waren. Receptie, secretariaat ..."

"Kantoorwerk?"

"Ja."

"Heeft ze op wat voor manier dan ook bij de productie gewerkt? Heeft ze met medicijnen gewerkt?"

"Nee. Mag ik vragen ...?"

"Moest meneer McMullan uit Amerika overkomen vanwege de tragedie? Of handelde meneer Logan het af?"

"Meneer McMullan? Meneer McMullan was toen al in het land."

"O?"

"Ik weet zeker dat dit al in uw dossiers staat, inspecteur. Meneer McMullan onderhandelde toen over de financiën en de locaties voor zijn film, *Sacrifice*. Mevrouw O'Doherty was actrice. Had ik dat nog niet gezegd? Ze was er stellig van overtuigd dat ze een grote rol in de film kreeg en ..."

"Oké. Is meneer McMullan op het moment aanwezig?"

"Nee. Hij is op de filmset."

Hij wees met een kort, zenuwachtig gebaar naar het telefoontoestel op zijn bureau. "Zal ik ...?"

"Beter van niet", vond McCadden. "Ze zullen het niet leuk vinden als er opeens een mobiele telefoon tijdens de opnames afgaat."

Hij stak zijn hand uit, wist dat de kleine man onmiddellijk nadat hij de kamer uit was ademloos de telefoon zou grijpen om zijn baas op de hoogte te brengen.

Parks stond op om hem de hand te schudden.

"Wat betreft mevrouw O'Doherty", zei hij schuchter. "Is er enige ...?"

McCadden trok een wenkbrauw op.
“Enige?”
“Enige …”
“Nee”, zei McCadden resoluut. “Zeer zeker niet.”

15

Een paar kilometer verder, bij de ingang van de filmset, stond Rose Donnelly al op McCadden te wachten. Vanaf de motorkap van haar Corolla sloeg ze met wiebelende benen een zenuwachtige beveiligingsbeambte gade die aan de andere kant van de slagboom stond die de parkeerplaats afsloot.

Er was niet veel anders in de buurt om naar te kijken.

Het eco-protest was net zo snel verdwenen als het was gekomen, er waren alleen nog twee oude getrouwen. Die hadden nog steeds paramilitaire kleding aan. Ze leden net zoveel onder de hitte als onder de desillusie en liepen langzaam in steeds kleiner wordende cirkels. Maar ze waren zo overduidelijk verslagen en veel te terneergeslagen om een tegenactie uit te lokken.

Misschien waren die jonge betogers, net als de meeste van hun generatie, diep in hun hart filmliefhebbers, bedacht McCadden, en stonden ze niet volledig achter de gedragslijn om filmopnames te onderbreken. Misschien, net zoals iedereen, wisten ze niet of film nou kunst of commercie was. Of misschien was de plaatselijke oppositie gewoon te hardnekkig voor ze om de illusie vol te houden dat zíj de redders waren.

Rose Donnelly gleed van de motorkap van haar eigen wagen af, liep naar McCaddens auto, ging op de passagiersstoel zitten en McCadden trok op. Zonder op de vragen te wachten sloeg ze het boekje open dat ze uit haar zak had gehaald.

“Oké”, zei ze. “Persóónlijk denk ik dat het niet een van de inwoners is geweest. Die zijn allemaal zo woedend dat ze die hufter allang aan ons hadden overgedragen als ze wisten wie het was. Ik heb met iedereen gesproken die afgelopen dinsdag in de kroeg was. Ik hoefde ze niet op te zoeken. Ze kwamen allemaal aanrennen. Cathy Morrison verliet het pand rond halftwaalf. Alleen. Niemand is haar achternagegaan. Er waren misschien een paar jongens die werk van haar hadden willen maken, maar die hielden voornamelijk elkaar in de gaten."

McCadden knikte in de richting van de vermoeide betogers. "En de eco-strijders?"

"De meesten zijn vanochtend weggegaan."

"Op de vlucht?"

"Nee. Ik denk dat ze hebben opgebroken vanwege ruzie in de groep. Voor ze weggingen heb ik nog met ze gesproken. Ze zijn allemaal in konvooi woensdagochtend vroeg aangekomen, zes uur na de aanslag. Dat haalt ze van de lijst."

"Waardoor de filmmaatschappij zelf overblijft", constateerde McCadden. "Of een onbekende buitenstaander."

"Behalve Cathy Morrison heb ik de acteurs, actrices en het filmpersoneel nog niet ondervraagd. Ik heb wel gepraat met de plaatselijke staf in de hotels waar ze verblijven, maar niet met henzelf."

"En de plaats delict?"

"Heb ik even snel bekeken. Helemaal achter op het kerkhof, een heel eind weg van de kerk en de straat. Ze is met de zijkant van haar gezicht op een van die lage stenen muurtjes om een oud graf gevallen. Ze had lichte schaafwonden op haar handen en blote benen van de granieten zerk van een ander graf waar ze op terechtkwam. Het gekke is dat ze verder niet gewond is. Dat wijst erop dat iemand haar heeft vastgegrepen en heeft losgelaten zodra ze flauwviel."

"Ze vertelde dat haar kleren een puinhoop waren."

"Waarschijnlijk alleen door de val. Ik bedoel dat haar kleren niet los- of uitgetrokken waren. En het medisch rapport is zeer duidelijk: er zijn geen andere kneuzingen dan die door de val veroorzaakt zijn. Of we moeten te maken hebben met een gek die ervan houdt om naar hulpeloze vrouwen in seksueel prikkelende houdingen te kijken."

Hij moest zijn eerdere mening, dat er twee eco-strijders bij betrokken waren, herzien en richtte zich weer op de filmwereld. McCadden trommelde met zijn vingers op het stuur en mompelde: "Grappig dat je dat zegt, Rose."

Donnelly staarde hem aan.

"Ís er sprake van een gek, meneer?"

McCadden schudde spijtig zijn hoofd.

"Het is waarschijnlijker dat iemand de aanvaller gestoord heeft", gaf hij toe. Hij wees weer naar het raam, deze keer in de richting van de onechte wereld achter de slagboom. "Hoe gaat het met die geweldige mensen?" vroeg hij. "Heb je iets kunnen regelen?"

Donnelly knikte en leunde achterover om het boekje in haar zak te steken.

"Er wacht een productie-assistent op ons om ons rond te leiden. Zullen we maar?"

"Ik zou het voor geen goud willen missen", deed McCadden enthousiast. "De filmindustrie laat tegenwoordig Ierland links liggen, dus zo'n kans zullen we wel nooit meer krijgen."

De productie-assistent was een vlotte jonge vrouw met lang bruin haar die het nodig vond om alles twee keer zo snel te doen als nodig was. Ze sprak zo snel dat er telkens een stilte viel tussen het eind van een van haar zinnen en het begrip van haar toehoorders, een pauze die ze elke keer meende te moeten opvullen met nóg meer woorden. McCadden stond nog haar hand ter begroeting te schudden toen zij al verteld had waarlangs de rondleiding zou gaan en alweer bij het beginpunt was, klaar om te vertrekken.

"Oké", zei een verdwaasde McCadden.

Terwijl ze hen voorging over de parkeerplaats naar het strand en langs het bordje van de gemeente waarop stond dat ze een vogelreservaat binnengingen, rende ze ver voor hen uit, realiseerde zich toen dat ze elkaar zo kwijt zouden raken, kwam berouwvol terug, om er vervolgens weer als een speer vandoor te gaan. Door al haar bewegingen was haar stem niet altijd goed te horen, als een zwak radiosignaal, vol krakerige klinkers en schreeuwerige drukte.

" ... géén idee waarom íédereen zo bezorgd is", hoorden ze haar roepen. "Er is hier een man van de vogelbescherming die de zaak in de gáten houdt. En we gebrúíken het reservaat zelf niet eens. De Burrow wordt gebruikt als achtergrond. Kíjkt u maar zelf! Ze werken op het stránd ..."

Ze waren inderdaad op het strand, moest McCadden toegeven. Hoewel werken niet het goede werkwoord was. Er stonden daar zo'n honderd mensen, maar die leken alleen maar te staan, te wachten.

De productie-assistent stopte abrupt, keek achterom en wachtte ongeduldig op de twee rechercheurs.

"Ze zijn net met de opnames begonnen", fluisterde ze. "We moeten stil en rústig zijn tot de regisseur klaar is. De régisseur is de man ..." En ze stak haar arm uit.

Zelfs op afstand was de spanning op de set voelbaar. Een vertwijfelde spanning, door de tijds- en werkdruk.

Twee mensen, Cathy Morrison en haar tegenspeler, allebei in jaren vijftig-kleding, stonden voor de massieve duinen. McCadden kon de dialoog niet horen, maar probeerde zich voor te stellen wat zich daar afspeelde, dacht aan de weggestopte herinneringen van ontmoetingen met mime-artiesten in Dublinse theaters waar zijn ex-vrouw hem altijd mee naartoe sleepte. Ze zouden kunnen boksen, dacht hij schertsend. Of een kinderspelletje spelen. Maar geen van beide leek logisch.

Wat ze ook geacht werden te doen, ze deden het niet goed. De regisseur sprong ineens op en doorsneed met een scherpe, boze stem de stilte.

"*Cut! CUT*!"

Het bevel werd herhaald door een twintigtal kruiperige assistenten, die onmiddellijk rond hem tot leven kwamen.

"*CUT! CUT*!"

"We nemen een pauze, állemaal", riep de regisseur op een vermoeide toon die suggereerde dat dat niet voor hem was weggelegd. "Verdomme, dat hebben we allemaal nodig. Martin! Waar zit je, Martin?"

De productie-assistent liet onmiddellijk haar gestrekte arm zakken. "Nu!" riep ze. Alsof ze op de startstreep stonden, het startteken net gegeven was en haar arm de slagboom was. Binnen tien stappen lag ze veel te ver voor om te kunnen zien waar de rechercheurs naartoe wilden of met wie ze wilden praten.

McCadden zag haar tussen de figuranten verdwijnen. Zodra hij haar niet meer zag, wenkte hij Rose Donnelly om mee te lopen naar Cathy Morrison en haar tegenspeler, die te midden van zenuwachtige visagisten, lastige kleedsters en babbelende begeleiders stonden ... die vast en zeker allemaal graag een koffiepauze wilden houden. Of zag McCadden het verkeerd? Was de regisseur de enige die het recht had zijn voeten even op tafel te leggen?

"Wie ís dat, Rose?" fluisterde McCadden.

"Wie, meneer?"

"Die etalagepop. Die acteur. Bij Cathy Morrison."

"Dat? Dat is Hank Panusi."

"Wie?"

"Hij speelde de huispsychiater in de televisiekomedie *The Jung Generation*. Weet u nog? Die serie probeerde mee te profiteren van het succes van *Frasier*. En hij was een van de agenten in SPUC. Dat was de afkorting van Special Police Unit Command, maar hier bestond al de anti-abortuslobby, Society for the Protection of the Unborn Child. Dat was te verwarrend en het programma werd van de buis gehaald."

"Hoe weet jij al dit soort dingen, Rose?"

"Mijn meiden kijken ernaar."

"Oké."

Tegen die tijd was het gesprek tussen Morrison en Panusi zo hoog opgelopen en zo verhit dat het duidelijk was dat ze niet meer acteerden.

"Jezus christus, Cathy, je moet me even rust gunnen!" pleitte Panusi. Door zijn zorgvuldig gescheurde shirt en opgerolde broek, met zijn gebruinde huid en getrainde biceps vond McCadden hem meer op een homoseksuele Californische bodybuilder lijken dan op een Ierse boer uit de jaren vijftig. En zijn hoge stem bracht daar geen verandering in.

"Ik heb het idee dat ik hier iets mís!" krijste hij.

Cathy Morrison stond zich te verbijten. Ze stond op het punt te ontploffen en wellicht de werkrelatie met een paar harde waarheden te verstoren, toen ze de rechercheurs zag en haar wenkbrauwen optrok en haar lippen in een strakke welkomstglimlach dwong.

Gewoon voor de grap besloot McCadden haar een steuntje in de rug te geven.

"Is het de bedoeling dat u een Iér moet voorstellen?"

De acteur brieste: "Wat voor kolerevraag is dát nou weer?"

"Hij is een rechercheur", grinnikte Cathy Morrison. "Dat soort vragen stelt hij de hele tijd."

McCadden wuifde kort naar de acteurs en technici, de cameramensen en cateraars die zich allemaal haastten naar de drukste koffiepauze die hij ooit in zijn leven gezien had, en hij hoopte dat hij bewonderend keek.

"Waar gaat de film trouwens over?"

Panusi, duidelijk niet op zijn gemak nu het over iets groters dan een close-up ging, stond direct met zijn mond vol tanden.

"Tja ..." aarzelde hij.

"Mevrouw Morrison was zo voorzichtig me naar uw publiciteitsafdeling door te verwijzen toen ik haar er laatst naar vroeg."

Panusi beet blijmoedig in het aas.

"O, welnee, het is geen groot geheim, hoor. Ik kan me niet voorstellen dat Cathy zo voorzichtig was. Het is echt hét Ierse zomerthema, weet u."

"Zoals felgekleurde T-shirts en pastelkleurige pakken?"

"Nee, nee ..."

Bob Bettesworth, de directeur van de filmmaatschappij, viel nerveus springerig, wat zijn normale stijl leek te zijn, in de groep. Hij had overduidelijk iets dringends op zijn lever. Maar zijn hoofdrolspelers hadden wel wat anders aan hun hoofd. Veel dringender zaken.

"Wil jij alsjebliéft met deze man over mijn rol praten, Bob!" smeekte Cathy Morrison. "Hij wil dat ik me als zo'n verdomde slet aan z'n voeten werp!"

"De rechercheur vroeg zich af", begon Panusi tegelijkertijd, "waar onze film over gaat."

Bettesworth was nu al van zijn apropos.

"Film?" herhaalde hij.

"Het thema", legde Panusi uit. "Het onderwerp."

"Ja! Tuurlijk!"

"Bob!" drong Cathy aan.

"Ja, lieverd."

"Specifiek", hield Panusi aan, "in relatie tot het moderne Ierland."

"Ze is een plattelandsmeisje", ging Morrison verder. "Groeide in een afgesloten gemeenschap op. Ze is seksueel volslagen onervaren."

"Ik heb echt geprobéérd", jammerde Panusi, "om het hem uit te leggen."

Bettesworth was het nu helemaal kwijt.

"Wat vroeg je ook weer, Hank?"

"Het thema van de film, Bob?"

"O, ja. Ja. Eh ... inspecteur McCadden, is het niet?"

McCadden knikte.

"En rechercheur Donnelly."

"Hoe gaat het met u? Ja. Nou, eh, de film gaat over onopgeloste spanningen bij de hoofdpersoon in een periode van grote veranderingen, zowel voor hemzelf als voor de maatschappij, eind jaren vijftig. De grootste tegenstelling wordt door zijn ouders gepersonifieerd. Zijn vader is brigadier bij de politie ..."

"Een brigadier bij de politie?"

"Ja ..."

"Wat een enorm toeval."

" ... een meeloper, pragmatisch en openstaand voor de wijkende horizon van het nieuwe Ierland van die tijd ..."

"Tja, dat zou hij zeker, neem ik aan."

"Maar drank is zijn zwakte ..."

"Natuurlijk."

" ... en daar gaat hij aan ten onder. De moeder is een vrouw met grote kalmte, groot begrip en ontwikkeld ..."

"Het standaard Ierse matriarchaat."

" ... maar nog belangrijker dan haar spiritualiteit is haar vage onbevredigende gevoel."

"En de vriendin?"

"Wel, de tragedie van de hoofdpersoon is dat hij naar de spirituele wereld van zijn moeder verlangt, maar uiteindelijk toch in de alcoholische wereld van zijn vader belandt."

"Dus de vriendin lijdt."

"Ik ben bang van wel."

Als oplettende chaperonnes werden de omstanders naar McCadden en zijn nieuwsgierigheid gezogen. Bill McMullan kwam midden in de uiteenzetting naast zijn directeur staan, wat de Engelsman irriteerde. Paul Hyland plantte zichzelf weer wat later naast zijn baas, armen over elkaar en benen gespreid: een taaie, onbuigzame man.

Bettesworth kreeg een seintje van zijn regisseur, de ongenadige tijdbewaker die in zijn nek blies, op zijn horloge en naar de ondergaande zon keek en vervolgens naar beide kanten om de aandacht van zijn slaafse sterren te trekken.

"Wilt u ons excuseren?" vroeg hij. "We móéten echt weer aan het werk."

"Mag ik nog héél even?" vroeg McCadden. "Nu u allemaal hier bent. Het duurt niet lang."

Ze keken hem behoedzaam aan. En zijn centrale rol, met zoveel ogen op hem gericht, beviel hem aanvankelijk niet zo erg.

"Rechercheur Donnelly en ik", legde hij uit, "hebben in de loop van het onderzoek naar de aanslag op mevrouw Morrison verschillende verklaringen van potentiële getuigen opgenomen. We hebben de plaatselijke bevolking al gehad en willen nu werknemers van de filmmaatschappij ondervragen. We dachten dat het een goed voorbeeld zou zijn als we bovenaan zouden beginnen. Meneer McMullan. Meneer Bettesworth. Meneer Panusi. Dat soort mensen. We zijn in uw doen en laten van afgelopen dinsdagavond geïnteresseerd, tussen elf uur 's avonds en één uur 's nachts."

Bettesworth begon als eerste, want hij wilde als eerste weer weg.

"In mijn geval is het heel eenvoudig en duidelijk", zei hij. "Ik nam toen de opnames van die dag met mijn cutters door. Iets wat we elke avond doen."

"Meneer McMullan?"

"Ik moet toegeven dat ik dinsdagavond bekaf was, inspecteur. Ik vind het vervelend om te moeten zeggen, maar ik was die hele avond en nacht op mijn kamer nadat ik snel nog iets aan de bar gedronken had."

"Meneer Panusi?"

Panusi keek moeilijk.

"Ik weet het niet zeker meer, ben ik bang."

"Je hebt met ons wat gedronken, Hank", hielp McMullan. "Weet je nog? We hebben samen het staartje Jim Beam soldaat gemaakt."

"Ja, waarschijnlijk. Ik bedoel, ik had er niet aan gedacht, dat is alles. Misschien kan ik straks nog even terugkomen, inspecteur?"

"Nou, rechercheur Donnelly zal hier nog wel even blijven om de verklaringen af te ronden ..."

Toen de groep opbrak, waarbij Bettesworth erop aandrong dat zijn sterren moesten ophouden met hun gejammer, gleed McMullan gladjes in de rol van gastheer. Maar McCadden zag af en toe iets in zijn ogen wat hem aan de waarschuwing van Eleanor Shiels deed denken.

"Bent u wel eens eerder op een filmset geweest, mevrouw Donnelly? Ik had voor het eerst het genoegen bij *Five Easy Pieces*, ergens in '69 ..."

Hij nam haar mee naar voren, tot vlak naast de regisseursstoel en bleef opschepperig vriendelijk tot de acteurs klaarstonden voor een nieuwe opname van de scène.

Dichtbij genoeg om de dialoog te verstaan, kon McCadden deze keer in elk geval de ontmoeting tussen Morrison en Panusi volgen. Net als bij de meeste mysteries was de ontknoping banaal. Hoewel, eigenlijk waren het de herkenningspunten uit het echte leven die storend waren.

De man wilde seks. En het meisje niet. In de hoop dat ze én hem een plezier deed én hem aan zich kon binden, gaf het meisje uiteindelijk toe. Maar de man walgde ervan dat ze zich zo verlaagd had en verliet haar. Een dreun onderstreepte zijn afwijzing. Een dreun die uiteindelijk op mishandeling uitliep, en op een verkrachting, hoewel het meisje eerder had toegestemd.

Tijdens dit alles hield McCadden Bill McMullan in de gaten. Want de glimmende oude man leek er helemaal in op te gaan, leefde intens mee eerst met de een en dan met de ander, maar het was onduidelijk of dat nou wel of niet kwam doordat Cathy Morrison het trauma uit haar eigen leven naspeelde.

Toen het klaar was, toen de regisseur vanuit zijn stoel verkondigde dat het gedaan was met de arbeid, haalde iedereen op de set opgelucht adem. Behalve McCadden, die zich bezoedeld voelde door wat hij had gezien. Hij nam vlug afscheid en liep snel met Rose Donnelly en Paul Hyland over het strand, via de stenen trappen naar de parkeerplaats en vervolgens naar de uitgang.

Bij de slagboom, met Hyland nog steeds in de buurt, vroeg Donnelly heel kalmpjes: "Zou ik u een minuutje in uw auto kunnen spreken, meneer?"

McCadden was verbaasd, maar probeerde dat niet te laten merken.

"Tuurlijk."

Hylands tanden schitterden in een roofdierachtige glimlach.

"Ik wacht hier op je, Rose."

Donnelly grimlachte. Hyland had al eens eerder achter haar aan gezeten, herinnerde McCadden zich. Een paar jaar geleden, voor hij het korps verliet en voor hij van zijn vrouw gescheiden was. Donnelly vond hem blijkbaar nog even afstotelijk.

Op de voorbank van McCaddens Mondeo pakte ze haar boekje weer.

"McMullan heeft verklaard, meneer, dat hij de hele dinsdagavond en -nacht in het hotel was", begon ze. "Maar dat klopt niet met wat ik heb. Volgens iemand van de nachtdienst kwam meneer McMullan die nacht om twee uur via de achterdeur van het hotel naar binnen. Zijn kleren zaten onder de modder. Hij leek te denken dat niemand hem gezien had."

"Geweldig", zuchtte McCadden.

"Zal ik hem ermee confronteren, meneer?"

McCadden schudde zijn hoofd en zwaaide amicaal naar de rustig wachtende Hyland achter de slagboom.

"Nee", zei hij langzaam, en rekte terwijl hij nadacht de lettergreep zo lang mogelijk uit, hoopte dat hij het verwarde kluwen in zijn hoofd kon ontwarren. Zijn eigen gevoel. McMullans politieke agenda. Zijn eigen ambitie. De snuffelaars van Special Branch op het bureau.

Hij zei: "Rose, probeer zonder het echt hardop te zeggen, zonder er de aandacht op te vestigen, een beeld te krijgen van wat McMullan die avond en nacht heeft gedaan."

16

Tegen zeven uur die avond had McCadden een geschreven rapport van Rose Donnelly voor zich liggen dat haar verdenkingen bevestigde.

Bill McMullan was die dinsdagmiddag na de opnames naar het hotel teruggekeerd en had met Hank Panusi en een paar andere acteurs een paar borrels aan de bar gedronken. Hij had twee of drie keer gevraagd waar Cathy Morrison was, voor hij rond halfelf naar zijn kamer was gegaan. Niemand had hem daarna nog gezien tot de nachtportier, die een stiekem sigaretje in de tuin rookte, hem betrapte toen hij iets na tweeën 's ochtends onder de modder naar binnen glipte.

McCadden was van plan geweest om in de plaatselijke bioscoop een film te pakken om zich wat te ontspannen. Maar hij veranderde na het lezen van het rapport van Rose van gedachten en bleef een frustrerende avond thuis.

Dit vond hij altijd het ergste. Een minpunt van hem dat hem mateloos irriteerde. Geen dienst en een zaak die muurvast zat, maar die hij niet los kon laten, hij bleef er maar over piekeren. Hij had geen behoefte om te lezen, zelfs niet om televisie te kijken. En hij had absoluut geen behoefte aan gezelschap.

Nadat hij urenlang onrustig door zijn flat had lopen ijsberen, viel hij eindelijk tegen enen nog steeds gefrustreerd in slaap. Binnen het uur werd hij alweer wakker van een stel dronkelappen op straat dat een nummer van Jennifer Lopez verkrachtte. Hij kon amper de verleiding weerstaan om op te staan en een kop koffie te maken. Terwijl hij weer in slaap sukkelde, hoorde hij de telefoon rinkelen. Hij moest moeite doen om wakker te worden en was blij dat, toen hij weer bij bewustzijn was, het apparaat nog overging. Maar de digitale klok gaf nu 6:42 aan.

Verward nam hij de hoorn van de haak en mompelde: "Ja?"

"Carl? Met Frank Ryan."

McCadden was verbijsterd.

"Gaat het over Schotland?" raadde hij.

"Wat?"

"Ik vroeg je om Lisenter en Bill McMullan in Schotland na te trekken."

"Nee ... daar wordt aan gewerkt, bedoel ik, maar er is nog geen nieuws. Dat zou ik trouwens ook niet om halfzeven 's ochtends doorbellen. Zeg, hoor eens, je kunt je maar beter gaan aankleden."

"Zit je op het werk, Frank?"

"Nee, in de auto. Ik kom je ophalen. Over zo'n twee minuten sta ik voor je deur. Ga je nou maar aankleden. Ik wacht buiten op je."

Doodmoe van een gebroken, onrustige nacht, een beetje verward en met een opkomende hoofdpijn deed McCadden niet moeilijk. Ryan was veel te ervaren en te betrouwbaar om zo'n telefoontje om niets te plegen.

Het werd al licht buiten. Het was warm geweest 's nachts, en de ochtend zou weer heet en wolkeloos worden. Hij had geen idee waar ze naartoe zouden gaan, dus besloot McCadden dat een trainingsbroek en een makkelijk shirt een goede keus waren.

Aangekleed liep hij snel de open trap af de keuken in om wat koffie te zetten. Hij hoorde de claxon precies op het moment dat hij koffie in een mok schonk. Hij griste zijn leren jasje van de kapstok, nam de mok mee en dronk de koffie op terwijl hij via het centrale trappenhuis naar de voordeur liep.

Ryan zat in een dienstauto, een tweeliter Hyundai Sonata. Hij kreeg er een kik van om ermee door de verlaten straten te scheuren. McCadden zat nog niet op de passagiersstoel of Ryan trok al op. Een gierende U-bocht, pijlsnel over Manor Street en dan linksaf naar de kortste weg van de stad naar Brownstown Head.

"Jack Redmond draait vannacht nachtdienst", legde hij uit. "Ik had een slecht gevoel gisteren nadat wij met elkaar gesproken hadden, daarom vroeg ik of hij mij een seintje wilde geven als er wat gebeurde."

"Oké", begreep McCadden. "En wat gebeurde er?"

"We hebben een lichaam. Bijna zeker een moord. Ken je de Saleens?"

McCaddens interesse was gewekt. De Saleens was een verlaten strand ongeveer een kilometer ten oosten van Brownstown, tussen de Head en de vissershaven Dunmore en vlak bij de farmaceutische fabriek Lisenter.

"Ja, ken ik."

"Een paar Engelsen hebben daar gekampeerd tijdens een viskampeervakantie. Ze wilden vanochtend vroeg vertrekken met laagtij toen ze het lichaam zagen. Onder de, naar het lijkt, steekwonden. Maar dat kan natuurlijk ook door de rotsen komen."

"Oké, maar waarom de paniek, Frank? Zijn de vissen teruggekomen om hem weer mee te nemen?"

Ryan stuurde de auto zwierig langs de kuilen in de weg en door John's Park en gaf goed gas in de richting van het platteland. Hij lachte diep en hol om te laten merken dat hij de grap wel gehoord had, maar niet leuk vond.

Hij zei: "Redmond moest de commissaris bellen. De commissaris liet direct onze Special Branch-gasten wekken. Dus Reynolds en O'Dea zijn ook op weg naar de Saleens. We moeten zorgen dat we daar als eersten zijn. Of hopen dat De Burgh of Rose Donnelly er eerder zullen zijn. Ik heb die twee ook uit bed gebeld."

McCadden masseerde zijn stijve nek en keek naar de voorbijschietende heggen.

"Waarom zijn die Special Branch-mensen geïnteresseerd?"

"Omdat ze denken dat het het lichaam van ene Rookie Wallace is, op wie ze zo gek zijn."

"Hoe weet je dat, Frank?"

"Dat van Wallace?"

"Hm-hmm."

"Reynolds en O'Dea hebben de hele dag op het bureau vragen lopen stellen. Iederéén weet het van Wallace. Zonder ook maar iets van en over hem te weten."

"Waarom denken ze dat het Wallace is die daar op het strand van de Saleens ligt?"

"Omdat het lichaam uit Dublin komt. Hij draagt het clubshirt van Dublin."

"Zeker weten dat hij ..."

"Nee. Ik weet wat je wilt gaan zeggen. Maar dit is interessant, Carl. Als iemand een Manchester United-tenue aanheeft, of een Arsenal- of een Liverpool-shirt, dan is de kans nul komma nul dat hij uit Manchester of Londen of Liverpool komt. Ik bedoel, zelfs als hij een van die verrekte spélers is, is dat nog niet zeker. Maar dat is het mooie van de Ierse competitie. Alleen Dubliners dragen het Dublin-shirt. Alleen Waterforders dragen het Waterford-shirt. En zo hoort het ook. Vind je niet?"

"Absoluut."

"En die Wallace, die komt toch uit Dublin, hè?"

McCadden knikte.

"In zekere zin."

"Jij kent hem, toch?"

Ryan was niet aan het bedelen. Of niet alléén aan het bedelen; hij vroeg zich hardop af of hij meer kon helpen.

En hoe dan ook, dacht McCadden, was het waarschijnlijk tijd geworden om hem wat meer te vertellen. Doordat hij op eigen initiatief De Burgh en Rose Donnelly en anderen ingeschakeld had, liep Ryan grote kans dat hij zéér onpopulair werd bij de plaatselijke leiding.

"Persoonlijk", vertelde McCadden, "ken ik hem niet zo goed. Ik heb met hem samengewerkt, maar dat was steeds voor korte periodes. Hij heeft me ooit een keer gered en nu ben ik hem wat verschuldigd."

Ryan fronste zijn wenkbrauwen en keek kort opzij, hoewel ze op een smal landweggetje reden.

"Bedoel je dat hij een van ons is, Carl?"

"Het is niet veilig voor hem als je dat rondbazuint."

"Zelfs niet onder vrienden?"

"De afgelopen jaren heeft hij undercover gewerkt, voornamelijk in de ongure wijken van Dublin. En dan heb ik het niet alleen over surveillance, ik bedoel de hele mikmak. Nieuwe identiteit. Geen eigen plek om na het werk naartoe te gaan. Hij komt niet uit Dublin – niet oorspronkelijk in elk geval – dus ze kennen hem daar als een zwerver, iemand die is komen aanwaaien. Ik geloof dat hij in Cork geboren is. Toen ik met hem in Galway werkte, had hij een vriendin met wie hij zou trouwen en had hij een mooie carrière voor zich. De afgelopen drie jaar heeft hij blijkbaar van een uitkering geleefd. Het ene na het andere bed in Dublin en junkies en ander uitschot als gezelschap. Ik snap niet waarom hij het doet en hoe hij het volhoudt."

"Is er iets met die vriendin gebeurd?"

"Dat denk ik niet."

"Hoe was hij om mee te werken?"

"Ik heb hem nooit aardig gevonden, om eerlijk te zijn. Daarom heb ik hem waarschijnlijk nooit beter leren kennen. Hij was veel te fanatiek, veel te veel een man met een missie. Wilde altijd de beste politieman van de wereld zijn."

"Ik ken het soort."

"Maar hij dekte mij en ik sta bij hem in het krijt."

"Wat doet hij hier in Waterford?"

"Ik wou dat ik het wist."

"Naar jou op zoek?"

"Ik ben niet zo moeilijk te vinden, Frank."

"Wanneer heb je hem voor het laatst gezien?"

"Eergisteren, in Michael Street. Ik zat in de auto. Tegen de tijd dat ik eruit was, was hij ervandoor."

"Klinkt niet alsof hij je zoekt, hè?"

"Hij belde me thuis toen ik op vakantie was, tegen het eind van afgelopen maand, vroeg om informatie over Eleanor Shiels. Ken je haar? De zangeres?"

"Die hier in Brownstown woont? Werd die niet ondervraagd na de dood van Logan?"

"Klopt."

"Ik begin te begrijpen ..."

"Ik neem aan dat Wallace me om een gunst vroeg. Maar hij heeft daarna geen contact meer met me gezocht. Vóór dit geval is het bijna twee jaar geleden dat ik hem voor het laatst zag. Ken je Chris Smith in Dublin?"

"Oppervlakkig."

"Ik was bij Chris in Kevin Street, hing daar wat rond omdat ik hem voor iets nodig had. Ze brachten toen een lading junkies en ander tuig binnen en Wallace zat daartussen. Hij zag me, maar negeerde me. En dat was de eerste aanwijzing die ik kreeg dat hij undercover was. Verder kende niemand hem daar en ze behandelden hem als een gewone verdachte. Het lukte me om een paar minuten met hem alleen in een verhoorkamertje te zijn en we kletsten even wat. Ik kreeg de indruk dat Special Branch hem in de gaten hield. Ik durf te wedden dat Reynolds en O'Dea zijn huidige contactpersonen zijn."

"En wat beweren die dan? Dat hij over de streep is gegaan? Dat hij overgelopen is?"

"Ze beweren helemaal niets. Maar ze zoeken hem wel."

"Wat betekent dat ze hem kwijt zijn. Dat hij zijn laatste afspraak met zijn contactpersoon gemist heeft."

"Daar lijkt het op."

"Hoe weten ze dat hij in Waterford is?"

"Eerlijk gezegd denk ik niet dat ze daar zo zeker van zijn. Afgelopen vrijdag belde ik Chris Smith, vroeg of hij Wallace voor me wilde natrekken en dat telefoontje moeten ze onderschept hebben. En ze hebben toen aangenomen dat ik Wallace hier ergens gezien of gesproken had. Ik heb ze niet verteld dat ik hem inderdaad eergisteren gezien heb. Ze tasten nog in het duister."

"Alleen maar een extra reden voor ons om als eersten bij de Saleens te zijn."

"Daar lijkt het wel op ..."

Met zijn voet zwaar op het gaspedaal sloeg Ryan op het kruispunt bij Corbally links af, racete langs Michael Constants bungalow en sloeg weer een keer links af. McCadden zag dat Ellen O'Doherty in de deuropening stond, op dezelfde plek en bijna in dezelfde houding als Constants moeder jaren geleden gefotografeerd was met een zwarte shawl om.

Ze was niet de enige die door hun actie op de vroege morgen gestoord werd. Boeren keken vanachter de hekken van hun akkers naar de voorbijrazende auto, strekten hun nekken en leunden zwaar op de bovenste hekpaal. En een paar kinderen die een blaffende herdershond in bedwang probeerden te houden, drukten hun ruggetjes tegen de heg naast de smalle berm.

Vijf-, zeshonderd meter verderop, ter hoogte van een zijweggetje, terwijl hij net na een bocht gas wilde geven, moest Ryan in plaats daarvan vol op de rem gaan staan en hij vloekte zachtjes. Voor hen reed een langzaam rijdende Opel Omega. Jerry O'Dea zat achter het stuur, Tom Reynolds hing uit het open raam naast de passagiersstoel en ze zochten allebei radeloos naar naambordjes en wegwijzers die hen naar het onbekende strand moesten brengen waar een dode man op hen wachtte.

Ryan ging pal achter de Omega rijden en toeterde. Maar de Special Branch-mannen keken hen alleen maar aan door de achterruit en weigerden aan de kant te gaan. En het weggetje was te smal om erlangs te kunnen.

Binnen een minuut kwam Liam de Burgh in een dienstauto met een geüniformeerde chauffeur achter hen rijden en hij gebaarde zijn frustraties en verontschuldigingen naar McCadden en Ryan. En dit kleine konvooi bleef in deze volgorde als een slang over de weg glijden tot ze bij de Saleens waren.

Ze verwachtten daar een enorm gedrang aan te treffen, een af en aan rijden van auto's, geduw en getrek over wie er het eerste zou zijn, eventueel zelfs een ordinaire race op het lichaam. Maar de toegang tot het strand was al afgezet met rood-wit plastic en Rose Donnelly, indrukwekkend gekleed in een witte overall en operatiehandschoenen, stond ernaast en bewaakte de oprit.

Reynolds was het eerst bij haar. Ze blokkeerde de weg, bekeek zijn identiteitskaart, bestudeerde nauwkeurig zijn pasfoto, vergeleek die met zijn gezicht en gaf de kaart terug op de manier van iemand wiens hersenen te lui waren om zelfs het invulformulier voor toekomstige Garda-rekruten te lezen. Ze verroerde zich geen millimeter. En Reynolds, buiten zijn rechtsgebied en zonder schriftelijke machtiging, kon er niets aan doen zonder een serieus incident te riskeren.

McCadden kwam maar een paar secondes na hem. Toen hij bij hem was, klopte hij hem meelevend op zijn schouder.

"Sorry, inspecteur", zei hij minzaam. "Plaatselijk probleem. U krijgt uiteraard een kopie van ons rapport."

Reynolds dook weg om onder McCaddens hand uit te komen. Hij draaide zich abrupt om en trok het enige wapen dat hij had. Zijn mobiele telefoon. Zijn politieke contacten. Zijn invloed bij de hoge pieten.

McCadden liet hem. Hij vroeg De Burgh en de geüniformeerde agent om op wacht te gaan staan en liep toen met Ryan en Rose Donnelly naar het strand.

Aan hun linkerkant stond een groene tent met de voorflap open: het huis van de twee zeevissers van wie de vakantie net afgelopen was. Voor hen, schrijlings op de lijn tot waar het water was gekomen voor het weer eb werd, lag het doorweekte lichaam, met zijn rug naar de rechercheurs.

Vanuit de verte had het net zo goed een dronken vent kunnen zijn die daar na een wild feest in slaap was gevallen. Behalve de gestrekte linkerarm en het rechterbeen lag het lichaam in de foetushouding, het gebogen hoofd raakte bijna zijn eigen benen. Hij droeg inderdaad een felblauw clubshirt en een gescheurde spijkerbroek die te nat was om de originele kleur te achterhalen en een witte Nike Air-schoen. Zijn linkervoet was bloot.

McCadden had al zijn twijfels gehad – het clubshirt van Dublin had hij nooit echt overtuigend gevonden – maar dat hield hij voor zichzelf tot hij rond het lichaam gelopen was. Door het afzetlint was hij gedwongen in een wijde boog te lopen, zodat de directe omgeving voor de patholoog vrij bleef, en hij keek naar het gezicht van de dode man.

Dat was niet Rookie Wallace.

Het was eerder het gezicht van een kind. Zeventien, misschien achttien jaar oud. Geschoren hoofd. Een groot zilveren medaillon aan een klein ringetje aan zijn rechteroorlel. Een drakentattoo op zijn rechterbovenarm. Er leek een portemonnee of agenda in de broekzak aan de linkervoorkant van zijn jeans te zitten, waar de stof door het gewicht van het water tegen zijn huid gedrukt werd. Maar er was geen denken aan dat hij dat, voordat de patholoog het lichaam vrijgegeven had, kon natrekken. De schoen aan zijn rechtervoet zat losjes om de enkel, maar bleef door een paar steentjes aan de voet zitten.

Het was duidelijk – in elk geval voor McCadden – dat het kind nog niet lang dood was, niet langer dan twee of drie dagen. Er waren nog geen verkleuringen en zwellingen. In geen geval langer dan twee of drie dagen. De rigor mortis was op het gezicht en bij de nekspieren verdwenen, maar leek verder nog aanwezig. Een combinatie die overeenkwam met een lichaam dat ongeveer zo lang in het water had gelegen.

"Iemand had het over messteken", zei McCadden tegen de anderen, want zelf kon hij ze niet zo gauw ontdekken.

"De keel is doorgesneden, meneer", deelde Rose mee. "Het is nu niet meer te zien, maar het lichaam lag wat meer open toen het ontdekt werd."

"Oké. Dus geen kans op een toevallige verdrinking."

"Nee, meneer."

McCadden keek op zijn horloge. Bijna acht uur. De patholoog, zelfs als hij onmiddellijk op de oproep zou reageren, kon nooit binnen een uur vanuit Dublin hier zijn.

McCadden had niet veel zin om weg te gaan, ook niet voor een snel ontbijt of nog een kop koffie. Reynolds en O'Dea hingen hier nog steeds rond, woedend omdat ze waren buitengesloten, loerend op een kans.

Twee keer – terwijl McCadden nog steeds het lichaam bekeek – stuurde Reynolds een geüniformeerde agent over het strand naar hem met een korte boodschap. En twee keer had McCadden het verzoek genegeerd. Toen hij klaar was bij het lichaam, ondervroeg hij de twee bange hengelaars; hij babbelde vervolgens wat met een van de plaatselijke agenten om een idee te krijgen van het getij in dit gebied. Pas daarna wandelde hij naar Reynolds.

Tegen die tijd stond er een heel groepje mensen bij de ingang van het strand. Nog geen journalisten, maar dat zou niet lang meer duren. Reynolds, die wat privacy wenste, knikte in de richting van de geparkeerde politiewagens. Maar McCadden bleef waar hij was en dwong de ander tot een geïrriteerd, beschaamd gefluister.

"Jouw commissaris heeft bevel gegeven om mij en rechercheur O'Dea tot de plaats delict toe te laten", begon Reynolds.

"En wanneer was hij hier?" vroeg McCadden onschuldig. "Ik moet hem gemist hebben."

"Ik heb hem twee keer aan de telefoon gehad."

McCadden keek op zijn horloge. Nog geen halfacht in de ochtend.

"Dat zal hij leuk gevonden hebben."

"Een direct bevel van een meerdere hoort direct opgevolgd ..."

"Ja, eh, prima," onderbrak McCadden hem, "als ik een diréct bevel van hem krijg zal ik ernaar handelen. U zult het appreciëren dat de gebruikelijke regels ..."

"Heb je het lichaam geïdentificeerd?"

"Nee, niet forméél", treiterde McCadden hem, want zo liet hij de mogelijkheid open dat het Rookie Wallace zou kunnen zijn.

Reynolds haalde geïrriteerd naar hem uit, maar McCadden ontweek hem eenvoudig en liep weg naar de opdrogende vloedlijn op het strand.

McCadden wist dat hij een korte adempauze had. Hij wist dat Cody te uitgekookt was, te veel een voorzichtig politiek dier, om op een vroeg tijdstip op de plek van de misdaad te verschijnen. De commissaris zou even afstand houden, zou niet verleid willen worden tot overhaaste beslissingen. Hij bewaarde zo dat neutrale evenwicht dat bij zijn rang paste: aan de ene kant alles doen om de bezoekende functionarissen tevreden te stellen en aan de andere kant niets doen wat de plaatselijke functionarissen tegen de haren in kon strijken.

17

Het was na halftien en McCadden wist zelfs niet meer de schijn op te houden dat hij wat te doen had, toen eindelijk de assistent-patholoog, dr. Hugh Craig, arriveerde. McCadden had hem maar één keer eerder ontmoet. Een slanke jongeman. Ongetwijfeld zeer kundig, maar door zijn nauwkeurigheid kwam hij afstandelijk over en was het onmogelijk om vriendschappelijk met hem om te gaan.

Onder de indruk van haar smetteloze witte overall, vroeg Craig Rose Donnelly of ze hem en de mortuariummedewerkers wilde assisteren bij het vooronderzoek. McCadden liet ze hun gang gaan en probeerde de patholoog pas toen ze hoofd, voeten en handen van het slachtoffer met plastic zakken ingepakt hadden een paar uitspraken te ontlokken.

"Hoe lang?" vroeg hij. "Twee, drie dagen?"

"Twee tot vier", corrigeerde Craig. "Ik kan exacter zijn nadat ik het vooronderzoek afgerond heb, maar niet véél exacter. Verwacht niet iets beters dan een richttijd met twaalf uur speling."

"Was hij dood voor hij in het water terechtkwam?"

"Dat kan ik nog niet met zekerheid zeggen."

"Is het mogelijk?"

"Het is mógelijk, inspecteur", zei Craig vermoeid, "dat de doodsoorzaak de wond in zijn nek is. Mogelijk."

McCadden zuchtte, vroeg zich af waarom de man een beroep gekozen had waarin je vriendschappelijk met de levenden en de doden moest omgaan, terwijl het duidelijk was dat hij zich alleen bij de dode lichamen op zijn gemak voelde. Hij gebaarde naar het lichaam dat ze wilden meenemen.

"Ik moet de inhoud van de zakken nog nagaan. Kan dat nu?"

"U niet", vond Craig. "Rechercheur ..."

"Donnelly, meneer."

Er zát een portemonnee in de linkerzak van zijn broek. Een goedkope, zag McCadden toen Rose Donnelly hem eruit haalde en openklapte. Imitatieleer. Gescheurd en versleten. Misschien té goedkoop voor de inhoud. Er zat 250 pond in. Twee briefjes van vijftig, zes van twintig en drie van tien. En een lidmaatschapskaart van een videotheek, een afspraakkaart van een dokter en een tijdelijk rijbewijs. Alle documenten stonden op dezelfde naam. Vincent Woods, met een adres op St. Anthony's Estate in Dublin. En de pasfoto op het rijbewijs bevestigde dat Vinnie inderdaad de overledene was.

In de dichtgeritste zakken van de broek zaten drijfnatte, halflege, uit elkaar vallende pakjes shag, vloeitjes en wat hasj in een plastic zakje. Verder niets interessants. Wat muntgeld. Een goedkope ring. Een paar huissleutels.

McCadden had alles in zakjes gedaan en gelabeld, Frank Ryan gevraagd om het laatste onderzoek op de plaats delict te leiden nu het lichaam weg was en was achter het lichaam aan gelopen tussen de snelgroeiende mensenmassa door, want het nieuws had zich verspreid, toen dat naar de wachtende ambulance werd gebracht.

Deze keer werd hij door de journalisten belaagd toen hij wilde vertrekken. Afwezig meldde hij de standaardclichés en zag ineens Eleanor Shiels en Bill McMullan naast elkaar tussen de mensen staan. Toen hij in de politieauto zat die mee zou rijden met de ambulance, knikte hij naar hen. Eleanor Shiels antwoordde met een minzaam lachje en zwaaide even. McMullan, die grimmiger en grijzer keek dan normaal, alsof het plastic in zijn gezicht onverwacht verouderde, reageerde helemaal niet.

McCadden kende de chauffeur niet, maar hoorde al snel dat hij nieuw bij dit korps was, dat hij in Dunmore East gestationeerd was en dat hij nu al overhoop lag met brigadier Mullaney.

"Mullaney", herhaalde McCadden zachtjes en realiseerde zich ineens dat de grote man zich die ochtend niet op het strand had laten zien. Raar, dacht hij, voor iemand die in zijn gebied graag de touwtjes in handen heeft.

"Waar is hij vandaag?"

"Vrije dag, meneer."

"Oké."

Hoewel hij eerst ontspannen was en makkelijk praatte, greep hij nu stevig het stuur vast en keek vastbesloten door de voorruit. Hij leek zichzelf te dwingen om iets aardigs over zijn brigadier door zijn droge strot te krijgen als hem nog meer gevraagd zou worden.

Maar McCadden ging niet op het onderwerp door. Hij had zijn huiswerk de afgelopen dagen zelf gedaan en wist al wat hij wilde weten. Hij wist dat Mullaneys vrouw een goedlopend pension runde in Dunmore. Ze was klein, vlijmscherp en vasthoudend, maar efficiënt naar haar gasten toe. Tegenover haar man gedroeg ze zich echter zuur en afwijzend. Dit was de grote frustratie van de grote man. Geen onderwerp om met een nieuweling te bespreken.

"Wat voor sporten beoefen je?" vroeg McCadden.

Gelukkig was de chauffeur een fanatiekeling. Het hield ze bezig tot ze Waterford naderden en hij naar de ambulance wees.

"Wilt u dat ik hem helemaal naar het mortuarium volg, meneer?"

"Eh … nee", besloot McCadden.

Het was net na de middag. Hij had pas om drie uur een afspraak met de patholoog, dus was er geen enkele reden waarom hij al naar het mortuarium zou gaan. Hij hoefde niet te zien dat Craig het lichaam opensneed, wat zijn eetlust zou bederven. Hij had honger. Geen ontbijt gehad. De hele ochtend op een lege maag gewerkt. En die zware zeelucht …

"Wil je me thuis afzetten?" zei hij. "Ik vertel wel hoe je moet rijden."

Om de hoek bij zijn flat, onder de uitsparingen voor de kanonnen in de Double Tower in Castle Street van waaruit ooit de ommuurde stad verdedigd was, zat een nieuw Italiaans restaurant waar hij nog niet geweest was.

Helaas zou McCadden, die meestal niet aan ontbijten toekwam, deze dag ook niet aan zijn lunch toekomen.

Hij haalde het tafeltje in het restaurant nog wel. Hij bekeek het weinig verrassende menu, besloot minestrone en cannelloni te nemen en bracht net een glas water naar zijn lippen toen een serveerster, met een blocnote in de ene en een pen schrijfklaar in de andere hand, naar hem toe liep en vroeg of hij al wilde bestellen. Voor hij haar aankeek, wilde hij het glas op tafel terugzetten en keek hij even door het raam.

Zijn aandacht werd zó plotseling en zó overweldigend naar buiten getrokken dat zijn vingers het glas loslieten en lieten vallen en er water over het tafeltje stroomde.

Op de stoep aan de overkant, met een zwart baseballpetje op en in een zwart T-shirt met MEAT LOAF erop, bewoog Rookie Wallace zich snel met gebogen hoofd in westelijke richting, weg van het centrum.

McCadden sprong op, de serveerster gilde van schrik en liet haar pen vallen. Zijn stoel viel achterover, raakte de rugleuning van de stoel achter hem en viel op de grond. Een mollige hoofdkelner blokkeerde ineens met zwaaiende armen zijn weg naar buiten.

"Gaat het goed, meneer?"

"Ja, ja", verzekerde McCadden hem. "Garda-zaken."

"Eh?"

"Politie!"

Buiten had McCadden even een slecht gevoel. Het leek op een déjà vu. Een gevoel dat deed denken aan nutteloze gevechten in een nachtmerrie. Een angst dat hij zich dingen in zijn hoofd haalde.

Want Wallace was alweer verdwenen.

McCadden rende naar het kruispunt aan het eind van de korte straat. Hij stopte weer bij het tweede monumentale verdedigingswerk in de straat, de French Tower die de hugenoten eind zeventiende eeuw gebouwd hadden, en keek rond. Opgelucht zag hij Wallace aan zijn rechterhand net een smal steegje inslaan. Langzaam volgde hij hem en toen hij de hoek bereikte, had hij voldoende afstand genomen voor een routinematige achtervolging en vertrouwde hij erop dat Rookie nu snel een tipje van de sluier zou oplichten.

Maar die leek er een spelletje van te willen maken.

Op het eind van John's Lane sloeg Wallace weer rechts af. Tegen de tijd dat hij langs het begin van Castle Street liep, had hij een kringetje gelopen. Hij ging Manor Street in en stopte, nadat hij op een briefje had gekeken dat hij in zijn hand had, precies voor het gebouw waar McCaddens flat was. Gebukt las hij de namen die naast de bellen stonden, koos er een en drukte er met zijn duim op.

McCadden zuchtte. In hetzelfde rustige tempo liep hij het gat tussen hem en Wallace dicht en trok pas een paar meter van zijn eigen huis de aandacht van Wallace, die hem vaag leek te herkennen.

"Je wist dat ik achter je aan zat, hè?" zei hij.

Wallaces verwilderde gezicht met het litteken keek hem verbaasd aan.

"Wat bedoel je daarmee?"

"Kom op, zeg! Je wist dat ik achter je liep. En in plaats van ergens naartoe te lopen, kom je hier terug. Laat me dat briefje eens zien dat je had, waarmee je net deed alsof mijn adres erop stond."

Wallace keek angstig links en rechts de straat in, trok zijn pet dieper over zijn ogen en zei: "Kunnen we, eh, naar binnen gaan, denk je? Voor iemand ons ziet."

McCadden stak de sleutel in het slot en liep naar boven, naar zijn flat. Wallace volgde, maar stopte vlak achter de voordeur van zijn flat en keek oplettend rond. Hij keek naar de slaapkamer op de vliering boven zijn hoofd. De open haard recht voor hem. De gelakte vloer. De planken met boeken, lp's en cd's.

"Leuk", zei hij.

"Wil je koffie, Tony?" vroeg McCadden.

"Heerlijk."

McCadden zette genoeg water op voor een pot. Hij had alleen maar koffie gehad die ochtend. Nog meer op een lege maag zou hem niet goeddoen, maar hij had niets te eten in deze flat. Boodschappen doen schoot er meestal bij in tijdens een onderzoek. Of je moest een toegewijde partner hebben.

Hij nam twee mokken, melk en suiker mee naar de woonkamer en zag dat Wallace zich niet verroerd had.

"Ga zitten, Tony."

Toen hij later met de koffiepot binnenkwam en de mokken volschonk zat Wallace in een leunstoel bij zijn muziekcollectie en keek de lp's door. Hij leek somberder geworden. In zijn linkerhand had hij de lp *Liege & Lief* van The Fairport Convention en las met een ironische glimlach op zijn gezicht de tekst op de achterkant.

"Weet jij wat het laatste nummer van deze lp is?" vroeg hij.

"*Crazy Man Michael*", wist McCadden.

"*Crazy Man Michael*", herhaalde Wallace.

Hij keek met glazige ogen naar het album, maar zag duidelijk geen illustratie of letters.

Hij zei: "De eerste keer dat ik Sandy Denny *Crazy Man Michael* hoorde zingen, was het een saaie, winderige avond ergens eind juli 1970. Ik was acht. Mijn ouweheer had net deze lp gekocht, *Liege & Lief*. We zaten in de woonkamer van onze flat in het St. Christopher's Estate, in Cork."

McCadden dronk zijn koffie op, schonk nieuwe in, deed er wat melk bij en nam een slok, terwijl Wallace, alsof hij een eind aan de inleidende bewegingen wilde maken, het album *Liege & Lief* op de plank terugzette. Hij rekte zich in de stoel uit, zijn voeten bleven op de voorste tegeltjes van de open haard staan en het viel stil.

Na een tijdje zei McCadden rustig: "Zo gaat het veel meer tijd kosten dan we hebben, Tony."

Wallace knikte.

"Waarschijnlijk wel."

McCadden zuchtte.

"Ik bedoel, ik wilde gaan vragen wat je de laatste tijd gedaan hebt. Maar als je begint vanaf het moment dat je acht was, gaat het veel te lang duren."

Wallace meesmuilde.

"Dat hoeft helemaal niet."
"Weet je dat zeker?"
"Vind je dat dan erg?"
McCadden vónd het erg. Een man van middelbare leeftijd die wanhopig naar zijn vader op zoek is in het verwarde landschap van zijn gevoelens, was een van die moderne toestanden waarvan hij altijd misselijk werd. Maar hij moest problemen oplossen en hij kon de weg naar de antwoorden niet zelf vinden. Dus vroeg hij plichtmatig: "Hoe was hij? Je vader?"
Wallace haalde zijn schouders op.
"Mijn ouweheer? Lange, jonge vent met smalle, ronde schouders. Felblauwe ogen. Kastanjebruin haar in afrostijl en een donkerder, dikke baard om zijn dunne lippen heen. Een studentenkop. Was die zomer in de filosofie afgestudeerd. Heidegger, geloof ik. Of Husserl. Een van die existentialisten."
"Ik bedoel ... als mens, denk ik."
"Geen idee. Dat is het enige wat ik me van hem kan herinneren. Hij zit voor een draaitafel tussen twee enorme speakers in die *Crazy Man Michael* uitbraken, tegenover een poster van Che Guevara die aan de muur hangt."
"Ging hij dood?"
"Hij ging weg. Alle twee gingen ze. Die avond in juli, nu bijna dertig jaar geleden, die eerste keer dat ik Sandy Denny *Crazy Man Michael* hoorde zingen, was meteen de laatste keer dat ik mijn ouders zag. Ze gingen die nacht weg. Om henzelf ergens in Europa terug te vinden. Of om Amerika te ontdekken. Ik ben er nooit achter gekomen waar naartoe. En ik heb vanaf dat moment nooit meer wat van ze gehoord. Misschien was het de tijdgeest. Vrijheid. Zelfontplooiing. Onderzoek. Of een van de tijdgeesten. Ik weet nog dat ik voor het raam stond, die laatste keer dat ik ze zag. Onder me, op het lapje groen tussen de flats waar we woonden, stond een primitieve versterker hymnes uit te braken via luidsprekers die aan vijf of zes lantaarnpalen opgehangen waren. Ik kon alle muziek horen. *Crazy Man Michael* achter me. *Ave Maria* en *Adeste Fidelis* en *Faith to Our Fathers* voor me. De oude vrouwen uit de buurt, allemaal in het zwart, stonden bij de kar waar de versterker op stond met

brandende kaarsjes in hun hand op de priester te wachten, voor ze in processie rond de flats zouden lopen. Ik zag mijn oma ertussen staan ... Daarom wist ik dat het 25 juli moest zijn, die laatste dag dat ik mijn ouders zag. Weet je wat er op 25 juli is?"

"Nee."

"De naamdag van St. Christopher zelf. Beschermheilige van de reizigers en hopeloze gevallen."

"Is die niet van de kalender gehaald?"

"Helemaal waar. Maar St. Christopher's Estate heeft nooit een nieuwe naam gekregen. Ik ben er een paar jaar geleden nog geweest. De heroïnelucht stroomt je tegenwoordig tegemoet. Elk jaar maken de kinderen op 25 juli een vreugdevuur, gooien er een paar gestolen auto's op en schieten in de lucht terwijl ze eromheen zitten. Niemand weet meer waarom ze midden in de zomer vuur maken, maar dat is alles wat er over is gebleven van mijn oma's verleden, alles wat er over is gebleven van haar brandende kaarsjes, hymnes en rozenkransen."

"En verder?" vroeg McCadden zich hardop af.

"Wat?"

"Je hebt beloofd dat dit zin had."

Wallace lachte.

"Jij bent ook geen steek veranderd, hè?" zei hij. "Jij laat je nog steeds niet door je emoties leiden. Maar ja, het heeft zin. Het punt is dat ik weinig meer geloof. Ik geloof niet in individualisme. Die weg hebben mijn ouders genomen. Om dezelfde reden geloof ik niet in het gezin, gezinswaarden en -regels. Ik begin niet aan langdurige relaties. En religie is dood. Zelfs toen ik acht was, waren de verering en vroomheid van mijn oma al niet meer van die tijd. Het enige – behalve dan mijzelf – waar ik me ooit tevréden over heb gevoeld is de staat. Voor het eerst in mijn leven voelde ik dat ik ergens bíj hoorde toen ik tot het korps toetrad. Dat begrijp je toch wel, hè?"

McCadden trok wat met zijn mond, voelde zich verlegen door deze gevoelsuitbarsting. "Ik begrijp waar je het over hebt."

"Je hebt me eens verteld dat in jullie familie bij de politie gaan een soort traditie was. Daar was ik diep van onder de indruk."

"Ja, eh, misschien niet zo … lógisch als jouw stap."

"Maar toch", zei Wallace. "Maar toch …" Hij draaide zijn gezicht naar McCadden toe, zijn kin rustte op zijn linkerschouder, waardoor het litteken naar zijn donkere ogen werd geduwd. "Er zijn hier vragen over me gesteld, hè?"

"Door heel wat mensen, eerlijk gezegd."

"Inspecteur Tom Reynolds?"

"Onder anderen."

"Wat zei hij?"

"Misschien moest jij mij eerst maar eens vertellen waar je momenteel mee bezig bent."

Wallace knikte, ging akkoord.

"De afgelopen zes maanden", begon hij, "zat ik in een kraakpand op St. Anthony's Estate in Dublin. Ik trok er gewoon in. Dat ging heel makkelijk. Het punt is dat je niet moet doen alsof je een van hen bent. Dan maak je fouten in het taaltje, kennis van de omgeving en hebben ze je meteen door. Maar ik kom uit Cork. Ik speelde de zwerver uit Cork, die hier toevallig in dit pand beland was na jaren te hebben rondgezworven. Wie wist er in vredesnaam dat ik fouten in plat Corks maakte, en wie kon het in vredesnaam iets schelen dat ik fouten maakte in plat Dublins? Dat was van iemand uit Cork te verwachten. Ik hield mijn ogen en oren open. Ik zorgde ervoor niet bij misdaad betrokken te raken, maar had geen kritiek op mensen die dat wel deden. Soms werd het pand gebruikt om drugs te verstoppen of iemand te verbergen."

"Maar daarom zit Reynolds je toch niet door het hele land achterna?"

"Nee", gaf Wallace toe. "Ongeveer een maand geleden – een paar dagen voor ik jou belde – zat ik in dat pand met twee andere gozers, Willie Flanagan en Vinnie Woods. We dronken cider en pokerden een beetje. Als tijdverdrijf."

McCadden voelde een ijskoude hand in zijn nek. Hij probeerde niet verbaasd te kijken.

“Wie is Willie Flanagan?” wilde hij weten. “En wie is Vinnie Woods?”

Wallace schudde zijn hoofd.

“Die ken je niet.”

“Daarom vraag ik het ook.”

“Kruimeldiefjes. Flanagan eigenlijk niet meer, maar hij doet af en toe nog een inbraakje. Woods is andere koek. Zeventien jaar, en altijd onder invloed van speed, crack of ecstasy. Labiel. Hij is pas begonnen ecstasy en crack voor een dealer in het gebouw te bezorgen.”

“En wat is er precies gebeurd?”

“Flanagan was net de kaarten aan het delen toen we boven ons een groot kabaal hoorden. Onze lamp aan het plafond schudde ervan, het peertje zwaaide heen en weer aan het snoer. Normaal gesproken bemoei je je niet met anderen in dat gebouw, maar Woods stond er deze keer op dat we boven gingen kijken. Die flat stond ook leeg. Ik denk dat Woods wist dat die ruimte ergens voor gebruikt werd, misschien door de bende waarmee hij contacten had om crack of heroïne te stallen en was hij bang dat het ontdekt of gestolen was.

Ik ging met hem naar boven. Het slot van de deur van de flat was geforceerd en de deur zelf hing open. Binnen was het stil. Overal was het nu stil. We duwden de deur wat verder open en wachtten af. Toen er geen reactie kwam, liepen we naar binnen. Er lagen een paar geopende brieven aan onze voeten op de smerige vloer. Verder was het pikdonker.

We hadden geen licht bij ons. Dus stonden we stil en wachtten weer. En we hoorden niets. Maar toen mijn ogen gewend waren, zag ik midden in de kamer, recht voor me iets vaags. Het leek op een stoel die misschien door de laatste bewoners was achtergelaten. Hij leek kapot, had misschien een kapotte poot. En er leek iemand in te zitten, met bungelende armen over de leuningen en zijn benen recht voor zich. Woods zag hem ook en riep: ‘Zijn er problemen, meneer?’ Er kwam geen antwoord. Er was geen beweging.

Van achteren hoorden we Flanagan de trap opkomen, langzaam en voorzichtig. Maar hij had een kleine zaklantaarn bij zich.

Ik zie die lichtcirkel nóg links langs me gaan. Gleed over de vuile vloer, over de verscheurde rekeningen en enveloppen, en onthulde een menselijk been in een witte trainingsbroek, lichtbruine sokken en bruine schoenen. De trainingsbroek droop zó van het bloed dat er druppels uit de onderkant op zijn schoenen en de grond liepen.

Woods zei tegen Flanagan dat hij de lantaarn omhoog moest houden, maar Flanagan trilde te veel. De lichtcirkel schokte naar boven. Over de slappe knieën van de persoon in die stoel. Over het witte golfshirt waarop aan de ene kant het logo van de fabrikant stond en op de andere kant een streep bloed. Over een ongeschoren gezicht van middelbare leeftijd. Met een schedel die bij de rechterslaap ingeslagen was.

De vent leefde nog. Maar niet lang meer. Hij kreunde zachtjes.

En er waren anderen in de flat. In die donkerte achter de stoel. Die Woods, Flanagan en mij in de gaten hielden.

We konden niets doen. We mochten ons er niet mee bemoeien. Zelfs Woods realiseerde zich dat hij, wat hij ook wilde beschermen in die flat, wel kon vergeten. We draaiden ons om en gingen weg. In feite bleven we de hele dag uit het gebouw weg, om de zaak af te laten koelen.

Ik wachtte af hoe het verhaal naar buiten zou komen voordat ik wilde beslissen wat ik kon doen om te helpen bij het onderzoek zonder mezelf bloot te geven. Maar de volgende dag was er niets in het nieuws. Twee dagen later, toen ik een avondkrant gekocht had en die op de trap naar boven doorbladerde, zag ik eindelijk een foto van die vent. Maar in het begeleidende stukje stond dat hij vermist werd na een bootongeluk en dat het een ongeluk in Dunmore East was geweest, meer dan honderdvijftig kilometer van waar we over hem gestruikeld waren in St. Anthony's Estate.

Ik was zo van de wereld dat ik verbijsterd midden op de trap stilstond.

En dat heeft waarschijnlijk mijn leven gered. Terwijl ik daar stond, hoorde ik lawaai uit het bovenliggende pand. Ik kroop omhoog tot ik over de trap heen de flat kon zien en ik zag zes of zeven plaatselijke zwaargewichten die me in de donkere flat stonden op te wachten met baseballpetjes op hun hoofd en ijzeren pijpen in hun handen.

Iemand had mijn dekmantel verraden. Ik kwam er later achter dat ze wisten dat ik undercover werkte. Het zou een keurige moord geweest zijn."

"Door wie?" vroeg McCadden.

"Door iemand die al langer wist dat ik een smeris was. Dat is een korte lijst."

"Suggereer je dat Special Branch je verlinkt heeft?"

"Wie kennen er nog meer mijn ware identiteit? Jij? Heb jij me verlinkt? Nee, ik gok op Tom Reynolds."

"Waarom?"

"Heel eenvoudig: wie anders, gezien de identiteit van de man in de stoel?"

"Je weet misschien heel toevallig zijn naam nog?" vroeg McCadden spottend.

Wallace lachte.

"Arthur Logan. Manager-directeur van Lisenter (Ierland) Ltd. Populaire Iers-Amerikaanse zakenman. Zeer bekend in plaatselijke kringen in het zuidoosten van het graafschap Waterford."

"En als het niet zo eenvoudig ligt?"

"Waarom werd Logan vermoord? Ik weet het niet zeker. Ik heb mijn ideeën, maar ik zou jou daar ook wel eens over willen horen."

"Hoe zit het met de anderen? Flanagan en Woods?"

"Ik heb ze een boodschap gestuurd, ze gewaarschuwd dat hun leven gevaar liep. Of ze me wel of niet geloofden is hun eigen pakkie-an."

"Heb je daarna nog contact met ze gehad?"

"Nee."

"Kunnen zij weten waar je bent?"

"Als ze dezelfde dingen hebben gelezen als ik, weet ik zeker dat ze dezelfde conclusies zullen trekken."

"Jij belde me de 28e juli", herinnerde McCadden zich.

"Dezelfde dag dat ik die krant gelezen had. Een paar uur nadat ik wist dat mijn dekmantel aan flarden was."

"Ik was op vakantie."
"Dat hoorde ik later."
"Ben afgelopen maandag pas weer teruggekomen."
"Dat is tenminste duidelijk."
"Waarom wilde je informatie over Eleanor Shiels?"
"In de verslagen werd een link gelegd tussen haar en Logan. Ze zou de laatste zijn geweest die hem voor het zogenaamde ongeluk gezien had."
"Heb je haar gesproken?"
"Ik durfde het risico niet te nemen."
"Wat weet je inmiddels?"
"Wat over haar achtergrond, haar carrière ..."
"Van een tweedehandsplatenhandelaar", onderbrak McCadden hem ongeduldig. "Dat weet ik al. Ik bedoel niet haar persoonlijk. Wat weet je inmiddels over Logans dood?"
"Niets", zei Wallace eenvoudig. "Ik ben veel te bang geweest, veel te veel op mijn hoede, om daar achteraan te gaan. Wie kan ik vertrouwen? En goedbeschouwd wéét ik niets. Ik vermóéd dat Reynolds zijn instructies heeft. Dat lijkt een logische gevolgtrekking. Ik vermoed van zijn baas, Niall McAwley, de minister van Justitie. En vanwege de politieke en zakelijke banden tussen McAwley en Bill McMullan, de eigenaar van Lisenter, neem ik aan dat McMullan degene is die afgeschermd moet worden. En verder heb ik niet eens meer vermoedens. Ik tast volledig in het duister."
"Waarom heb je geen contact meer met me gezocht na dat eerste telefoontje?"
"Ik kwam erachter dat je weg was. Ik wachtte tot je terug zou zijn."
"Hoor eens", zei McCadden vermoeid. "Jij was degene die besloot dat je me af zou schudden eergisteren. Ik weet dat je me gezien hebt."
Wallace haalde zijn schouders op.
"Tegen die tijd was Reynolds in beeld gekomen. En het spijt me, maar zoals ik al zei, ik loop een risico zodra ik iemand in vertrouwen neem. Wie dan ook."
"Waarom ben je van gedachten veranderd? Ik neem tenmin-

ste aan dat onze ontmoeting vandaag niet toevallig was?"

"Ik heb weinig tijd meer. Het net sluit zich langzaam. Ik heb geen andere keus. Ik moet de gok wagen. Jij bent mijn beste optie. Een risico, maar een dat ook in mijn voordeel uit kan pakken. Ik ben nu heel eerlijk tegen je."

McCadden keek hoe laat het was en voelde of de koffiepot nog warm was. Beide voldeden niet aan zijn wensen, maar hij besloot dat vlug doorgaan het beste was wat hij kon doen.

"Wil je nog een kop koffie?" begon hij.

Wallace was diep in gedachten verzonken en schrok op.

"Wat?"

"Koffie?"

"Ach, ja. Waarom niet."

McCadden pakte de pot en de mokken en verdween naar de keuken. De deur deed hij achter zich dicht. Hij moest even afstand nemen, even weg uit de drukte.

Het leek zo onwaarschijnlijk, vond hij, terwijl hij water opzette. Zo absurd. En toch leek het tegelijkertijd zo perfect te kloppen. Het was zowel onvoorstelbaar als heel erg voorstelbaar.

Hij schonk wat kokend water in de koffiefilter, zag afwezig de gemalen koffie door het water opzwellen en schonk toen voorzichtig de rest van het water erbij.

En vond dat hij de paradox die hij zojuist onder woorden had gebracht, niet mocht negeren.

Een paar minuten later pakte hij de koffiepot en nam die met schone mokken mee naar de kamer. Hij schonk ze vol, gaf er een aan Wallace en dronk staande de zijne leeg.

Wallace keek hem aandachtig aan.

"Je kijkt sceptisch", concludeerde hij. "Of niet?"

McCadden hield zijn hoofd een beetje schuin en trok zijn wenkbrauwen op. Wat had je dan verwacht, leek hij daarmee te willen zeggen.

Hij zei: "Het is te onwaarschijnlijk om waar te zijn."

"Hoezo?"

"Het lijkt veel te veel op een samenzwering. Veel te overtrokken. We wonen in een beschaafd land."

"Misschien kun je het zelf niet bevatten", vond Wallace. "Ik kan me heel goed de mogelijkheid voorstellen dat een populaire Amerikaan met een indrukwekkende staat van dienst dreigt zijn baas te ontmaskeren en vermoord wordt."

"Door wie?" wilde McCadden voor de tweede keer weten. "Door Bill McMullan?"

"Door een politieke afdeling van het politiecorps, in opdracht van de minister van Justitie. Een man die ervan overtuigd is dat zijn eigenbelang en het belang van de gemeenschap synoniem zijn en dat wat hij voor zichzelf regelt ook in het belang van de gemeenschap is. Denk daar maar eens over na. Drie onschuldige mensen raken bij deze samenzwering betrokken ..."

"En worden mij in de schoot geworpen", interrumpeerde McCadden hem spijtig, "precies op het moment dat ik via de minister van Justitie kans op promotie maak."

"Er zijn belangrijker dingen dan jouw carrière."

"Grapje", zei McCadden vermoeid. "Het was maar een grapje."

Wallace' vasthoudendheid begon hem te ergeren. Zijn grote theorieën. Zijn meeslepende ideeën. Zijn verhalen die de fundamenten van de staat aantastten. Zijn neiging zichzelf als een romantische held voor te stellen, de minuscule doorn in de poot van de Keltische tijger. Zijn verlangen om een symbool van opstand, vernieuwing en integriteit te worden.

Het probleem met symbolen was dat, zodra je erin ging geloven, bedacht McCadden, het veel en veel langer duurde om die bloot te leggen en kwijt te raken dan wanneer je iets als politieke corruptie wilde aanpakken.

Maar wie weet, ergerde Wallace zich op zijn beurt aan zíjn spottende benadering, zíjn voorkeur voor menselijke kleinschaligheid.

Hij zei: "Eigenlijk kennen we elkaar niet goed genoeg, hè?"

Wallace knikte langzaam.

"Ik neem aan dat ik dit vanuit een andere hoek benader", gaf hij toe. "Ik heb de afgelopen zes maanden in dat pand gezeten, in een van de armoedigste wijken van het land, heb het nieuws gevolgd en me afgevraagd wie ik nou precies dien. Elke dag staan de verslagen vol walgelijke verhalen die je je tien jaar geleden niet eens voor kon stellen. Ik weet zeker dat je ze ook gehoord hebt. Onthullingen dat een van die Napoleonnetjes die ons land al zo lang regeren niet die charismatische, imponerende staatsman is met de mythische uitstraling die zijn paladijnen hem toedichten, maar een goedkoop zwendelaartje dat door zakenlieden is omgekocht met stapels bankbiljetten in bruine enveloppen zodat die het land kunnen plunderen. Onthullingen dat ministers zich de afgelopen dertig jaar enthousiast gestort hebben op politiek gekonkel, corruptie en intimidatie. Onthullingen dat overheids- en liefdadigheidsinstellingen – opgezet om voor wezen en buitenechtelijke kinderen te zorgen – deze onschuldige kinderen stelselmatig misbruikt hebben, vaak met medeweten van de politiek."

"Ik heb niet gezegd dat je verhaal verrássend was", wees McCadden hem terecht.

"Je hebt operatiehandschoenen aan als je een van de oude iconen in het Ierland van vandaag moet aanraken", hield Wallace vol. "Daaronder rot het altijd en de minste druk brengt het kronkelende ongedierte naar de oppervlakte."

"Ik zei dat het onwaarschíjnlijk was."

"Hoezo dan?"

"Dat is een pragmatisch bezwaar, geen moreel bezwaar."

"Waaróm is het dan onwaarschijnlijk?"

"Wat had Artie Logan, bijvoorbeeld, in Dublin te zoeken?"

"Geen idee", moest Wallace toegeven.

"Als ze hem wilden vermoorden en het op een ongeluk met een boot wilden laten lijken, waarom dan die omweg door Dublin?"

"Weet ik niet. Ik dénk dat hij ertoe gedwongen werd. Ik dénk dat hij met iemand in Dublin afgesproken had, misschien een linkse politicus, die hem kon helpen. Ik dénk dat een zoektocht onder de onafhankelijke politici die afspraak boven water zal brengen."

McCadden zuchtte en keek op zijn horloge.

"Over een afspraak gesproken", zei hij. "Ik heb er nog een. Waar woon je?"

Wallace glimlachte.

"Ik vind dat ik je dat beter niet kan vertellen. Niet op dit moment."

"Oké", zei McCadden begrijpend. "Wil je vanmiddag hier blijven? Hier is het veilig en voor vijven ben ik niet terug. Wil je dat?"

"Ja, misschien … misschien moest ik dat maar doen."

18

Frank Ryan wachtte al op hem in het mortuarium. Terwijl McCadden zich gehaast had, had het veldonderzoek in de Saleens na de verwijdering van het lichaam niet lang geduurd en niets opgeleverd.

Het enige nieuws dat Ryan had, ging over de Special Branch-agenten Reynolds en O'Dea. Beiden hadden het lichaam niet uit het oog verloren gedurende de sectie. Maar geen van beiden had vragen gesteld aan de patholoog voor ze weggingen.

Dr. Hugh Craig, nog met operatiemasker op, handschoenen en schort aan, had een plastic zak vast toen hij naar McCadden liep, trok zijn masker naar beneden en vertelde kort zijn bevindingen.

"Ze waren er al vroeg", legde hij uit, "toen ik nog bezig was met het onderzoeken van de rug van het slachtoffer. Ze wachtten tot ik het omgedraaid had. Zodra ze het gezicht gezien hadden, gingen ze weg. Ik dacht dat het mensen van uw eigen team waren."

McCadden schudde zijn hoofd.

"Nee."

"Hoe dan ook", ging Craig verder, "ik kan nu uw eerdere vragen beantwoorden. Het slachtoffer overleed tussen zes uur dinsdagavond en zes uur woensdagochtend. Hij was al dood toen hij te water raakte. Er zijn geen tekenen van zuurstofgebrek. De doodsoorzaak was niet verdrinking; hij werd vermoord door een steekwond aan de linkerkant van zijn nek, waarschijnlijk toegebracht met een jachtmes of ander gereedschap met een breed lemmet. Omdat er maar één steekwond is en nergens op het lichaam verdere snijwonden te vinden zijn en omdat het praktisch onmogelijk is om zo'n schone wond bij een vechtend persoon aan te brengen, denk ik dat de steek toegediend werd toen het slachtoffer al bewusteloos was. Er zijn ook andere verwondingen, maar daarvan is de oorzaak niet duidelijk. Het meest waarschijnlijk is dat die in het water toegebracht zijn. Maar die hebben in elk geval niet tot zijn dood geleid."

"Van voren of van achteren gestoken?" vroeg McCadden zich af.

"Van voren, door een rechtshandige aanvaller."

"Veel bloed op de plaats delict en op de moordenaar?"

"Een beetje. Niet veel. De bloeding was voornamelijk inwendig. Het slachtoffer gebruikte trouwens drugs. Waarschijnlijk heroïne. Er zitten veel naaldenprikken op zijn armen en benen. Ik kan je meer details geven als de uitslagen van het lab er zijn." Craig hield de plastic zak omhoog. Er zaten een paar stenen in. "Je zei dat je deze wilde hebben", legde hij uit. "Ze komen uit die ene schoen van het slachtoffer."

McCadden pakte de zak aan, maakte die open en keek erin voor hij hem aan Ryan gaf.

Hij zei: "Het lichaam van een man, Artie Logan, is afgelopen week uit de zee bij Dunmore East gehaald. Heb jij die sectie ook gedaan?"

Craig verstijfde, hij verwachtte blijkbaar een klacht.

"Ja."

"Kan ik je daar wat vragen over stellen?"

"Heb je mijn officiële rapport gelezen?"

"Nee."

"Dan moest je dat eerst maar doen."

"Zal ik doen", verzekerde McCadden hem. "Maar het kan belangrijk zijn om de antwoorden nu al te hebben."

Craig hield niet lang zijn poot stijf, hij draaide de knop van onbuigzaam naar samenwerking.

"Oké. Wat wil je weten?"

"Is Logan verdronken?"

"Ja. De doodsoorzaak was verstikking, doordat het zeewater de luchtwegen blokkeerde. Maar er waren aanwijzingen dat hij bewusteloos was toen hij te water raakte. Er was amper bewijs dat hij geprobeerd heeft zichzelf te redden."

"Zat er een wond aan de rechterkant van zijn hoofd?"

"Ja. Een slagwond."

"Waardoor veroorzaakt?"

"De meest voor de hand liggende verklaring is dat een rondhout van de zeilboot waar hij in zat door de wind of door een onverwachte beweging van de boot is gaan zwieren. Het is onmogelijk om dat te achterhalen. Niet alle onderdelen van de boot zijn geborgen."

"Had het ook een steen kunnen zijn of een knuppel?"

"In geen geval een steen, die had die wond niet kunnen toebrengen. Maar een houten knuppel zou best kunnen."

"Werd de wond toegebracht voor hij te water raakte?"

"Blijkbaar. In elk geval voor zijn verdrinkingsdood."

"Het kan bizar klinken", waarschuwde McCadden, "maar is het mogelijk dat Logan elders bewusteloos is geslagen, naar Dunmore is vervoerd en dáár pas verdronk?"

Craig verstrakte weer, zijn vermoeden dat de inspecteur aan de uitslagen van zijn onderzoek twijfelde was terecht.

Hij zei defensief: "Dat is in het originele onderzoek niet expliciet bekeken."

"Dat weet ik", zei McCadden. "En ik weet ook dat je er geen uitsluitsel over hebt gegeven. Je hebt het medische bewijs geleverd. Maar is het mógelijk? Kan het verenigbaar zijn met jouw bevindingen tijdens de sectie?"

Craig huiverde. De beweging trok als een rilling door zijn lange, magere lichaam naar boven, waar zijn hoofd nerveus schokte.

"We hebben niet het precieze tijdstip vast kunnen stellen wanneer de wond werd toegebracht, behalve dat het voor zijn dood was", legde hij uit. "Dus in dat opzicht is je scenario mogelijk. Puur vanuit pathologisch oogpunt, dat wil ik wel benadrukken."

"Nou, ik zei al", kalmeerde McCadden hem, "dat ik het dossier nog niet bekeken heb. Het hangt ervan af wanneer Logan voor het laatst in leven is gezien en door wie. Hoe lang heeft hij in het water gelegen?"

"Niet langer dan twee weken."

"En wanneer heb je autopsie gedaan?"

"Afgelopen donderdag."

"10 augustus. Dus, zeg dat hij dan overleden is … de 26e juli, de 25e?"

"Niet eerder."

"Ga je vandaag nog terug naar Dublin?"

"Als ik klaar ben met het lichaam waarmee ik nu bezig ben."

"Oké. Kan ik je nog bellen als ik nog iets met je wil bespreken?"

"Ik neem aan dat je mijn mobiele nummer hebt."

Toen Craig weg was rammelde Ryan met de plastic zak met stenen.

"Ik dacht even dat ze van een strand kwamen", zei hij. "Zo'n soort strand als waar Woods heen gesleept is. Maar daar zijn ze veel te glad voor, hè?"

"Ze komen van een graf, Frank", vertelde McCadden.

"O?"

"Die granieten steentjes waar graven mee afgedekt worden?"

"Ja, misschien …"

"Ik wil dat je naar het kerkhof bij het Corbally-kruispunt gaat. Naast het graf waar Cathy Morrison aangevallen werd, vind je een ander graf met dit soort steentjes. Neem er wat van mee en vergelijk ze met deze. Rose Donnelly is daar al. Vraag of ze je daar rondleidt. En neem een paar agenten mee om het kerkhof en de omgeving af te zoeken. Ik denk dat Wóóds Cathy Morrison heeft aangevallen. Behalve andere dingen – het tijdstip van zijn overlijden en die steentjes – verklaarde ze dat ze iets kouds tegen haar gezicht voelde voor ze flauwviel. En heb je het zilveren medaillon gezien dat Woods aan zijn rechteroor had hangen?"

"Wat heeft een junkie uit Dublin hier te zoeken op een plaatselijk kerkhof?"

"Geen idee."

"Misschien neem ik ook een hond mee, dan kan ik meteen

op drugs controleren. Hij kan wat verstopt hebben terwijl hij er rondliep."

"Ik denk dat degene die hem vermoord heeft", zei McCadden, "door hem verrast werd toen hij Cathy Morrison belaagde. Dat verklaart waarom hij haar gewoon liet vallen en ze verder met rust gelaten werd."

Ryan hield de plastic zak omhoog en keek weer naar de stenen, alsof hij er een magische aanwijzing naar de waarheid in hoopte aan te treffen.

Hij zei: "Maar Woods stierf zonder zich te verdedigen. Dus óf hij kende de figuur die zijn pleziertje kwam verstoren, óf hij werd zelf overvallen. En als hij zo effectief overweldigd werd, ook gezien de nette manier waarop hij vervolgens vermoord werd, dan zou dat op iemand duiden die beroepsmatig heel wat van moorden af weet, toch?"

"Nog even iets anders", herinnerde McCadden zich. "Zit er nu iemand op het bureau die we voldoende kunnen vertrouwen dat hij niet lekt naar Reynolds of de commissaris?"

"Dat moet ik nagaan."

"Oké. Want ik wil dat die het dossier van Artie Logan opzoekt en contact met me opneemt zodra hij het heeft. Ik zie je straks wel in Brownstown. Ik moet nu even wat eten, dat heb ik de hele dag nog niet gedaan."

In het Italiaanse restaurant in Castle Street waren dezelfde mensen nog aan het werk.

Toen McCadden binnenkwam keek de serveerster hem bedenkelijk aan, zag haar vrees bevestigd en behandelde hem vanaf dat moment als een naderende hond die er onschuldig uitzag, maar die zonder waarschuwing zijn tanden ergens in kon zetten. Ze liep langzaam achteruit, de hoek om, achter de bar aan de voorkant, en door een deur de keuken in. Een tel later tuurde de *maître*, met hoog opgetrokken wenkbrauwen van verbazing, om een hoekje van diezelfde deur. En toen híj verdween, verscheen de servéérster weer. De wisseling verliep net zo synchroon en stijf als bij de plastic figuurtjes van een goedkoop weerhuisje.

De serveerster leek hem niet te willen bedienen. Maar wellicht duwde de hand van haar baas haar onzichtbaar in haar rug. Want uiteindelijk begon ze te lopen.

McCadden probeerde niet op de pantomime te letten. Hij keek naar hetzelfde menu dat hij ook al tijdens de lunch bestudeerd had, besloot iets anders te bestellen en koos een stevige bolognese die zijn lege maag kon vullen.

Terwijl hij wachtte keek hij op zijn horloge: 17.47 uur. Hij was al bijna twaalf uur wakker, rekende hij uit. Mogelijk de langste periode die hij zonder eten doorgekomen was zonder ziek te worden.

Toen hij in gedachten de dag doorliep, merkte hij dat hij zijn afspraak met Rookie Wallace compleet vergeten was. Hij was inmiddels al bijna een uur te laat en hoe langer hij in het restaurant zou blijven, hoe later hij zou zijn. Hij gromde zachtjes, vervloekte zichzelf dat hij niet even langs zijn huis was gegaan voor hij naar het restaurant ging. Hij kon natuurlijk bellen, bedacht hij. Maar Wallace zou waarschijnlijk niet opnemen. En natuurlijk lag de flat maar een paar minuten verderop …

Op het moment dat de serveerster eindelijk bij zijn tafel was, stond McCadden op. Uit de bange blik uit haar lichtblauwe ogen bleek duidelijk dat dit een herhaling van een nachtmerrie was. Zelfs haar gil klonk deze keer gesmoord.

McCadden keek haar verontschuldigend aan.

"Ik ben zo terug …" begon hij.

Maar het was onbegonnen werk om het uit te leggen. Zijn belofte klonk als een dreigement. En door zijn machteloze handgebaar deinsde ze alleen maar bang achteruit.

Nog steeds benauwd dat Reynolds hem door iemand liet schaduwen die hij nog niet in de gaten had, nam hij de langste weg naar huis, door de lanen waar Wallace hem eerder doorheen gelokt had, keek telkens onschuldig achterom en lette op mensen in de geparkeerde auto's langs Manor Street. Maar hij werd niet gevolgd, stelde hij vast. Reynolds had er waarschijnlijk niet genoeg budget voor. Alleen hijzelf en O'Dea zaten op de zaak, tot de cavalerie uit Dublin overkwam.

En misschien ook niet, corrigeerde hij zichzelf. Misschien

wáren ze hier geweest ... maar waren ze weer weggegaan omdat er iets belangrijkers te schaduwen was.

Want Rookie Wallace was niet meer in McCaddens flat.

De platen en boeken die hij eerder had bekeken, stonden allemaal weer netjes op hun plaats op de planken. Zelfs de mok waaruit hij koffie had gedronken, was afgewassen, afgedroogd en in een keukenkastje gezet. De andere mok en de koffiepot stonden nog precies waar McCadden ze had neergezet.

Geen briefje. Geen verklaring.

Alsof Wallace er nooit geweest was.

Hij was duidelijk niet in paniek gevlucht, hoewel hij door zijn dubbelleven van de afgelopen drie jaar op de toppen van zijn zenuwen leefde. Zijn vertrek was zeer doordacht. Misschien ging hij er uiteindelijk altíjd vandoor. Misschien wachtte hij de reactie af op de informatie die hij had gegeven, keek en oordeelde hij op afstand, zou hij pas weer contact leggen als hij vond dat het veilig was.

Maar waarom het ook was, McCadden kon er alleen maar naar raden. Hij pakte een tijdschrift om aan wat anders te denken en wandelde naar de pantomime in het restaurant terug.

En deze keer ...

Het lukte hem om het eten op tafel te krijgen, het servet lag op zijn schoot, de vork en lepel startklaar in zijn handen, de serveerster hield de Parmezaanse kaas vast ... en zijn mobiel ging af. Liam de Burgh vanaf het bureau met het dossier van Artie Logan. Niet iets wat hij kon uitstellen.

"Logan is op 25 juli voor het laatst in de buurt gezien, meneer", rapporteerde De Burgh. "De laatste persoon die hem gezien heeft, was Eleanor Shiels. Hij was die nacht bij haar. De volgende ochtend reed hij voor een vergadering naar Dublin. Dat was in elk geval de bedoeling. Hij kwam nooit op de plaats van bestemming aan, maar belde die ochtend, 26 juli, nog mobiel om een afspraak van de volgende dag uit te stellen. Maar ook die uitgestelde afspraak kwam hij niet na. Hier staat dat zijn auto in de nacht van 27 op 28 juli verlaten en niet afgesloten op de pier van Dunmore East is gesignaleerd en dat zijn zeilboot niet aangemeerd lag. De auto had er eerder, 27 juli 's avonds, niet gestaan. Toen werd er alarm geslagen en werd hij als vermist opgegeven. Toen het lichaam werd gevonden, was er een blauwe plek ..."

"Ja, dat weet ik", interrumpeerde McCadden. "Ik heb Craig gesproken. Was Logan dronken?"

"Ladderzat."

"En de laatste keer dat Eleanor Shiels hem zag?"

"Toen ook."

"Zat er bloed in zijn auto?"

"Nee, er was helemaal niets verdachts aan de auto, behalve dan dat hij niet afgesloten was."

"Oké. Bedankt, Liam ..."

"Eh, trouwens, de commissaris is op zoek naar u."

"Oké."

De serveerster was het beu om de Parmezaanse kaas vast te houden en had hem op tafel gezet. McCaddens bolognese was koud geworden, maar hij strooide de kaas er rijkelijk over en begon te eten. Hij kon de bediening echt niet nog een keer tegen zich in het harnas jagen.

Hij proefde het eten niet, proefde zelfs de halve fles huiswijn niet die hij erbij besteld had.

Hij dacht alleen maar aan data.

Wallace had hem 28 juli gebeld, de dag dat Logans vermissing in de kranten stond en de dag nádat ontdekt werd dat Logan vermist werd. Dan zou 26 juli de datum moeten zijn dat Wallace, volgens zijn eigen zeggen, tegen een verwonde Logan was aangelopen in een flat in Dublin.

Maar als Logan nou eens op 26 juli hier in het graafschap Waterford was? De buurman van Eleanor Shiels, Sonny Newburn, had gezien dat Logan de zangeres een paar dagen vóór zijn verdwijning bezocht had. Maar bedoelde Newburn de dag dat de vermissing geméld werd of de dag dat de vermissing ontdékt werd? En wat bedoelde hij precies met "een paar"? Echt precies twee, of gebruikte hij het in ruimere zin, zoals de meeste Ieren deden? Dan kon het alles tussen twee en vijf zijn. Betekende dit nou dat hij Logan in Brownstown Head op de avond van de 24e, de 25e of de 26e juli had gezien ...

McCadden vloekte hard en gefrustreerd: “Shit!”

En natuurlijk kwam de serveerster precies op dat moment de Parmezaanse kaas halen en dacht ze dat hij het over het eten had.

19

Diep in zijn hart vond Frank Ryan kleinschalige zoektochten naar bewijsmateriaal in moeilijk terrein heerlijk. Het was het enige wat hij in hetzelfde tempo als de anderen kon doen, het was de enige keer dat zijn enorme lichaam de fysieke uitdaging van zijn beroep aankon.

McCadden trof hem aan op het kerkhof bij het kruispunt van Corbally, midden in een rij agenten in burgerkleding en uniform, die pijnlijk nauwkeurig via de graven en zerken hun weg zochten. Dit was de tweede keer dat ze hetzelfde stuk bekeken. De eerste keer was met een grotere tussenafstand gedaan om vast te stellen of Vinnie Woods op het kerkhof neergestoken was. Daar was geen bewijs voor gevonden. Geen bloedsporen. En de afgelopen dagen had het niet geregend, dus zou bloed zichtbaar zijn opgedroogd, zowel op de daadwerkelijke plek van de steekpartij als langs de route die de moordenaar met het lichaam gesleept moest hebben.

Maar wél bewezen was dat Woods op het kerkhof was geweest en er waarschijnlijk aangevallen was. Zijn andere schoen was diep in het hoge, ongemaaide gras gevonden, onder de lage muur die om het kerkhof liep. Het was in elk geval bijna zeker Woods schoen. Het was waar dat het een fabrieksschoen was, maar wel van hetzelfde merk, hetzelfde model en dezelfde maat als de linkerschoen. Veel te veel overeenkomsten om het aannemelijk te vinden dat het een schoen van iemand anders was.

Waarschijnlijk was de schoen gevonden op de plek waar hij

van de voet was gevallen, destijds weggetrapt in het hoge gras. Misschien wel door degene die Woods aangevallen had. Misschien door een late bezoeker die zich aan de schoen had geërgerd.

"Je weet maar nooit", zei Ryan tegen McCadden toen hij de schoen in de plastic tas liet zien. "Misschien kunnen we er zelfs nog afdrukken van maken."

McCadden had meer interesse in de lotgevallen van Woods.

"Als hij die schoen hier is verloren", speculeerde hij, "dan is hij waarschijnlijk van hieruit gedragen of geduwd."

"En ergens anders vermoord. Maar we weten niet waar. En we weten ook niet hoe hij daar gekomen is. Met de auto of te voet. In zee gedumpt. Maar we weten niet waar. En we weten niet hoe. Vanaf een rots of uit een boot?"

"Daar komen we wel achter", voorspelde McCadden. "Morgen start het grote moordonderzoek. Jij regelt een vergaderkamer voor morgenochtend op het bureau."

"Morgen is het zaterdag."

"Daar is niets aan te doen. Roep iedereen op die niet met vakantie is. Rose Donnelly heeft al verklaringen opgenomen. Werk die opnieuw door." Hij keek op zijn horloge. Een paar minuten over negen. "Misschien kunnen jullie het beste hier ophouden. Zet iemand op wacht tot jullie er morgen weer zijn. Ik zie je morgen wel op het bureau."

McCadden reed verontrust van het kerkhof weg. Hij kon alleen maar Woods aanwezigheid in Waterford verklaren als hij Wallace' verklaring van wat er in Dublin gebeurd was geloofde, als hij geloofde dat Woods naar Waterford was gekomen om Wallace te zoeken. Maar erg overtuigend vond hij het zelf ook niet. Als de grond in Dublin Woods te heet onder de voeten was geworden, als hij een tijdje onder moest duiken, waarom dook hij dan onder op een plek waar het zo gevaarlijk voor hem was? Wat voor nut had het voor hem om Wallace naar Waterford te volgen?

McCadden draaide van de hoofdweg het weggetje naar Brownstown Head op. Hij passeerde weer de neergelaten slagboom met de toegang tot de filmset aan zijn rechterhand en het kronkelweggetje naar de Saleens aan zijn linkerhand, langs het huis van Michael Constant, en remde af om stapvoets over het karrenspoor naar de twee geïsoleerde huisjes aan de rand van de heuvels te rijden.

Bij Sonny Newburn reageerde niemand toen McCadden op de deur klopte, hij hoorde binnen niets. Hij klopte nog een keer, meer uit gewoonte dan uit overtuiging. Hij draaide zich om en liep via het tuinpad en het gras naar de bungalow van Eleanor Shiels, precies de tegenovergestelde route die hij afgelopen maandag in het donker met brigadier Mullaney gelopen had. Deze keer was de voordeur gesloten voor hem, dacht hij, en was er niemand thuis.

Achter het hek van schrikdraad achter het huis leunde een getaande boer te midden van zijn koeien op een hooivork. Hij had vergenoegd toegekeken hoe McCadden zijn tijd en energie verspilde en kwam toen met de verbijsterend duidelijke conclusie: "Die zijn niet thuis, weet u."

McCadden hield zich in: "Oké."

"Waarschijnlijk zijn ze op dat filmgebeuren."

McCadden was verbaasd: "Hoezo? Meneer Newburn ook?"

"Behalve Sonny. Sonny is op vakantie."

"Oké."

"Maar die vrouw is daar wel."

"Die vrouw?"

De boer knikte kort in de richting van Eleanor Shiels' huisje. "Zíj!"

Onvoorstelbaar, dacht McCadden, hoeveel venijn deze man in zo'n korte lettergreep wist te leggen. Zíj! Hij spuugde het uit, een bijna tastbare fluim groene haat.

Hij leek ervan te schrikken alsof hij vond dat hij zich te veel had blootgegeven. Hij lachte even hard en zei toen zachter: "Ja, uiteraard zijn ze daar vanavond allemaal. Het is daar feest."

Maar even leek de informatie van de man niet te kloppen.

McCadden kon niemand op de filmset vinden. Zelfs de twee eco-strijders niet. De slagboom bij de ingang werd niet bewaakt. En het parkeerterrein, waar het de vorige dag nog had gekrioeld van de acteurs, actrices en filmmensen, leek nu verlaten. De caravans stonden er nog, maar de mensen waren er niet. Het leek een spookstadje, een verlaten opnameterrein. McCadden liep om de slagboom heen. Halverwege het parkeerterrein hoorde hij gedempte stemmen uit een caravan in een verre hoek en hij veranderde van richting om ernaartoe te lopen. Een figuur in een zwart pak dat ineens boven aan de trappetjes stond die naar het strand leidden, riep hem terug.

"Carl!"

Het was Paul Hyland, die in zijn bekende Technicolor-outfit, schitterende tanden en diamanten naar hem toe liep.

"Heb je mijn boodschap doorgekregen, Carl?" vroeg hij.

McCadden schudde zijn hoofd.

"Nee."

"Ik wilde je spreken. Het bureau kan je niet vinden. En je mobiel staat niet aan."

"Ik heb geen dienst", loog McCadden. Hij gebaarde naar de lege parkeerplaats. "Wat is er aan de hand? Waar zit iedereen?"

"Inpakken. Morgen vertrekken we naar de volgende locatie. Wicklow Mountains, als ik me niet vergis. Dat was altijd al de bedoeling geweest."

"Ik dacht dat ze achterliepen."

"Klopt, maar drie dagen constante zon hebben daar verandering in gebracht en de mensen hebben drie dagen als slaven gewerkt. Ga je mee naar de kroeg in het dorp? Daar wordt vanavond een afscheidsfeestje gehouden. Daar zit iedereen. Je zou er eigenlijk even je neus moeten laten zien."

"Oké. Waar wilde je me over spreken?"

Hyland keek omzichtig om zich heen. Hij duwde tegen McCaddens elleboog om hem vanuit het midden van de parkeerplaats naar de dekking van een lege caravan te brengen. Maar het zou absurd zijn om van deze opvoering onder de indruk te raken. Hylands gebaren waren altíjd veel te weids en veel te overdreven.

Hij zei: "Hoor eens, waarschijnlijk is dit de hand bijten die je voert en zo. Maar, ach klote, hij zit volgende week weer in Amerika en ík moet hier wonen en mijn geld verdienen. Ik heb nooit voor de zonden van iemand anders willen boeten. Het gaat over Bill McMullan."

"Ach, nu het contract beëindigd en het geld binnen is?"

Hyland haalde zijn schouders op, totaal niet beledigd.

"Ik hou er niet van hoe hij met de jonge vrouwen op de set omgaat. Maar dat is iets persoonlijks."

"Houdt een van hen ook jouw lakens 's nachts warm?"

"Ik zéí al: iets persoonlijks. Maar daar gaat het niet over. Ik maak me echt zorgen over die knakker. Die nacht dat Cathy Morrison seksueel misbruikt werd op het kerkhof?"

Hyland pauseerde. Mogelijk vanwege het effect. Mogelijk om zich ervan te verzekeren dat ze nog steeds alleen waren en niet ontdekt waren.

McCadden was ongeduldig.

"Wat is daarmee?"

"McMullan was die nacht niet in zijn hotelkamer", meldde Hyland. "Hij zegt van wel, maar het is niet zo. Hij glipte naar buiten en kwam pas na tweeën weer terug. Daar ben ik net vandaag achter gekomen."

"Ik dacht dat Michael Constant Cathy Morrison aangevallen had, Paul?"

Hyland stak zijn handen verontschuldigend omhoog.

"Oké, oké. Dat neem ik terug. McMullan had me dat idee ingefluisterd en ik heb het aan jou doorgegeven. Mijn fout."

"Waar zit McMullan nu?"

"In de kroeg, net zoals iedereen. Hij is er met Eleanor Shiels."

"Eleanor Shiels?"

"Ja. Een soort afspraakje, geloof ik ..."

20

Het was ontzettend druk in de kroeg.

Op een klein podium links van de bar tokkelde een dikke man op een akoestische gitaar de eerste maten van *House Of The Rising Sun*. Niemand luisterde. Iets anders deden ze trouwens ook niet. Ze praatten niet eens met elkaar. Het was er doodstil, op het gitaarspel en wat glasgerinkel vanachter de bar na.

In eerste instantie, nadat hij zich op dezelfde manier als de vorige keer dat hij hier was – met behulp van zijn legitimatiebewijs – door de menigte had gewerkt, dacht hij dat ze kwaad op hem waren. Maar hij had zich geen zorgen hoeven maken. Een barman trok een wenkbrauw op, vroeg zwijgend wat voor vergif hij wilde en zette hem vervolgens schrikbarend onverschillig een wodka met citroen voor.

McCadden dronk. Hij keek rond, wilde de oorzaak van die stilte achterhalen. Maar het lukte hem niet. Vanaf de plek waar hij stond kon hij alleen het barpersoneel, de verheven gitarist en de zes of zeven gasten in zijn onmiddellijke nabijheid zien. Verder zag hij niemand. En geen van zijn buren kende hij goed genoeg om er een praatje mee te maken. Of ze waren te dronken. De meest voor de hand liggende persoon om mee te praten, een lange boer die nog naar de koeien stonk waar hij net vandaan kwam, boog zich voorover en keek bedenkelijk toen hem gevraagd werd wat er aan de hand was.

“Wat?”

“Waarom spelen de musici niet? Wat is het probleem?”

"Geen probleem, jongen. Zie je dat bordje? Aan de achterwand van het podium?"

Dat zag McCadden niet. Het bordje was te klein. Of de gitarist te breed. Of McCadden stond verkeerd. En toen hij dat de boer wilde vertellen, bleek die al in het publiek verdwenen te zijn. En nu stond er een groepje jonge medewerkers van de filmmaatschappij voor zijn neus, dat in die beperkte ruimte een kleine voorstelling gaf op onhoorbare rock-'n-roll.

Dit surrealistische, onhoorbare feest ging zo'n vijf, zes minuten door tot de gitarist op het podium eindelijk met de palm van zijn hand op de snaren van zijn instrument sloeg, het akkoord dat hij speelde afbrak en hard op het hout klopte. Het was het begin van een afscheid dat een paar secondes later afgerond werd toen de man van zijn kruk gleed en zonder iets uit te leggen wegliep.

De mensen reageerden niet op zijn vertrek. Geen enkele aanwijzing of ze het vertrek nu prettig vonden of niet. En het handbeschreven bordje tegen de achtermuur, nu duidelijk zichtbaar voor McCadden, bood ook al geen uitkomst. TRADITIONELE MUZIEK, stond er. ELKE VRIJDAGAVOND. LIVEMUZIEK. Geen van de beweringen leek geloofwaardig, maar vooral de laatste vond McCadden lachwekkend.

Het podium bleef even leeg. Het publiek wachtte verwachtingsvol.

En toen ontrolde het drama zich langzaam.

Vanuit een verre hoek van de kroeg, over een smal pad dat zich telkens onwillig voor hem opende, leidde Bill McMullan Eleanor Shiels naar het podium. In zijn rechterhand rustten galant de vingers van haar linkerhand, zijn eigen linkerhand gebaarde naar het pad voor hen.

Ze gedroegen zich als een koppel, zag McCadden. Wellicht een vakmatig koppel. Wellicht een liefdeskoppel. Maar hoe dan ook een team. Ze hadden allebei dure pakken aan. Het hare was houtskoolgrijs. Het zijne zwart. Op het podium zette hij de kruk waar de gitarist op had gezeten naar achteren, waardoor hij voor haar ruimte bij de microfoon maakte. Toen presenteerde hij haar zwijgend aan het publiek, boog lichtjes, glimlachte gedwongen en liep weg.

Er kwam geen bijval. Geen toejuichingen. Geen applaus. Maar goed, niemand klaagde. Of floot. Of joelde. Er hing alleen een verschrikkelijke, haatdragende stilte.

En eindelijk begreep McCadden wat de oorzaak van de spanning was.

Bill McMullan wilde dat Eleanor Shiels zou zingen. De stamgasten wilden dat niet.

Was Eleanor Shiels alleen geweest, dan zou ze zijn tegengehouden. Gezien de houding van de dorpelingen zou ze zelfs fysiek aangevallen kunnen worden. Haar politieke standpunt, haar steun aan de campagne van Michael Constant tegen de farmaceutische fabriek, had haar vervreemd van de gemeenschap waarin ze was opgegroeid. De mensen die er eerder onverschillig tegenover stonden waren nu boos. En anderen herinnerden zich dat ze een buitenstaander was en altijd een buitenstaander zou blijven.

De onderdrukte haat van de mensen was gericht op haar.

Maar natuurlijk was Eleanor Shiels niet alleen. Ze werd door de plaatselijke beschermheer begeleid, werd door haar eigen schijnbare vijand beschermd.

Dat het publiek zich zo beheerste was vanwege Bill McMullan. Hun respect kwam op zijn conto te staan.

Het was een absurde combinatie, die algauw nog vreemder werd.

Toen McMullan haar op het podium achter had gelaten, pakte Eleanor Shiels de microfoon en trok de standaard omhoog, uit de lage stand waarin de gitarist hem had gezet. Ze keek langzaam rond terwijl ze dit deed. Vanuit haar hoge positie zag ze McCadden aan de bar staan en knikte glimlachend naar hem. Toen ze klaar was met haar rustige inspectie van het vijandige publiek, sloot ze haar ogen en zong, a cappella.

Net als haar uiterlijk had haar stem weinig aan kracht en schoonheid, die zoveel mensen betoverd had toen ze tegen de twintig liep, verloren. Was wel ouder natuurlijk. Moest harder werken voor de hoge noten. Maar klonk ook volwassener.

Ze zag er werkelijk geweldig uit, vond McCadden, deze uitdagende vrouw te midden van een vijandige menigte. Haar hoofd rechtop, haar lange zwarte haar dat over de kraag van haar jasje viel, het zweet dat op haar gezicht glinsterde, het lied waarvan de inhoud op haar gezicht weerspiegeld werd. Een vrouw vol leven, vol persoonlijkheid, vol passie. In vergelijking daarmee was wat tegenwoordig voor schoonheid in de media doorging daar maar een flauwe afspiegeling van. Al die knokige, bleke supermodellen, die nietszeggende modepoppetjes. En dat popperige van Cathy Morrison dat het zo goed deed voor de camera's.

Zelfs die modelfoto's van Eleanor Shiels zelf, bedacht McCadden. Die zijdelingse blik over die naakte schouder, tegen de lijn van haar lichaam in. Ook die deed haar geen recht. Het plastic effect. De luister. Het gemaakte. Het bedachte beeld botste met haar natuurlijke kracht. Was dat er misschien de oorzaak van geweest dat ze als artieste mislukt was? vroeg hij zich af.

Maar het was McCadden niet gegund om lang van zijn bewondering of conclusies te genieten.

Nog voor Eleanor Shiels haar eerste regel gezongen had schraapte iemand uit het publiek luidruchtig zijn keel en gromde afkeurend. Hij was een van de weinigen die niet alleen onmiddellijk het lied herkende, maar ook het ingewikkelde thema. Want het nummer, dat ook de hele dag al in McCaddens hoofd hing, was Richard Thomsons ballade *Crazy Man Michael.*

Over een man die door het bos zwerft, een raaf ontmoet en gek wordt van de voorspelling van de vogel dat de man zijn eigen geliefde zal vermoorden …

De sfeer in de kroeg veranderde terwijl ze zong. Het werd er niet gemoedelijker op. Maar de vijandigheid maakte langzaam plaats voor bewondering, tegen wil en dank. Het was een ontroerend optreden, vol gevoel en medeleven en met een geheime persoonlijke betrokkenheid. Het lied nam het publiek met zich mee, liet ze, al was het maar voor even, hun dagelijkse beslommeringen vergeten.

Een van de figuranten van de film had een akoestische gitaar meegenomen of geleend. Na een veelbelovende opening begeleidde hij de zangeres. Eleanor Shiels hield halverwege de tekst een pauze en vol zelfvertrouwen speelde hij de melodie verder tot ze inviel voor de laatste coupletten. Nog steeds met gesloten ogen zong ze over Michaels wanhopige aanval op het hart van de raaf, over zijn ontstellende ontdekking dat zijn dode geliefde aan zijn voeten ligt en over zijn daaropvolgende krankzinnigheid ...

De gitarist rekte het nummer niet. Voor de stem van de zangeres was weggestorven, was hij met zijn spel opgehouden, alsof hij zijn plaats kende.

Hierna stond Eleanor Shiels in een absolute stilte. Toen ze ten slotte haar ogen opende, was het niet te zien of ze tevreden was of niet. Onmogelijk om het publiek te peilen. Onmogelijk om haar gedachten te lezen. Had ze over zelfvernietiging gezongen? Over illusies en verdraaiingen? Over de hedendaagse tovenarij van film en farmaceuten?

Of, vroeg McCadden zich af – terwijl Bill McMullan het podium opkwam om haar trots naar haar plaats te begeleiden – was het een demonstratie van hoe ze McMullan in haar greep had, hoe hij door lust verblind was en hoe makkelijk het zou zijn om hem over te halen, net zoals de tovenaar Crazy Man Michael bedrogen had, tot een zelfmoordpoging?

Maar iemand in de val lokken was een gevaarlijk spelletje. Het had twee kanten: degene die de val zette, liep dezelfde risico's.

En wat als Eleanor Shiels gelijk had wat betreft Bill McMullan? Wat als vrouwelijke onderwerping hem inderdáád seksueel opwond? Wat als ze hem alleen maar in de val kon laten lopen door zich hulpeloos te maken? Wat dan? Wat kon ze doen om zijn wreedheid tegen te houden? Of er moesten anderen bij het plan betrokken zijn die klaarstonden om in te grijpen.

Vlak voor Eleanor Shiels van het podium zou stappen, keek ze achterom, over het lege podium, over de hoofden van de mensen tussen haar en de bar, recht in de ogen van McCadden. En knipoogde naar hem. Alsof ze zijn gedachten kon lezen.

Alsof ze hem wilde laten wéten dat ze zijn gedachten kon lezen. En dat ze zijn angsten zou verjagen.

McCadden knipoogde terug. Maar ze zag het niet. Of wilde het niet zien.

Ze stapte naar beneden van het podium af en verdween uit zijn gezichtsveld. Hij duwde zich van de bar af om haar achterna te gaan. Maar het was veel te druk. Nu de sfeer gemoedelijker was geworden, werd er meer bewogen. Dorstige drinkers haastten zich naar de bar voor een nieuw drankje. Een volgende groep zangers beklom het podium. Daar keken ze een paar minuten radeloos rond en zongen uiteindelijk zeemansliederen. Het optreden werd veel losser. De sfeer veranderde weer. Het werd veel meer ontspannen. Zelfs McCaddens legitimatie maakte geen indruk meer.

Hij was Bill McMullan en Eleanor Shiels kwijt.

Gefrustreerd, en zich bewust van het feit dat de sfeer rondom hem opgewekter werd terwijl zijn eigen humeur daalde, verliet hij de kroeg iets na halfelf.

Het was nog steeds warm buiten. Bijna net zo warm als in de kroeg. Mensen stonden in korte broeken, T-shirts en blote jurken op het plein en het parkeerterrein. Met sommigen maakte hij even een praatje. Cathy Morrison, Bob Bettesworth, brigadier Mullaney, stijf en stram in een donkerblauw pak, met zijn kleine vrouw hangend aan zijn rechterarm waardoor hij stevig met zijn voeten op de grond bleef staan. Niemand had Bill McMullan of Eleanor Shiels gezien.

McCadden wandelde alleen terug naar het kerkhof bij het kruispunt waar hij de Mondeo geparkeerd had. Dezelfde route, realiseerde hij zich, die Cathy Morrison genomen moest hebben op de avond dat ze werd aangevallen.

Er stond een bewaker in uniform bij de toegang van het kerkhof dat met gestreept politietape was afgezet. Er waren het afgelopen uur aardig wat mensen voorbijgekomen, rapporteerde hij. Maar geen Eleanor Shiels en geen Bill McMullan.

McCadden liep naar zijn auto. Impulsief draaide hij honderdtachtig graden toen de motor draaide, hield rechts aan en reed over het vrijerspaadje naar het huisje van Eleanor Shiels.

Het was er aardedonker.

Hij stapte uit en liep opnieuw over het smalle tuinpad naar de voordeur. Geen reactie op zijn geklop. Ook geen reactie bij Sonny Newburn, het huis ernaast.

McCadden keerde naar zijn wachtende Mondeo terug. Hij draaide de auto weer en legde de korte weg af naar het hotelletje waar de filmmensen verbleven. Hij stelde maar één vraag aan de receptiebalie. En ving weer bot. Ook daar was Bill McMullan niet.

McCadden reed naar huis.

Hij parkeerde de auto, liep via het centrale trappenhuis naar zijn flat, controleerde of er iets belangrijks op zijn antwoordapparaat stond en liep toen naar de kale plankenvloer voor de open haard.

Hij keek naar de klok.

Hij kon niet eten, kon niet rustig zitten, had zelfs geen zin om een kop koffie te zetten. Hij was klaarwakker en had het zeurderige gevoel dat er iets belangrijks stond te gebeuren. Niet het bekende voorgevoel dat hij altijd bij een detailonderzoek had. Geen hoop dat er een doorbraak voor de deur stond. Geen optimisme. Eerder angst voor iets ergs. Iets onverwachts en onplezierig verrassends. Iets donkers en kwaadaardigs. Iets wat hij niet kon voorkomen …

Terwijl de uren voorbijkropen en het afwachten en het nietsdoen doodsaai werden – al na middernacht, de vroege ochtenduurtjes in – vocht hij tegen zijn slaap.

Hij zat in de fauteuil voor de open haard. Pakte de lp *Liege & Lief* van The Fairport Convention van de plank en dacht aan Rookie Wallace. Vroeg zich af waar hij was. Dacht aan de eigenaardige, duistere connectie tussen Wallace en Eleanor Shiels. Aan de dood van Artie Logan. Aan de dood van Vinnie Woods. Aan de ballade van Richard Thompson, *Crazy Man Michael*, die zowel Wallace als Shiels – toevallig? – als hun lijflied hadden gekozen.

Een wirwar van schakels die geen logisch verband leken te hebben …

21

De telefoon rinkelde.

Een ouderwets zwart bakelieten model dat hij een paar jaar geleden goedkoop op de een of andere jaarmarkt gekocht had, stond nu op de eikenhouten secretaire die tegen de muur naast de keukendeur stond. Het apparaat rinkelde hard en doordringend. Maar toch hóórde McCadden het aanvankelijk niet. Hij voelde de trillingen via de houten planken voor de open haard waar hij nog steeds languit in zijn stoel hing en werd wakker met het prettige gevoel dat zijn voeten gemasseerd werden.

Dat prettige gevoel verdween snel en daarvoor in de plaats kwamen de vervelende gevoelens. Hij krabbelde uit zijn stoel om de telefoon op te nemen en voelde ineens een scherpe pijnscheut aan de rechterkant van zijn ribbenkast, precies op de plek waar hij tegen de leuning van de stoel had gelegen. Hij had ook hoofdpijn. En zijn hersenen waren nog niet wakker.

Hij pakte de hoorn en zocht de klok om te zien hoe laat het was. Maar hij was even vergeten waar die ook alweer stond. Hij nam de hoorn in zijn andere hand om op zijn horloge te kunnen kijken.

"Hallo?" mompelde hij.

Zijn ogen traanden. Met de knokkels van zijn vrije hand wreef hij erin om een scherp beeld te krijgen en keek weer op zijn horloge. Het was 3.13 uur 's nachts. Het zei hem niets. Hij was nog niet wakker genoeg om zich het voorgevoel te herinneren waarmee hij minder dan twee uur geleden in slaap was gevallen.

"Carl?" zei de stem aan de andere kant van de lijn.

"Ja?"
"Met Paul Hyland."
En toen was McCadden klaarwakker. De verrassing schudde de dufheid uit zijn hoofd, hij schrok van de dringende, verontruste stem van de ander.
"Wat kan ik voor je doen?"
"Weet ik niet precies. Ik kreeg net een raar telefoontje van Bill McMullan."
"Waar is hij?"
"Hij wilde dat ik hem op kwam halen. Maar ik weet niet of ik er wel bij betrokken wil worden ..."
"Waar zit hij, Paul?"
"Bij Eleanor Shiels. In Brownstown Head."
"Wat was er zo raar aan dat telefoontje?"
"Wat?"
"McMullan was niet met de auto, hij was lopend. Als hij naar het hotel wil, zoekt hij blijkbaar een lift. Ik weet wel dat het niet ver is en iets na drieën in de nacht, maar dit soort dingen hoort toch bij je baan?"
"Je begrijpt het niet, Carl."
"Leg het me dan uit."
"Dat probéér ik godverdomme ook! Hij wil niet alleen dat ik hem op kom halen. Hij wil dat ik bewijzen laat verdwijnen."
"Wat voor bewijzen?"
"Geen idee. Hij was dronken. Of stoned. Hij stond te raaskallen. Hij stond godverdomme aan die klotetelefoon te janken!"
"Wat zei hij precies?"
"Dat het niet zijn bedoeling was geweest om zo ver te gaan. Dat hij dat niet gewild had. Dat alles opgeruimd kon worden. Dat soort shit. En herinnerde me eraan dat ik agent geweest was, dat ik wist hoe ik dit soort dingen aan moest pakken. Dat zei hij. Ik bedoel, godallemachtig, ik word betaald om hem te bewaken, niet voor deze shit. Ik wil me indekken. Daarom bel ik jou. Snap je?"
McCadden voelde de walging opkomen. Hij rook moeilijkheden.
"Maar er is geen telefoon in het huis van Eleanor Shiels."

"Hij belde mobiel."
"Wat is het nummer?"
"Dat zal ik je geven, maar hij heeft hem uitgezet. Of laten vallen of zo. Hij neemt niet op. Ik probeerde hem te bereiken nadat hij had opgehangen, maar het lukte me niet."
"Wanneer belde hij?"
"Daarnet. Hij maakte me vijf minuten geleden wakker. Ik heb jou meteen daarna gebeld. Ik ben een brave jongen. Onthou dat."
"Oké."
Brááf? dacht McCadden. Nee. Voorzichtig misschien. Doortrapt. Egoïstisch.
"Waar ben jij nu?"
"Op de filmset. Er staat hier nog heel wat spul waarvoor ik verantwoordelijk ben. Dat halen ze morgen weg. Zullen we bij de bungalow afspreken? Dat is hier vlakbij."
"Nee. Blijf jij maar daar. Ik neem wel contact met je op als ik je nodig heb. Hij heeft toch geen wapen, hè? McMullan. Geen revolver of zo?"
"Niet dat ik weet. Misschien een mes of iets dergelijks. Verder niet."
"Oké."
McCadden hing op en wilde weggaan. Hij had zijn kleren nog aan, zijn autosleutels en portemonnee zaten nog in zijn broekzakken, hij hoefde alleen maar zijn leren jasje te pakken voor het geval het buiten koud was.
Maar het was op straat warmer dan in zijn flat. Hij gooide het jasje op de achterbank van de Mondeo, kroop achter het stuur, draaide het contactsleuteltje om en luisterde naar het lawaai dat hij in de uitgestorven straat maakte. Het geronk van de motor. Het gerammel van de versnellingsbak. Het gepiep van de banden op het asfalt.
Er was die nacht nog iemand wakker. Toen hij wegreed ging er aan de overkant van de straat een lamp achter een raam op de bovenste verdieping aan en werd het raam opengeschoven zodat de bewoner naar buiten kon kijken.
Er was te weinig verkeer om de sirene aan te zetten en hij

kon zonder enig risico door de rode verkeerslichten rijden. Binnen tien minuten was hij buiten de stad en reed over de verlaten landweggetjes naar Brownstown Head. De reis leek korter te duren dan normaal. Misschien omdat hij de weg inmiddels goed kende. Misschien omdat hij het gevoel had dat hij naar een oplossing reed, naar een dramatische wending in de zaak.

Hij reed langzaam over het kruispunt bij Corbally en sloeg links af de heuvels in. Hij wist dat er nog steeds een geüniformeerde wacht bij het kerkhof stond en dat die wacht waarschijnlijk die avond McMullan en Eleanor Shiels voorbij had zien komen. Maar voor een keer besloot McCadden de vragen te laten rusten tot hij er enig idee van had waar hij precies naar moest vragen.

Nadat hij was afgeslagen remde hij weer, deze keer rustig. Zachtjes. Hij wilde geen slapende honden wakker maken. Hij zette de motor en de lichten uit en liet de auto uitrollen in de duisternis.

De heuvels leken leeg. De wegverlichting verlichtte maar een klein stukje weg. Daarachter was het aardedonker. De maan stond op het punt achter een wolk te verdwijnen. En de onzichtbare zee kabbelde stilletjes tegen de rotsen en over het strand.

In de huizen brandde geen licht.

McCadden wachtte tot de Mondeo voor het vrijerspaadje dat naar de laatste twee bungalows leidde tot stilstand kwam. Behoedzaam maakte hij zijn portier open, stapte uit en deed het vervolgens niet helemaal dicht. Hij had een zaklantaarn uit het handschoenenvakje gepakt, maar knipte die niet aan.

Tegen die tijd waren zijn ogen aan het donker gewend. Van waar hij stond, zo'n dertig meter ervandaan, kon hij zien dat de voordeur van Eleanor Shiels' bungalow wijd openstond. Nog steeds zonder zijn zaklantaarn aan te doen sloop hij tussen de kuilen in de weg door naar het tuinpad.

Hij hoefde de deur niet verder open te duwen. Er was genoeg ruimte om naar binnen te glippen.

Binnen riep hij zachtjes. Er kwam geen antwoord.

Voorzichtig rondtastend vond hij de lichtknop aan zijn linkerkant en drukte die in.

Op het eerste gezicht zag de kamer er ongeveer hetzelfde uit als de vorige keer dat hij er was geweest. Dali-posters en Afrikaanse maskers aan de muren. Het bureautje in de hoek. De twee fauteuils voor de open haard. Niets was beschadigd. Niets verplaatst.

Het was een miniem verschil. En bijna perfect gecamoufleerd. Aan de bovenkant van de gelakte slaapkamerdeur zat een korte, smalle streep van iets wat rode verf kon zijn. Of lippenstift. Of opgedroogd bloed.

McCadden stond stil. Haalde een paar operatiehandschoenen uit zijn zak en trok ze aan. Knipte nu wel de zaklantaarn aan en liep snel verder. Met de vingers van zijn rechterhand duwde hij behoedzaam de slaapkamerdeur open. Weer een stap naar voren, de drempel over, en hij keek behoedzaam de kamer in terwijl hij met de zaklantaarn naar binnen scheen.

Midden op het verkreukelde witte laken dat op het bed lag was een grote vlek donker bloed te zien. Vanuit het midden van die vlek liep er een dun, onduidelijk bloedspoor naar de rand van het laken, over de matras, over het witte bedkleedje en over de plankenvloer, waar het verdween. Aan het koperen ledikant hingen vier leren banden; twee aan het hoofdeinde en twee aan het voeteneinde. Waarschijnlijk om de handen en voeten van het slachtoffer van die nacht mee vast te binden.

Achter het bed hing Bill McMullan over de kaptafel waar Eleanor Shiels in haar hoog opgesneden blauwe slipje had gezeten toen McCadden haar de eerste keer gezien had. McMullan was bewusteloos. Zijn rechterwang lag op de kaptafel. Zijn gezicht zat onder het poeder uit een keramieken doosje dat hij omgegooid had. Zijn ogen zaten dicht en zijn armen hingen langs de stoel waar hij op zat naar beneden. Hij ademde zwaar alsof hij dronken of stoned was. Op de vloer, tussen zijn gespreide voeten stond een leeg plastic flesje waar pillen in konden hebben gezeten. Daarnaast lag een kapotte mobiele telefoon. En op de spiegel boven zijn hoofd zaten bebloede handafdrukken. Met strepen aan de onderkant waar de handen naar beneden waren gegleden of waar het bloed over het gladde oppervlak naar beneden was gegleden.

Geen spoor van Eleanor Shiels. Geen spoor van de kleren die ze die nacht had aangehad.

McCadden voelde weer aan zijn linkerkant en knipte de grote lamp aan het plafond aan.

Wat was hier gebeurd? vroeg hij zich af.

Het leek erop dat er iemand op het bed vastgebonden had gelegen, daar verwond was, los was gemaakt en op de vloer getrokken was, vervolgens ergens in gerold was om verdere bloedsporen te vermijden en op de een of andere manier weggetoverd was. Maar McMullan had geen vervoer. Hij had natuurlijk wel een auto met chauffeur tot zijn beschikking, maar zelfs als die ingehuurde kracht bereid was een dode of gewonde vrouw voor hem te vervoeren, dan zou hij hem in zijn huidige staat nooit alleen achter hebben gelaten.

Dus misschien was Eleanor Shiels op eigen kracht haar huis uit gewankeld. Misschien was ze trots genoeg op haar huisje om niet nog meer bloed te willen ronddruppelen. Misschien lag ze nu ergens in de heuvels langzaam dood te gaan, te zwak om verder te lopen.

Of misschien was het het bloed van McMullan ...

McCadden zag geen verwondingen bij de Amerikaan. Maar hij had het gekke gevoel dat wat hij zag nou niet direct een goede aanwijzing was voor wat er echt gebeurd was.

Dus ... misschien was het bloed van McMullan. Misschien waren de pillen voor hem bedoeld en had hij ze niet ingenomen.

Misschien ...

Het duurde maar vijf minuten voor de eerste patrouillewagen bij McCadden aankwam nadat hij om versterking had gebeld. Binnen dertig minuten had hij zo'n twintig geüniformeerden aan het werk, een onderzoeksteam dat verderop aan het werk was, een patholoog die McMullan onderzocht en die mogelijk antwoorden kon geven op een paar van zijn vragen.

Eleanor Shiels lag niet in de directe omgeving van haar huis. En ook niet ergens anders in Brownstown Head. Ze was verdwenen. En Bill McMullan kon niets over haar mogelijke verblijfplaats meedelen. In elk geval niet vannacht; hij had een overdosis van zijn eigen slaappillen genomen.

"Wanneer kan ik met hem praten?" vroeg McCadden de arts terwijl verplegers de Amerikaan in grote haast op een brancard naar de wachtende ambulance reden.

De arts keek hem verbijsterd aan.

"Met hem praten?"

"Het is belangrijk."

"U begrijpt het niet, inspecteur", snauwde de arts. "Deze man kan stervende zijn."

"Ik wil op de hoogte gebracht worden."

"Als hij sterft?"

"Zodra er een duidelijke verandering in zijn toestand optreedt."

22

Maar Bill McMullan zorgde die nacht niet voor vervelende verrassingen door te overlijden. Feitelijk bleef McMullan niet eens zo lang slapen.

Iets voor zessen, nadat hij de wacht bij het kerkhof ondervraagd had en naar het huisje van Eleanor Shiels was gelopen om te kijken hoe ver men daar inmiddels was, zat McCadden net midden in een ongemakkelijk gesprek met brigadier Mullaney toen hij een telefoontje kreeg van de dienstdoende arts van het Waterford Regional Hospital.

Mullaney werd geacht te assisteren op de plaats delict. Maar McCadden had hem voor het lage bureautje in de voorkamer van het huisje gevonden, waar hij opgewonden tussen de erotische foto's van Eleanor Shiels snuffelde.

De interesse van de brigadier leek niet echt beroepsmatig. Hij had droge lippen en ademde zwaar en langzaam. En was zo in beslag genomen dat hij niet in de gaten had dat zijn wellust bekeken werd.

McCadden hoestte.

De grote man bevroor. De foto's gleden uit zijn gehandschoende handen en vielen rondom zijn voeten op de grond; hij keek nog meer beschaamd, omdat hij zijn enorme lichaam in een onwaardige buiging moest persen om de gladde foto's onhandig zoekend te verzamelen. Toen hij weer overeind stond bloosde hij waarachtig. Zijn handen trilden. Toch zag hij er eerder gevaarlijk dan bang uit. Eerder kwaad dan berouwvol.

Wapperend met het dunne stapeltje foto's zei hij buiten adem: "Artie Logan, meneer."

Het was waarschijnlijk niet meer dan een onbewuste poging om zijn schuld af te wentelen, maar McCadden stond perplex. Hij maakte zich ineens niet meer druk om het ethische aspect. Dit leek belangrijke informatie.

"Wat is er met hem?" vroeg hij.

"Deze foto's, meneer", legde Mullaney uit. De brigadier vóélde duidelijk dat hij bijna over de schreef ging, maar snapte niet waarom en moest voorzichtig zijn dat hij zichzelf niet weer in moeilijkheden bracht.

"Die heeft Artie Logan genomen."

"Weet je dat zeker?"

Mullaney knikte heftig.

"De negatieven lagen bij hem thuis toen we zijn huis na zijn verdwijning doorzochten. Ik heb ze zelf gevonden."

"Hoor eens", waarschuwde McCadden hem, "dit wil ik allemaal heel precies weten. Begrijp je me? Laat dat duidelijk zijn. Hebben we het dus allebei over dit stel afdrukken?"

"Ja, meneer. Ze waren daar. Hij ontwikkelde ze zelf. Er waren er daar nog veel meer. Nou ja, niet van vrouwen of iets wat op deze foto's lijkt. Hij deed aan fotografie. Ik meen dat hij in een plaatselijk fotoclubje zat. Of lessen volgde of zo ..."

McCaddens mobiel ging over. Het was de recherchekamer op het bureau in Waterford, die vertelde dat de dienstdoende arts in het ziekenhuis hem dringend zocht en op een andere lijn wachtte.

"Kun je hem doorverbinden?" vroeg hij.

"Het is een vrouw, meneer."

"Nou, verbind háár dan door!"

Ze had verbijsterend nieuws.

Bill McMullan, eigenaar van een leeggepompte maag, was onverwacht wakker geworden. Nog niet echt klaar om zijn oude leven weer op te pakken, maar zeker buiten levensgevaar. Het vervelende was – in elk geval voor McCadden – dat hij per se weg wilde. In feite was hij zich tijdens het gesprek dat de arts met McCadden voerde aan het aankleden. En de medische staf mocht dan rust voorschrijven, een halsstarrige patiënt kon ze niet tegenhouden ...

McCadden bedankte haar. Hij liet zich vervolgens snel met de twee geüniformeerde agenten doorverbinden die hij als bewaking voor McMullan had aangesteld. Hij schold ze de huid vol toen hij ontdekte dat ze heel gezellig buiten op de gang grapjes met het personeel uitwisselden en koffiedronken. Hij verzekerde ze dat ze hun baan op het spel zetten als bleek dat de Amerikaan zou ontsnappen.

"Doe die foto's voor mij in een bewijszak", beval hij de nog steeds wat bezorgde Mullaney toen het telefoontje afgelopen was. "En zorg dat je de negatieven krijgt. Waar zijn die?"

"Nog in Logans huis, meneer. Hij woonde alleen. Zijn executeur-testamentair heeft nog niet besloten ..."

"Oké. Je kunt ze als bewijs opeisen als dat nodig mocht zijn. En wil je voor mij de weg vrijmaken, zodat ik met mijn auto hier weg kan?"

Deze keer gebruikte McCadden de sirene wél, op weg naar Waterford. In het begin raakte hij gefrustreerd door de vele tractoren en ander boerenmaterieel op de landweggetjes, maar toen hij de stad naderde kon hij sneller opschieten.

In het ziekenhuis stonden de twee geüniformeerde agenten inmiddels stram op wacht in de gang. Alleen hun gezichtsspieren, die opluchting lieten zien, waren enigszins ontspannen. Maar dat was voor dit moment niet belangrijk. Bill McMullan, die wat eerder tevergeefs geprobeerd had om ze te ontlopen, zat weer in zijn eenpersoonskamer.

McCadden liep door nadat ze gerapporteerd hadden en ging op zoek naar de arts met wie hij gesproken had. Het was een jonge, zwarte vrouw uit Lesotho, begiftigd met een enorme hoeveelheid voor- en achternamen die hij nooit goed zou kunnen leren uitspreken.

"Meneer McMullan", vertelde ze hem, "nam een dosis slaappillen in die groot genoeg was om in slaap te vallen, maar niet groot genoeg om in levensgevaar te raken. De medicijnen zijn door zijn eigen huisarts voorgeschreven. Aangezien hij bekend is met de bijwerkingen is het twijfelachtig dat het om een zelfmoordpoging gaat."

McCadden haalde zijn schouders op.

"Misschien had hij er niet genoeg."

Ze hield een klein plastic flesje omhoog tussen duim en wijsvinger van haar rechterhand. Het flesje zat vol pillen.

"Dit zat in zijn zak."

"Oké. Kan ik nu met hem praten?"

"We hebben hem geadviseerd om ter observatie in het ziekenhuis te blijven."

"Dat begrijp ik. Maar kan ik hem ondervragen zonder dat ik hem eventueel een hersenbeschadiging bezorg?"

"Dat soort complicaties verwacht ik niet, inspecteur."

"Mooi."

Toen McCadden klopte en naar binnen ging ijsbeerde McMullan door de ziekenkamer. De Amerikaan was helemaal gekleed. In hetzelfde zwarte pak als hij de avond daarvoor droeg, zag McCadden. Zonder bloedspetters.

McMullan bleef ijsberen. Hij keek McCadden even aan en knikte begroetend, zonder zijn looptempo te vertragen, draaide zich om toen hij bij het raam was en liep snel terug in de richting van het bed.

McCadden was in een van de stoelen voor bezoekers, die naast het bed stonden gaan zitten. Hij vroeg: "Weet u nog wat u gisteravond gedaan hebt nadat u uit de kroeg bent weggegaan?"

McMullan was inmiddels weer bij het raam, stopte daar en keek naar buiten met zijn rug naar McCadden. Zonder dat hij zich omdraaide vroeg hij kortaf: "Hoezo?"

"De agent die dienst had bij het kerkhof heeft u iets voor middernacht voorbij zien komen. Weet u nog wat u daar deed?"

"Hoezo?" vroeg McMullan weer.

McCadden zweeg deze keer zodat de ander zich om moest draaien. De Amerikaan keek zeer geïrriteerd, ongeduldig en een beetje nieuwsgierig. Niet angstig. Maar hij kon het niet laten om regelmatig op zijn Rolex te kijken.

"Weet u hoe u hier terechtgekomen bent?" vroeg McCadden.

"Nee."

"Oké", reageerde McCadden. "Wij ook niet."

McMullan fronste zijn wenkbrauwen. Waarschijnlijk door alle facelifts die hij in de loop der jaren had gehad, waren er nauwelijks rimpels op zijn gebruinde voorhoofd zichtbaar, waardoor het fronsen amper effect had.

"U ook niet?"

Hij was heel even van zijn stuk gebracht, toen doorzag hij de bedoeling en herstelde zich.

"Tja, eh ...", zei hij, "ik vertrouw erop dat u er wel achter komt."

"Bent u niet nieuwsgierig?"

"Waarover?"

"Hoe u hier terecht bent gekomen."

"Nee. Dus zult u me, tenzij u nog iets dringends op uw hart hebt dat u aan me kwijt wilt, verder moeten excuseren. Ik moet gaan regelen dat ik hier uitkom."

"En Eleanor Shiels?"

"Wat is er met haar?"

"U hebt de avond met haar doorgebracht. U bent in haar gezelschap gesignaleerd door de dienstdoende agent bij het kerkhof. En vervolgens bent u met haar meegegaan naar haar huis in Brownstown Head."

"Heeft ze u dat allemaal verteld?"

"Eleanor Shiels is verdwenen, meneer McMullan."

Eén tel was zijn reactie onthullend. Hij was niet verbaasd. Maar direct sloegen zijn hersenen alarm en zorgden voor een gepaste reactie van een bezorgde kennis. Hij fronste nog een keer zijn wenkbrauwen.

"Hoe weet u dat?"

"We vermoeden dat ze ontvoerd is. Of misschien zelfs vermoord."

"Dat kan ik me niet voorstellen, inspecteur."

"O nee? Er zijn sporen van een gevecht gevonden in haar huis, bloedsporen op haar beddengoed."

"Bloedsporen?"

"U bent waarschijnlijk de laatste die haar gisteravond nog heeft gezien."

McMullan stopte zijn handen diep in zijn broekzakken en deed alsof hij heel rustig was, wat hij beslist niet kon zijn.

"Ik geloof dat ik het niet helemaal begrijp, inspecteur", zei hij. "Bedoelt u dat ik nu onder arrest sta?"

"Ik vraag om uw hulp."

"Prima. Dus mag ik u er uitzetten en zelf eindelijk weggaan? Nu meteen?"

"In dat geval neem ik u mee naar het bureau voor een gesprek."

"O ja?"

"Het alternatief is dat u mijn vragen hier beantwoordt."

McMullan knikte met zijn hoofd in snelle, zenuwachtige bewegingen. Een gebaar dat Amerikanen wel meer gebruikten om aan te geven dat ze zeer opgewonden zijn en bijna ontploffen. Hij keek weer op zijn Rolex en zei: "Ik heb al met mijn advocaat contact opgenomen, inspecteur. Als u me nu niet arresteert, wilt u dan als de sodemieter opdonderen en in de ontvangsthal op hem wachten?"

McCadden stond op.

"*Sure*", zei hij beleefd. Een van dat half dozijn eenlettergrepige Amerikaanse woorden die hij had opgepikt uit de herhalingen van *Friends* en *Frasier*. Het leek hier perfect op zijn plaats.

Advocaten deden McCadden niets. Niet als persoon in elk geval. Maar deze, een onbekende, in het grijs geklede terriër van ergens buiten deze stad, had zijn team verzameld en had een compleet léger meegenomen naar het ziekenhuis. Een processie van lastpakken liep in een lange, smalle sliert door de nauwe gang.

Onder hen commissaris Cody, duidelijk in officiële functie, maar niet in uniform. Een vervelend begin voor een man die zo hecht aan de uiterlijkheden van zijn functie. Achter de commissaris waggelde Bill Toppin, een dikke olifant, een plaatselijk politicus, die wrok koesterde tegen McCadden en een naaste medewerker van de minister van Justitie was – een onmogelijke combinatie. Daar weer achter liep de voorzitter van de interne benoemingscommissie, de enthousiaste McMullan-fan Niall McAwley.

De eenheid leek de verschillende rollen gerepeteerd te hebben. Met bijna militaire precisie splitsten ze zich bij aankomst. De advocaat liep direct door naar McMullan. Toppin hield buiten de wacht, zijn massieve gestalte blokkeerde de hele deur. En Cody trok McCadden meteen mee naar de zijkant, naar een stil gedeelte van de gang.

De klachten van de commissaris waren voorspelbaar. Hij verwachtte door zijn eigen mensen op de hoogte gebracht te worden, raasde hij, niet door buitenstaanders. Had hij McCadden gisteren niet verzocht om contact met hem op te nemen? En los van alles, die Special Branch-mensen uit Dublin wachtten nog steeds op McCaddens rapport en geloofden allang niet meer in samenwerking …

"Het is zaterdag", merkte McCadden op. "En nog héél erg vroeg in de ochtend. Ik weet zelf niet eens wat er allemaal aan de hand is."

"Dat is geen doorslaggevende reden. Niet in een zaak die zo groot is, en zo gevoelig ligt …"

"Oké."

"Heb je meneer McMullan gearresteerd?"

"Nee."

"Wacht hier tot ik terug ben."

Cody rende weg, klopte op de deur van McMullans kamer en wachtte op het 'Binnen' als een nerveuze liftjongen in een goedkoop hotel. Hij liep al te lang mee om kwaad te worden, maar McCadden was wel geïrriteerd. Cody speelde elke keer weer hetzelfde ergerlijke spelletje. Enthousiast over acties tegen het huizenbezit van de lokale overheid, maar zodra ze aan de machtige, bevoorrechte rijken kwamen, trok hij zijn medewerking onmiddellijk in. Misschien was dat de prijs die je moest betalen voor de hogere banen. Je moest weten wie je bazen waren.

Met zijn gebruikelijke talent voor een leuke gespreksopening waggelde Bill Toppin zich verkneukelend door de gang, een buitenproportionele karikatuur van een parlementair zwaargewicht.

McCadden wachtte niet tot de dikke man zijn schot had afgevuurd en vroeg vriendschappelijk: "Hoe bevalt het *zero tolerance*-beleid, meneer Toppin?"

Dat was de misdaadbestrijdingspolitiek die Toppins partij tijdens de laatste verkiezingen de kiezers had toegezegd, en die ze vervolgens vergeten waren nadat het ze nét genoeg stemmen had opgeleverd om een regering te vormen.

Toppin lachte krampachtig. Maar dat was geen betrouwbare indicatie van zijn gevoelens of gedachten. Vanwege zijn enorme gewicht waren ál zijn bewegingen krampachtig.

"Hoe gaat het met uw carrière, inspecteur?" pareerde hij.

McCadden haalde zijn schouders op.

"Ik moet toegeven: die stijgt niet zo spectaculair als de witteboordencriminaliteit. Hoewel daar een bepaalde vaste relatie tussen schijnt te bestaan."

"U denkt dat u grappig bent, hè inspecteur?"

"Nee. Er zijn maar een paar dingen die ik echt grappig vind. En daar hoor ikzelf niet bij."

Toppin keek heimelijk om zich heen, wilde iets vertrouwelijks meedelen.

"Laat ik u vertellen, inspecteur, in absoluut vertrouwen, het komt rechtstreeks van ... nou, van de minister zelf."

"Ik dacht even dat u 'de paardenbek' ging zeggen."

"Uw kans om tot hoofd van het landelijk Garda-moordonderzoeksteam benoemd te worden is nul-komma-nul."

"Vandaar dat ik op de shortlist sta, neem ik aan."

"Dat is gedaan om met plezier te zien hoe uw hoop toeneemt en vervolgens de bodem in wordt geslagen."

"Een pleziertje dat u bedorven hebt", meende McCadden, "doordat u het me nu al in vertrouwen hebt verteld."

De commissaris kwam terug voor de woordenwisseling nog onsmakelijker werd en bleef even zonder iets te zeggen tussen Toppin en McCadden staan, duidelijk wachtend tot de politicus beleefd zou verdwijnen. Maar Topppin verroerde zich niet.

"Meneer McMullan heeft me beloofd", zei Cody toen maar, "dat hij om vier uur vanmiddag naar het bureau zal komen om alle vragen van jou te beantwoorden."

McCadden trok een wenkbrauw op en zei kortaf: "Ik moet hem nu kunnen ondervragen."

"Dat is onaanvaardbaar."

"Onaanváárdbaar? Voor wie?"

Cody kruiste zijn handen voor zijn lichaam. Een gesloten gebaar, een afwerend gebaar.

"Bedankt, inspecteur", zei hij met kille stem. "Ik verwacht je om halfvier in mijn kantoor."

"Halfvier", herhaalde McCadden.

Hij voelde dat Toppin meewarig stond te grijnzen, maar hij gunde die dikke zijn pleziertje niet. Dus liep hij zonder Toppin of Cody nog een blik waardig te keuren weg.

"Oké ..."

Hij bedacht dat hij, gezien de toon van het gesprek, wel eens aan het weglopen kon zijn van zijn kans op promotie. Maar, zoals Rookie Wallace al gezegd had, er waren belangrijker dingen dan een carrière. En McCadden was nu geneigd meer aandacht, meer geloof aan de woorden van Rookie Wallace te schenken ...

23

Nadat hij het ziekenhuis was uitgelopen reed McCadden in westelijke richting door de stad. Hij reed langs het winkelcentrum dat tot leven kwam voor de vroege zaterdagse boodschappendoeners en reed Patrick Street in terwijl de klokken van een van de kerken in de buurt luidden. Bij Ballybricken Hill reed hij rechtdoor over de Glen, in plaats van de parkeerplaats van het politiebureau op te draaien en zich te melden; hij reed Bridge Street in en ging over de brug van de brede rivier de Suir heen. Aan de overkant sloeg hij links af de snelweg naar Dublin op, dat zo'n honderdzeventig kilometer noordelijker ligt.

Hij belde een keer met de recherchekamer, die hem doorverbond met Frank Ryan, en vroeg of die de rest van de dag voor hem wilde invallen. En misschien wel het hele weekend, voegde hij daaraan toe. Dat hing ervan af hoe het zou lopen.

"Bill McMullan komt vanmiddag om vier uur met zijn advocaat om een verklaring af te leggen", legde hij uit. "Ik heb een heleboel vragen. Hij zal er wel geen antwoord op geven, maar ze moeten in elk geval gesteld worden."

Ryan schreef ze allemaal op en vroeg toen: "Wat heb je trouwens, officieel?"

"Uitputting. Hele nacht gewerkt. Thuis in bed."

"Oké."

"Nog nieuws?"

"Geen vooruitgang met Vinnie Woods. Geen nieuws over Eleanor Shiels. Geen definitief uitsluitsel over het bloed in het huis of over het wapen dat gebruikt is. Het enige nieuws, en dat voegt waarschijnlijk niets toe aan wat jij al weet, is dat de handafdrukken op de kaptafelspiegel zonder twijfel van McMullan zijn. En die zaten ook op de kaptafel zelf, waar hij met zijn hoofd op lag."

"Er zat geen bloed op zijn kleren, Frank."

"Tja, maar behalve dan op de kaptafel en het bed, zaten die verder ook nergens in de slaapkamer."

"Grappig, vind je niet?"

"Hilarisch", was Ryan het met hem eens. "Gaan we McMullan arresteren?"

"Ik ben bang van niet. Stel maar gewoon de vragen en schrijf zijn antwoorden op. Laat Cody de knopen maar doorhakken. Je zult me niet kunnen bereiken, ik bel je later vandaag zelf nog wel."

McCadden zette de radio uit, stopte een bandje in het cassettedeck en luisterde naar muziek van Garbage terwijl hij verder reed.

Misschien lag het aan zijn ongewone actie, het tijdelijk verbreken van het contact met de basis, maar hoe verder hij van Waterford wegreed, hoe beter hij zich voelde.

Hij zat daar al veel te lang, gaf hij zichzelf toe. Belastte zichzelf met veel te veel dierbare herinneringen. En voelde zich er inmiddels zó thuis en zó geaccepteerd, dat hij geen vreemde meer was. Hij moest hoognodig weg.

Toen hij in zijn achteruitkijkspiegeltje keek nadat hij de rivier overgestoken was, zag hij het standaarduitzicht dat ook op ansichtkaarten en toeristische folders te vinden was. De brede kaden van de stad, de koopvaardijschepen op het water en de toren uit de tiende eeuw op de achtergrond. Hij keek ernaar met een gevoel dat hij wat afsloot. Maar of dat nou optimistisch of fatalistisch was ... hij wist het zelf niet.

In Carlow stopte hij voor een ontbijt – op die manier deelde hij zijn reis bijna precies door de helft – en daarna reed hij ontspannen door het vlakke land. Pas toen hij op de snelweg Dublin voor zich zag opdoemen, het territorium waar hij zoveel gevechten had uitgevochten, werd hij zich weer bewust van zijn eigen leven en het doel van zijn reis.

Het was druk op alle drie de rijbanen die naar de hoofdstad leidden. Hij zat al een route naar Kevin Street, naar het Garda-bureau, uit te denken toen hij bij een rood verkeerslicht in de Saab naast zich keek en de passagier een krant zag lezen. Het was zaterdag. Dus Chris Smith, de rechercheur naar wie hij op weg was, zou die ochtend geen dienst hebben. Zou maandag pas weer achter zijn bureau zitten.

Tijd was natuurlijk een persoonlijke beleving. Maar als je je in een zaak vastbijt, dacht McCadden, kun je blijkbaar zelfs de kalenderdagen uit het oog verliezen.

Het liep inmiddels tegen elven. Smith woonde in zo'n middenklassehuis in een nieuwbouwwijk in het rijkere zuiden van de stad en rond deze tijd zou hij boodschappen doen, in de tuin werken, uitslapen of televisiekijken. Dus zou het niet moeilijk zijn hem op te sporen.

Het huis lag in een doodlopende straat. Dat beviel McCadden. Toen hij aan de gevolgen dacht van zijn laatste poging om Smith te bereiken en aan de paranoia van Reynolds en O'Dea in Waterford, was hij bang dat Special Branch zijn vriend in de gaten hield.

Hij reed rustig rond in het groene hart van de wijk. Zag dat alle huizen in de buurt voortuinen hadden die zo goed onderhouden werden dat dat nooit met de handen van undercoveragenten gedaan kon zijn. Zag maar één geparkeerde auto met een chauffeur erin. En ook dat was eenvoudig te verklaren. Het was een tiener die zenuwachtig wachtte tot zijn jongere vriendinnetje door haar ouders vrijgelaten werd.

Toen McCadden twee keer had rondgereden, parkeerde hij de auto, stapte uit en belde bij het huis van Smith aan. Een roodharige jongen van een jaar of twaalf deed open. Achter hem, haar handen nog afdrogend aan een droogdoek en met een negenjarig meisje op sleeptouw, kwam zijn moeder de keuken uitlopen.

De kinderen waren nieuwsgierig. Alléén maar nieuwsgierig. En daarin waren ze heel duidelijk. En Sandra Smith, die McCadden nog kende uit de tijd dat hij in Dublin werkte, keek eerst verrast, maar daarna opgewekt.

Dus niemand was nerveus. Niemand leek op zijn hoede of verschrikt.

Het gezinsleven, dacht McCadden weemoedig.

Chris Smith was een van die agenten, inmiddels de grote meerderheid in het korps, die ijverig zijn acht uren per dag werkte en het allemaal achter zich liet op het moment dat hij naar huis ging. Naar zijn gezin, zijn voetbal, zijn golf.

Dat was McCadden nog nooit gelukt. Toch was hij geen carrièrejager die snel promotie wilde maken. In een baan waarin je elkaar in de gaten moest houden, werd je van dat soort ambitie een onbetrouwbare klootzak. Het moest je liggen. Hij vond het gewoon moeilijk om een probleem los te laten.

Smith, een roodharige man van het platteland, iets te dik vanwege te veel werk achter zijn bureau en te weinig op straat, keek paardenraces op de tv in de voorkamer. Toen zijn vrouw en twee kinderen in de deuropening bleven staan toen McCadden de kamer inliep, rukte hij zijn ogen los van de tv als een gokkertje dat net vijf pond heeft ingezet, maar langzaam veranderde zijn blik in pure verbazing. Terwijl hij zich uit zijn stoel hees, mompelde hij: "Jezus, Carl ..."

De deur achter McCadden werd discreet gesloten en hij was met Smith alleen. Hij gaf hem een hand en zei: "Ik heb geprobeerd je te bereiken. Heb boodschappen op het bureau voor je achtergelaten."

Smith fronste zijn wenkbrauwen.

"Wanneer was de laatste?"

"Een paar dagen geleden."

"Die heb ik niet gekregen."

"Dan speelt er iemand een smerig spelletje. Ik heb ook een boodschap op je antwoordapparaat hier ingesproken."

"Die heb ik gevonden, maar ik dacht ..."

"Weet je nog dat ik je gisteren een week geleden gevraagd heb om een vent die Rookie Wallace heette na te trekken?"

Smith ging zitten, zette de tv zachter, wees naar een andere fauteuil en zei: "Ja, dat weet ik nog."

"Je hebt nooit meer wat laten horen."

Smith spreidde zijn armen om zijn verbazing en zijn onschuld te onderstrepen.

"Heeft niemand het je dan verteld?" vroeg hij.

"Wat verteld?"

"Shit! Hoor eens … ik bedoel, ik heb die Wallace nagetrokken. Geen strafblad. Ik heb wat rondgevraagd. Kende hem niet persoonlijk. Aan een van die gozers die in die wijk bekend is heb ik het gevraagd. En het volgende dat er gebeurt, is dat ik bij de baas op kantoor moet komen. Daar zitten ook twee Special Branch-klojo's. Waarom ik belangstelling voor Rookie Wallace heb? Moet ik laten rusten. Een interne veiligheidszaak ligt zeer gevoelig. Inspecteur McCadden uit Waterford zal op de hoogte worden gebracht. Neem geen contact met hem op voor je daarvoor toestemming krijgt."

"Oké", zei McCadden. "Zoiets vermoedde ik al."

"Heb ik je in moeilijkheden gebracht?"

"Nee, nee. Maak je maar niet druk. Ken jij misschien iemand die Willie Flanagan heet, Chris?"

"Willie Flanagan? Klein, wezelachtig mannetje? Rond de veertig?"

"Geen idee. Ik ken hem niet. Kan rondhangen met een andere knakker, Vinnie Woods."

"Ja, klopt. Dan ken ik Flanagan wel. Klein kruimeldiefje. Gevangenis in, gevangenis uit. Zes maanden, negen maanden. In die orde van grootte. Meestal winkeldiefstal."

"En Vinnie Woods?"

"Dat is heel andere koek. Zeventien, achttien jaar. Woont in hetzelfde gebouw als Flanagan. St. Anthony's. Maar is zo'n klotejunk. Dus voor alles te porren als hij zijn shot maar kan betalen."

"Woods' lichaam is gisterochtend op het strand in het graafschap Waterford gevonden, Chris. Hij was goed te grazen genomen en in zee gegooid. Dat heb je blijkbaar nog niet gehoord."

"Godallemachtig", begroette Smith het nieuws. "Daarom ben je natuurlijk hier!"

McCadden schudde zijn hoofd.

"Officieel ben ik hier zelfs niet eens, Chris."

Hij aarzelde even, keek de kamer rond, naar de muren die vol hingen met gezinsfoto's. Vakantiekiekjes. Klassenfoto's. Portretten. En terwijl hij rondkeek leken de gezichten hem allemaal afkeurend aan te kijken. Hij zei: "Ik hoopte dat jij me kon vertellen waar ik Flanagan kon vinden."

"Nee, ik breng je wel", bood Smith aan.

"Dat kon wel eens niet in je voordeel uitpakken."

"Je hoeft me niet te vertellen waar het om gaat, maar het is geen plek waar je zonder rugdekking naartoe gaat. Ik kan je niet alleen laten gaan, oké?"

"Fijn. Bedankt."

"Heb je een pistool?"

"Nee."

"Dat regel ik wel."

24

McCadden herinnerde zich St. Anthony's Estate als een zwart woongebied.

Een aantal gemeenteflats bij elkaar in blokken geplaatst, afgezet met staal en maar via één toegangsweg met de auto bereikbaar. De afgesloten en afgelegen ligging isoleerde de bewoners en maakte het gebied makkelijk te verdedigen, moeilijk binnen te vallen en bijna onmogelijk om in te surveilleren. Uiteraard was het een paradijs voor de straatcrimineel. Zelfs de meest gemotiveerde bewoners, gedesillusioneerd door de ontdekking dat er niemand meer langskwam, moesten zichzelf en hun kinderen dagelijks dwingen het contact met de buitenwereld niet te verliezen, waar de banen, scholen en voorzieningen waren. Niet echt buiten hun bereik, maar wel ver genoeg weg om het een hele inspanning te maken.

Het nieuws was dat het in de zes jaar dat McCadden er niet geweest was, bergafwaarts was gegaan met de wijk. De meest gemotiveerde bewoners hadden het opgegeven en waren weggetrokken om zich elders te ontplooien. Fanatiek plaatselijk protest tegen de drugs had dealers en junkies uit andere gebouwen in de buurt verdreven. Met het verzwakte gemeenschapsgevoel, de geïsoleerde ligging en de overvloed aan lege woningen werd St. Anthony's een van de belangrijkste centra van de heroïne- en crackhandel.

Smith en McCadden parkeerden op Erris Road, vlak bij de winkels, en liepen naar het flatgebouw. Om zich een beetje bij McCaddens vrijetijdskleding aan te passen had Smith zich in zijn oudste spijkerbroek en een T-shirt gehesen. Hij had geen moeite hoeven doen; ze werden onmiddellijk herkend als agenten. Een paar stoere kinderen die rond de ingang van de flat hingen slenterden expres voor hun voeten, probeerden ze uit te dagen. De anderen renden weg om de gebruikers te waarschuwen dat er juten aankwamen.

Vanuit de verte hadden de torens er niet eens zo erg uitgezien. De buitenmuren waren schoon en onlangs door de gemeente geschilderd. Maar dat was slechts de buitenkant. De viezigheid en andere troep zat ín de gebouwen.

De ingang van het flatgebouw waar Willie Flanagan woonde werd grotendeels geblokkerd door rottend afval en stinkende wegwerpluiers. De stank werd nog verergerd doordat het zo vroeg in de middag al behoorlijk warm was. De lift deed het niet. Het trappenhuis naar de vierde verdieping lag vol rommel en op de muren bevond zich obscene graffiti, waarvan een gedeelte met uitwerpselen geschreven.

Telkens als de rechercheurs een hoek om kwamen glipten er broodmagere schimmen uit hun gezichtsveld die hen vanuit de schaduwen angstvallig in de gaten hielden. Smith zei niets, maar de afschuw stond op zijn gezicht te lezen. Hij bonkte hard op de smerige voordeur van Willie Flanagan, hield zijn identiteitskaart voor het kijkgat en spoog op de vloer in afwachting van het opengaan van de deur.

De vent die opendeed, leek eerder zestig dan veertig. Klein en verschrompeld met een gerimpeld, ongezond gezicht. Hij liep als een smekeling, nooit rechtop. Zijn bruine haar was dun, zijn ogen stonden waterig en zijn huid was droog.

"Hoe gaat het, Willie?" vroeg Smith. "Rechercheur Price heeft me gestuurd. Je kent rechercheur Price toch, hè Willie? Ben je alleen, Willie?"

"Huh?"

"Heb je bezoek?"

"Nee. Ik ben alleen."

"Mooi zo."

Smith had al verteld dat alles in de flat óf gestolen was, óf gekocht van gestolen geld. Dat had een griezelig effect op de inrichting. De grotere onderdelen, tafel en stoelen, waren goedkoop en versleten. De kleinere spullen waren van betere kwaliteit. De gestolen Sanyo-televisie bijvoorbeeld, waarop een zaterdagavond-sportprogramma te zien was, stond boven op een rechtop gezet houten kistje. En de gestolen thermometer aan de muur net naast de voordeur die aangaf dat het 22 graden was, hing over een gat in die muur.

"Dit is een vriend van me, Willie", legde Smith uit. "Rechercheur McCadden. Hij wil je een paar vragen stellen."

Flanagan ging aan een wiebelige formicatafel zitten en draaide dunne shagjes van vloeitjes en shag die al op tafel lagen. Het was een soort tic. Hij rolde ze sneller dan hij ze op kon roken en legde het teveel in gelijkzijdige driehoeken op het tafelblad.

"Vragen?" herhaalde hij. "Waarover?"

"Hoe gaat het met Vinnie Woods, Willie?" wilde McCadden weten.

"Vinnie? Geen idee. Goed, denk ik."

"Wanneer heb je hem voor het laatst gezien?"

"De laatste keer?"

Hij had de verschrikkelijk gewoonte om een paar woorden uit de gestelde vraag te herhalen om tijd te winnen. Verspilde tijd. Want hij was geen denker.

"Een paar dagen geleden", zei hij. "Ja, ik had een paar avonden geleden een akkefietje met hem. Misschien afgelopen week. Afgelopen zaterdag, dat was het."

"Waar is hij nu?"

"Nu? Geen idee."

"Maar je kent Rookie Wallace?"

Flanagan snoof onrustig. Hij zoog de tabak wat dichter naar zijn bruine vingers toe en zei: "Rookie? Ja, ken ik wel. Hokt in een van de andere flats."

"Zijn jij, Vinnie en Rookie wel eens samen geweest?"

"Samen?"

Met zijn benige duim en wijsvinger trok Flanagan een draadje tabak van zijn droge lippen en wilde nerveus weten: "Wat probeer je me in mijn schoenen te schuiven?"

"Geen idee. Kunnen we je iets in de schoenen schuiven?"

"Nee."
"Hoe zat het dan ergens eind juli, Willie?" drong McCadden aan. "Rond de 26e."
"De 26e? Juli? Dat was afgelopen maand."
"Klopt."
"Christus, ik bedoel, zo goed is mijn geheugen nou ook weer niet, weet je ..."
"Toen waren jullie met z'n drieën, hè?"
"Ik weet het niet, ik zei toch al dat ik ..."
"Dat waren jullie wel, Willie. En er gebeurde iets, nietwaar?"
"O ja?"
"Vertel jij me maar wat het was."
"Wat het was?"
"Gewoon, zoals Rookie het vertelde."
"Rookie? Wat bedoel je? Wat heeft Rookie verteld?"
"Boven? Die lege flat? Dat hele gedoe?"
"O, dat!" piepte Flanagan. "Ja, dat ... ik dacht dat je bedoelde ... ja, nou, we zaten in Rookies hol. Gewoon wat hangen. Kaartje leggen, je weet wel. Hoorden we ineens dat gedoe boven. Ik ben niet wezen kijken, Rookie en Vinnie gingen erheen. Die Amerikaan ... we lazen in de krant dat hij Logan verdronken had ... hij heette Logan ... iets als Logan ..."
Flanagan was bang. Zo bang dat de flarden van het verhaal dat hij bedacht had in de verkeerde volgorde uit zijn mond kwamen en dus geen logisch verhaal vormden. Hij had inmiddels vier weken moeten leven met de angst voor het moment dat er iemand naar zou vragen. Maar niet voor de politie, dacht McCadden. Want als hij bang voor hen was, dan had hij dat al veel eerder laten merken, toen Smith en McCadden aanklopten. Nee, Willie was voor iemand anders bang.
McCadden keek hem even aan zonder iets te zeggen. Toen vroeg hij: "Hoeveel heeft Rookie Wallace je gegeven, Willie, om dat verhaaltje te bedenken en te vertellen?"
Want McCadden wist dat Logan op 26 juli niet in Dublin was. Logan zat toen in Waterford. Dat kon Sonny Newburn bevestigen zodra die terug was van zijn vakantie. En er was nog meer. Artie Logan had bijvoorbeeld naaktfoto's van Elea-

nor Shiels gemaakt. Op sommige van die foto's had het bureautje in de voorkamer van haar huis gestaan. En op dat bureautje, wist McCadden, lag een landelijke krant, gedateerd 26 juli.

Flanagan beantwoordde de vraag niet. Hij lachte zenuwachtig. Zijn mond was te droog en zijn hersenen waren te geschokt om iets anders uit te kunnen brengen.

Vanachter McCadden dook Chris Smith ineens op. Hij leunde zwaar op de krakkemikkige tafel, veegde met een zwaai de shagjes van tafel en duwde zijn gezicht tegen Flanagan aan.

"Ho, ho, wacht jij eens even, godverdomme!" riep hij dreigend.

Flanagan kromp ineen en deinsde achteruit.

"Wat?"

"Houd je stomme kop eens, Willie!" vond Smith. "26 juli, zei je?"

"Wat? Wat is daarmee?"

"En drie maten, hè? Met bivakmutsen misschien? Een jonge vent van gemiddelde lengte? En een oudere krielkip? Dan denk ik dat die Rookie Wallace een grote, stevige man is. Klopt dat, Carl?"

McCadden knikte.

"Klopt."

"Kloterige hufter!" zei Smith triomfantelijk. "Jullie legden toen helemaal geen kaartje, hè Willie?"

"Welles! Ik wel! Ik bedoel, ik zei al ..."

"Jullie waren toen toch in een postkantoor in Rialto? Met een geweer met afgezaagde loop en twee ijzeren staven. Jij, Vinnie Woods en Rookie Wallace. Toen waren jullie de buit toch aan het verdelen?"

Smith duwde zichzelf van de tafel weg. Hij keek rond. Besloot dat er hier geen goede verstopplaatsen waren en verdween naar de slaapkamer, waar ze hem met veel lawaai hoorden zoeken. Toen hij terugkwam wapperde hij triomfantelijk met een stapel bankbiljetten.

Het gekke was dat, toen hij het geteld had, het bijna het volledige derde deel van de opbrengst van die overval was. Flanagan had nog niet veel durven uitgeven. Had het risico niet durven nemen.

McCadden zat aan de andere kant van de tafel, de biljetten lagen op het tafelblad tussen Flanagan en hem in.

"Je maakt je niet erg bezorgd over de gevangenis, hè Willie?" vond hij.

"Tuurlijk maak ik me retebezorgd ..."

"Nee, je gaat niet naar de gevangenis, Willie. Nu nog niet in elk geval. Niet als je ons helpt."

"Wat? Je weet dat ik niet ..."

"Maar misschien wil je ons niet helpen, omdat je je over iets anders bezorgd maakt. En misschien heb je gelijk. Jullie drieën hebben die dag iets gezien. Jij, Vinnie Woods en Rookie Wallace. Iets gevaarlijks. Weet je hoe ik dat weet? Woods' lichaam is gisteren op het strand in het graafschap Waterford gevonden, Willie. Hij is gefileerd en in zee gegooid. En Rookie Wallace", loog McCadden, "is de dag daarvoor neergeschoten. De verwachting is dat hij het niet haalt."

McCadden pauzeerde even, lette op de reactie van Flanagan. Het was natuurlijk altijd mogelijk dat Wallace de afgelopen 24 uur in Dublin was geweest en Flanagan had opgezocht. Maar Flanagan zat als bevroren. Zijn lippen van elkaar, klaar voor het shagje dat een paar centimeter ervoor in zijn vingers hing.

"Jullie moeten me helpen", kwaakte hij.

Smith leefde niet met hem mee.

"Je staat alleen, Willie. Net als die twee anderen."

"Nemen jullie me dan niet mee?"

"Laten we eens iets nieuws uitproberen, Willie", vond Smith. "Eerst praat je met ons en dán nemen we je mee."

Flanagan begon te trillen. Hij wilde een hijs van zijn shagje nemen, dat hij eindelijk tussen zijn lippen had gestoken, maar het was uitgegaan.

"Oké", zei hij toen. "Ja. Oké, ja. Ik bedoel, ja, we waren de poet aan het verdelen. Ik, Vinnie, Rookie. Jezus, ik kan gewoon niet geloven dat Vinnie ... Ik zag pas zijn meisje nog. Gisteren. Die zei helemaal niets."

"Die is nog niet op de hoogte gebracht, Willie. Daar gaan we zo naartoe."

"God kolere ..."

"En het verhaal?"

"Wat?"

"Wat gebeurde er nadat jullie het geld verdeeld hadden?"

"Ja, nou ... toen was er dat klotelawaai boven. Ik bedoel, we dachten dat het zo'n klote-inval of zo was. Vinnie was high ... dus gingen we naar boven, oké? Om te kijken. Ik bedoel, die flat boven Rookie stond eigenlijk leeg. Het was er aardedonker. We hadden geen zaklamp of zo bij ons. Maar na een tijdje zijn je ogen, je weet wel ... na een tijdje konden we wat zien ... er zat een gozer op die stoel. Hij zag er dood uit. Heel erg in elkaar geslagen in elk geval. Maar hij kreunde nog. En toen die stem uit het donker, achter hem ... ik bedoel we konden hem niet zien of zo. Die Amerikaanse stem. Hij zei: 'Ga daar weg, jongens.' Gewoon. Je weet wel. Hij was een Amerikaan. 'Ga daar weg, jongens', zei hij, 'het heeft niets met jullie te maken.' En dat deden we. We gingen als de sodemieter weg."

"Wie was die dode man in die stoel, Willie?" vroeg Smith.

"Wat?"

"Je hebt die Yank niet gezien. Jullie zijn weggelopen."

"Dat heb ik toch gezegd?"

"Maar je bent bang voor iets. Wie was die dode man?"

"Zorgen jullie dan voor me?"

"Wie was die dode man, Willie? Je hebt hem herkend, hè?"

"Ik moet eerst weten of jullie voor me gaan zorgen."

"Eerst het verhaal, Willie, dáárna zorgen we voor je."

Dus zuchtte Flanagan diep en fluisterde: "Volgens mij was het Tucker. Leo Tucker."

Smith floot en verviel in zijn bekende stijl: "*Fuck me!*"

25

Het lichaam van Leo Tucker, gemarteld voor hij stierf en daarna zwaar verminkt, was door een bergwandelaar in de Dublin Mountains gevonden op zaterdagochtend 30 juli, exact drie weken eerder. Hij lag in een ondiep graf, verborgen onder afgesneden struiken en boomtakken.

Vermoord door een bende wegens onenigheid over drugs, dat was duidelijk. Tucker was een juniorlid van een familie uit Dublin die de hoofdstad van wiet en cocaïne voorzag. Maar op straat ging het gerucht dat de familie haar macht aan het verliezen was. Anderen mengden zich in de handel. En er hing een gemene, ouderwetse turfoorlog in de lucht.

Maar niemand wist wie die anderen waren. En niemand wist waarom Leo Tucker gemarteld en vermoord werd. En nu ze het er toch over hadden, niemand wist waar hij precies vermoord was.

Willie Flanagan was de eerste getuige die een belangrijke doorbraak in de zaak kon bewerkstelligen.

Chris Smith wilde politiebusjes met beschermend draadglas oproepen om Flanagan veilig uit het gebouw te krijgen. Hij en McCadden zouden achter het konvooi aan rijden. McCadden aarzelde. Hij zag het nut ervan in om Flanagan achter de tralies te zetten voor het bekend raakte dat hij met de politie samenwerkte, maar wilde tegelijkertijd Vinnie Woods' meisje ondervragen en het hol van Rookie Wallace doorzoeken.

"Luister eens", zei hij tegen Smith terwijl hij hem buiten gehoorsafstand van Flanagan trok. "De meest voor de hand liggende verklaring is dat de knakkers die Tucker hebben vermoord achter deze drie aan zitten omdat ze getuigen waren. Maar toch klopt dat niet. Waarom slepen ze Woods dan helemaal naar Waterford en mag Flanagan op maar een paar straten afstand van het gebeuren gewoon blijven rondlopen? Dat is niet logisch. Woods kan goede redenen hebben gehad om te verdwijnen, maar hij ging niet naar Waterford om onder te duiken. Hij ging Rookie Wallace achterna. Ik moet met Woods' vriendin praten."

Maar daar was geen sprake van. Niet meteen tenminste.

"Vinnies meisje?" zei Flanagan, toen ze hem vroegen waar de vriendin woonde. "Die zal hier niet meer zijn."

"Je zei dat je haar gisteren gezien had."

"Ja, maar toen zou ze naar haar moeder gaan. Met het kind. Elke vrijdag. Ze gaat elke vrijdag naar haar moeder en blijft dan het weekend daar. Met het kind."

"Waar woont haar moeder?"

"In het noorden. Ballymun."

McCadden schreef het adres op en vroeg: "En Rookie Wallace' hol?"

"In de flat hier aan de overkant. Daar. Je kunt hem vanuit het raam hier zien. Nummer 21."

"Blijf jij hier, Chris?" vroeg McCadden hem. "Ik ga ernaartoe."

"Voorzichtig", waarschuwde Chris hem.

Maar ook daar was geen sprake van.

Alle lampen waren kapot in het tegenoverliggende flatgebouw en de architecten hadden het blijkbaar ontworpen zonder rekening te houden met het daglicht. De smerige hal ving onwillig wat zonlicht op door de openstaande deur, maar toen McCadden eenmaal de eerste hoek in het trappenhuis om was, was alles donker en *unheimisch*. Met zijn hand tegen de muur wilde hij zichzelf in evenwicht houden, maar trok die weer snel terug toen hij in iets zachts, nattigs en viezigs greep.

Op de eerste verdieping verborgen een paar magere jongeren met capuchons op zich in een deuropening voor het licht. Ze keken hem wantrouwend aan, zagen dat hij er niet hoorde. Het lag niet alleen aan zijn onbekende gezicht; zijn schone kleren en blozende gezondheid vormden een te groot contrast met hun eigen armoede. Hij vroeg zich af hoe Rookie Wallace, met zijn lengte en stevige bouw, het vol had kunnen houden hier als een zwerver te leven. Maar hij moest erkennen dat Wallace' verwilderde uiterlijk en geschonden gezicht de indruk konden wekken dat hij voor iets op de vlucht was en te makkelijk aangebrand raakte om hem veel vragen te stellen.

Op de donkere trappen voelde McCadden dat hij gevolgd en in de gaten werd gehouden, maar hij bereikte de derde verdieping zonder dat er iemand naar beneden kwam of achter hem aan sloop. Tegen die tijd waren zijn ogen gewend. Hij keek vluchtig de gang door en zag dat de deur van nummer 21 op een kier stond. De gemeente had de deur dichtgespijkerd, maar die was opengebroken en zo grondig ingetrapt dat hij scheef in de deurpost hing en heen en weer zwaaide.

Binnen, in wat de voorkamer hoorde te zijn, lagen drie matrassen met slaapzakken erop op de grond. Een lag er voor de deur. Waarschijnlijk had die die nacht tegen de gesloten deur gelegen om indringers buiten te houden.

McCadden stapte er voorzichtig overheen. Vanuit de keuken hoorde hij boze, ruziënde stemmen. Niet in het Engels, en niet in een andere verstaanbare Europese taal.

Hij sloop verder naar binnen en duwde voorzichtig de keukendeur ver genoeg open om naar binnen te kunnen kijken.

Twee mannen stonden met hun rug naar hem toe bij het aanrecht. Allebei klein en dik. Allebei in dunne jasjes en donkerblauwe spijkerbroeken.

McCadden klopte en schreeuwde, in de hoop dat als hij maar genoeg lawaai maakte en zich zo zichtbaar mogelijk zou presenteren de bewoners dan niet zo zenuwachtig zouden zijn: “Hallo, is daar iemand?”

Ze draaiden zich acuut om. Maar bleven ook dicht naast elkaar staan, zodat hij niet kon zien wat ze bij het aanrecht deden.

Ze zagen er Roemeens uit, vond McCadden. En ze waren zenuwachtig, heel zenuwachtig. De man rechts hield een hand achter zijn rug, op het wapen dat hij daar onder het achterpand van zijn jasje verborgen had. En de blik die hij met zijn maat wisselde was alleen maar om te peilen of hij dat wapen direct zou trekken of nog héél even zou wachten.

Ze waren gevaarlijk, realiseerde McCadden zich. Hielden van de snelle oplossing. Hielden geen rekening met de omgeving en waren waarschijnlijk wanhopig genoeg om een wapen als communicatiemiddel te gebruiken.

"Spreken jullie Engels?" vroeg hij zo ontspannen als hij maar kon.

De linker kerel prikte agressief met een vinger in zijn eigen borst.

"Ik spreek Engels."

"Ik zoek een man, ene Toomey", improviseerde McCadden. "Zijn broer heeft me dit adres gegeven. Nummer 21."

"Toomey?"

"Misschien kennen jullie hem als Stekker", probeerde McCadden. "Zijn bijnaam. Hij is elektricien."

Ze snapten hem niet. En door het tijdrovende proces van luisteren naar een vreemde taal en het moeten vertalen kalmeerden ze wat. De linkervent fronste zijn wenkbrauwen en schudde langzaam zijn hoofd. Zijn vriend zei niets, maar hield zijn verborgen wapen paraat.

"Nee?" vroeg McCadden. "Dan zit ik misschien in het verkeerde gebouw. Hij zei 21 in een van de gebouwen. Maar in elk geval bedankt."

Hij hield met moeite zijn bewegingen onder controle toen hij zo nonchalant mogelijk uit de keuken verdween en zijdelings langs de matrassen liep, zodat hij hen nooit helemaal zijn rug toekeerde. Toen hij de flat uit was rende hij de gang door. Hij was al bijna bij de trap toen de twee kerels bij de voordeur van Wallace' hol stonden.

Een van hen riep kwaad: "Hé! Wachten jij!"

McCadden zwaaide vriendelijk en glimlachte. Ik versta het niet, leek hij zich te willen verontschuldigen. Vervolgens verdween hij en rende zo snel de trappen af dat hij buiten adem op de eerste verdieping aankwam, waar de capuchonjongeren hem wantrouwend bekeken terwijl ze een joint doorgaven.

Het zonlicht buiten de algemene ingang scheen recht in zijn gezicht, deed hem denken aan zijn vertrek uit de kroeg in Waterford een paar dagen geleden. Deze keer bleef hij niet staan om zijn ogen aan het licht te laten wennen. Hij strompelde verder. Tussen zijn samengeknepen oogleden zag hij vaag Chris Smith staan, die hem vanuit het raam van Willie Flanagan observeerde. Hij gaf hem een nauwelijks zichtbaar teken: zijn rechtervuist tegen zijn borstkas met zijn duim uitgestoken. Het teken dat ze weg moesten.

Smith begreep het direct en stond bij de ingang met Willie Flanagan te wachten. Flanagan was niet geboeid. Boeien konden de hele buurt op stelten zetten.

Zonder veel moeite zou de kleine man zich los hebben kunnen schudden en kunnen wegrennen. Maar het nieuws van Woods' dood had alle vechtlust doen verdwijnen. Hij was doodsbang. Een cel was dan wel geen feest, maar in elk geval iets bekends. En veel veiliger dan de straat.

Met Flanagan tussen hen in liepen de twee rechercheurs snel St. Anthony's uit, naar het winkelcentrum waar ze hun auto geparkeerd hadden.

Smith was opgelucht. McCadden nog niet.

Op de achterbank naast Flanagan draaide hij zich om en keek door het achterraam. Na de derde hoek die ze namen, wist hij het zeker.

Op gewone toon zei hij tegen Smith: "We worden gevolgd, Chris."

Het was een onopvallende, onschuldige Toyota, vijf of zes auto's achter hen. McCadden kon de inzittenden niet onderscheiden. Het raam was van getint glas of vuil.

"Weet je het zeker?" twijfelde Smith.

"Sla maar een keer links af", stelde McCadden voor.

Smith wisselde zonder waarschuwing van rijbaan en sloeg links af en veroorzaakte een orkest van toeterende auto's. Achter hen deed de Toyota hetzelfde, maar minder opvallend.

"Ja, ik zie het", zei Smith. "Wacht maar even."

Via de radio nam hij contact met zijn bureau op, vroeg om assistentie en reed vervolgens in een rustig tempo verder en gaf duidelijk richting aan, alsof hij op zijn gemak een uitstapje maakte. Tot er in zijn achteruitkijkspiegeltje een politieauto verscheen die iets achter de Toyota ging rijden. Toen gaf hij onmiddellijk gas, dwong de Toyota hetzelfde te doen, stond vervolgens boven op de rem, zette de auto overdwars op de rijbaan en blokkeerde zo de weg.

De Toyota achter hen, die net harder ging rijden, remde ook hard. Toen de inzittenden begrepen dat ze betrapt waren, probeerde de chauffeur nog te ontsnappen, maar de patrouillewagen verscheen achter hen en sneed de vluchtroute af.

Smith en McCadden wachtten af. Door de zijraampjes van hun auto zagen ze geüniformeerde agenten behoedzaam naar de stilstaande Toyota lopen en met de chauffeur en passagiers praten. Na een tijdje kwam een van de agenten – nog langzamer dan eerst leek het – naar hen toe. Hij keek niet gelukkig.

"Charlie", begroette Smith hem. "Wat hadden ze voor verhaal?"

Zonder iets te zeggen gaf Charlie hem twee portefeuilles. Smith controleerde hun inhoud en vloekte. Gaf ze geopend door aan McCadden. In allebei zat een Garda-identiteitsbewijs. Een op naam van rechercheur Healy. De ander op naam van rechercheur Crimmons.

"Waarom zitten ze in vredesnaam óns achterna?" vroeg Smith.

Charlie drukte de klep van zijn pet omhoog en krabde op zijn voorhoofd, net zo perplex als de andere man.

"Ze zeiden dat ze niet wisten wie u was, meneer."

"Ze hebben ons vast bij St. Anthony's opgepikt", vermoedde McCadden. "Daar moeten ze op wacht hebben gestaan. Of bij Willie hier, of bij Rookie Wallace' flat."

Smith glimlachte. Hij keek langs de agent naar een jonge vrouw achter het stuur van een zilverkleurige Mercedes, die naar hem schreeuwde dat hij dat stuk blik waarin hij zat als de sodemieter van de weg moest halen en zijn superieuren erdoor moest laten. Hoofdschuddend keek hij McCadden aan.

"Dit ziet er helemaal niet goed uit", voorspelde hij. "Wist je dat? Dit ziet er koleresiecht uit."

26

Het kostte een volledige dag, een minister van Justitie, een Garda-commissaris, twee hoofdcommissarissen en een legertje brigadiers van Special Branch en de National Drugs Unit om een beetje duidelijkheid te krijgen over wat Smith 'helemaal niet goed' had genoemd.

Ze kwamen op zondagavond in een vergaderkamer op het Garda-hoofdkwartier in Phoenix Park bijeen. Buiten heerste het hele augustusweekend een hittegolf. Het park zat vol hitsige, jonge geliefden en ruziënde gezinnen die in de zon lagen. De dierentuin ernaast trok lange rijen belangstellenden en het meest populaire punt, zo meldden de kranten de volgende dag, was het kleine eilandje waar de zeehonden en pinguïns rondspartelden en de spot dreven met hun oververhitte bezoekers.

In de stoffige vergaderkamer, achter gesloten gordijnen en deuren, keek de minister van Justitie, Niall McAwley, geïrriteerd rond. Hij had hiervoor twee afspraken moeten afzeggen waarmee hij de kranten had kunnen halen. Een met een Ierse zwemkampioene die net een gezonde drieling had gebaard en een met een groep vluchtelingen die naar hun vaderland, het door oorlog verwoeste Kosovo, zouden terugkeren. Aan het hoofd van de grote ovale tafel zat hij met het gezicht van een man die wel wat beters te doen had, een man die niet de politiek in was gestapt om zijn zondag te verspillen aan iets anders dan zelfpromotie. Hij zei niets, liet het aan de commissaris over om te openen.

De commissaris was ook niet in goede vorm. Benoemd door

het vorige kabinet en vanwege de scherpe kritiek op het zero-tolerance-beleid – het geliefde speeltje van de minister – was hij niet in de stemming om te genieten van McAwleys ergernis. Hij had verloren. Net als de minister. Maar in tegenstelling tot de politicus voelde hij zich wel schuldig over zijn falen en vond hij dat hij verantwoordelijk was voor het opruimen van de troep.

Hij had veel briefjes in verschillende handschriften voor zich op tafel liggen, maar werd er niet veel wijzer van. Hij had zojuist meegedeeld dat iemand deze onbegrijpelijke geschiedenis maar eens uit moest leggen en keek nu de tafel rond voor vrijwilligers. Maar zijn mannen bogen hun hoofden. Hun ogen draaiden weg. Hun hersenen hielden zich met dringender zaken bezig. Pennen. Paperclips. Perforators. Net schoolkinderen die bang waren om de lastige vragen van de schoolmeester te moeten beantwoorden.

Alleen McCadden, in het midden van de grote tafel, beantwoordde zijn blik. Wat de commissaris meer een onaanvaardbare brutaliteit vond dan een aanbod, want hij keek voorbij McCadden naar een magere, lange commissaris wat verderop aan de tafel.

"Roger?"

Roger Deanes was hoofd van de National Drugs Unit. Hij schraapte zijn keel, klapte een map open, haalde er een stapel foto's en documenten uit en gaf ze aan zijn inspecteurs om rond te delen.

Hij begon: "Een tijdje terug wees de drugseenheid van Europol in Den Haag ons op de mogelijkheid dat een schip, de *Kazra*, geregistreerd in St. Vincentius en met een grote lading cocaïne aan boord, de drugs hier in Ierland aan land zou willen brengen. Waarschijnlijk aan de geïsoleerde zuidkust, voor distributie in Ierland, Engeland en het Europese vasteland. Europol wist toen al dat de drugs van een Colombiaans kartel waren. Ze kenden de identiteit van de importeur hier niet. Wij ook niet. Maar die wilden we natuurlijk wel heel graag weten.

Sinds die eerste waarschuwing stond het schip onder strenge bewaking. Gisteren, in de vroege ochtenduren, werd de cocaïne in Breenlea Head, vlak bij Brownstown Head in het graafschap Waterford gelost. Twee mannen, toen nog onbekenden voor ons, namen de lading op de kust in ontvangst. Van uitgedeelde kopieën van de surveillancefoto's zullen mensen onder u hen ongetwijfeld herkennen als Anthony Wallace, lid van ons korps, en Paul Hyland, ex-rechercheur uit Waterford.

De handel en wandel van beiden is vanaf dat moment scherp in de gaten gehouden. Ze reisden onmiddellijk met de drugs naar Dublin. Gisterochtend vroeg ging Wallace naar een flat in St. Anthony's waarvan we geloven dat hij daar woont en legde daar contact met twee Roemeense nationalisten. Wij zijn van mening dat de deal daar gesloten wordt, in die flat, misschien vanavond of anders morgen. Het gebouw is daarom onder bewaking gezet. Toen inspecteur McCadden gisteren arriveerde, herkenden onze mensen ter plekke hem niet en daarom werd hij gevolgd toen hij weer vertrok ..."

Ondertussen had McCadden de foto's bestudeerd die in het donker met een infraroodcamera genomen waren. Een smalle, steenachtige kust. Op de achtergrond het profiel van een ranke boot die gebruikt was om daarnaartoe te varen. Op de voorgrond Wallace en Hyland. Gespannen en oplettend. Gewapend. Dingen in afgesloten pakketjes.

"Wat is de straatwaarde van de cocaïne?" wilde hij weten.

"Niet te schatten tot we natuurlijk weten hoeveel gram het is. Maar veel. Het is een grote partij. Twintig, dertig miljoen pond. De schatting is van Europol."

"Waar zitten Wallace en Hyland nu?"

"Op een adres in Dublin."

De minister zuchtte. Hij ventileerde een paar door elkaar gehaalde metaforen over dat het korps zich onbezonnen gebogen had en dat de banier bezoedeld was en wilde vervolgens weten wie de superieuren van Wallace waren. De aandacht verplaatste zich naar inspecteur Tom Reynolds. En Reynolds probeerde tevergeefs zich eraan te onttrekken.

"Gedurende enige tijd", begon hij zo vaag mogelijk, "heeft Garda-rechercheur Anthony Wallace gewerkt aan een undercoveroperatie in Dublin en leverde hij eersteklasinformatie over een grote criminele bende met paramilitaire banden. Zijn laatst opgenomen ontmoeting met zijn contactpersoon was zaterdag 13 juli. Hij was zeer gespannen en onzeker. Zijn volgende afspraak op vrijdag 4 augustus miste hij. We wisten niets van hem en vreesden voor zijn veiligheid. Toen er een verzoek van inspecteur McCaddden binnenkwam om Wallace na te trekken, oorspronkelijk op vrijdag 11 augustus, gingen we naar Waterford om dat uit te zoeken. Helaas werkte inspecteur McCadden niet erg mee ...”

Weer zuchtte de minister en onderbrak het overzicht met een overbekende campagneleus over samenwerking tussen de staatsdiensten, die van vitaal belang zou zijn voor de efficiency.

McCadden luisterde maar met een half oor naar de rest van Reynolds verhaal. Hij was kwaad over het ontwijkende gedrag van de man en over het feit dat hij zich nergens druk over maakte behalve wanneer hij zijn eigen rol moest oppoetsen of aandikken. En verder moest hij nog zijn eigen verhaal rondkrijgen voor zijn eigen rol ter sprake kwam.

Het stond McCadden nu helderder dan daarvoor voor ogen wat er de afgelopen weken aan de hand was geweest. Als hij die middag gevraagd zou zijn om als eerste te spreken, om de bijeenkomst te openen met zijn eigen visie van de gebeurtenissen, zou hij het moeilijk gehad hebben, nog los van het grote geheel en de onzekerheid over de rol die anderen gespeeld hadden. Maar het nieuws over de lading cocaïne had de puzzelstukjes op hun plek gelegd.

Die middag van de 25e juli, in het hol op St. Anthony’s verdeelden Rookie Wallace, Vinnie Woods en Willie Flanagan, net terug van een gewapende overval op een postkantoor, zenuwachtig de buit toen ze vreemde geluiden uit de lege flat boven hen hoorden. Leo Tucker, die betrapt was op het infiltreren in een rivaliserende bende, werd daar gemarteld. Toen Wallace, Woods en Flanagan naar boven gingen, vonden ze de ongelukkige Tucker vastgebonden in een stoel en hij smeekte om hulp. Zijn beulen hielden zich in de schaduw achter hem verborgen.

Via het geruchtencircuit – misschien al meteen de dag daarop – ontdekte Wallace dat de man achter deze gruweldaad de

Ierse Amerikaan Bill McMullan was, die een farmaceutische fabriek in Waterford had, en zoals elke goede agent had Wallace het spoor gevolgd.

Het had hem bij Eleanor Shiels gebracht in Brownstown Head in het graafschap Waterford.

Waarom? De enig plausibele verklaring was dat McMullan en Shiels partners waren. En waarschijnlijk ook geliefden.

Omdat hij niet op twee verschillende fronten tegelijk kon opereren, had Wallace aan McCadden gevraagd voor hem Eleanor Shiels na te trekken terwijl hij terugging naar Dublin.

Als een goede agent? Drie dagen na een gewapende overval op een postkantoor?

Maar het meest verbazingwekkende was dat Wallace toen nog betrouwbaar was. Dat vond McCadden tenminste. Wallace was toen nog eerlijk. Hij was toen nog van plan alles naar buiten te brengen zodra de tijd rijp was. Tot hij in Dublin ontdekte, door Leo Tuckers familie, waar al die drukte over werd gemaakt. Twintig miljoen pond aan geïmporteerde cocaïne. En daar wilde hij wel zijn graantje van meepikken.

Toen dacht McCadden aan het moment van zijn grote verraad …

Het moet het eind van een slopend proces geweest zijn, het moment dat Wallace eindelijk té gedesillusioneerd en té veel van de dienst vervreemd was en het hem niets meer kon schelen, dat hij té succesvol vermomd was als zwerver en bereid normen en waarden anders te bekijken. Een proces waar die overval op dat postkantoor en misschien ook eerdere misdaden goed in pasten. Een proces waarin het logischer was voor Wallace om McCadden te vragen Eleanor Shiels na te trekken dan de sneller werkende Special Branch.

Maar toen McCadden aan zijn laatste stap dacht, aan het moment waarop Wallace verkoos het diepe in te springen zonder de mogelijkheid om ooit terug te keren, dacht hij ook aan de Wallace die ergens in een uithoek van de stad wachtte op een kans om contact te leggen met zijn contactpersoon van de Special Branch en in de kranten de ranzige verhalen over corruptie, fraude en gekonkel van zijn politieke bazen las.

Wallace verliet zijn opdracht in Dublin en keerde naar Waterford terug, waarschijnlijk ergens rond 1 augustus. De eerste dagen keek en wachtte hij en ontdekte dat Eleanor Shiels en Paul Hyland van plan waren om McMullan te bedriegen. Dus stelde hij een samenwerking voor en dreigde anders de boel bekend te maken.

Of misschien was het net andersom, bedacht McCadden. Misschien kende Wallace Hyland al als ex-collega. Misschien was het Wállace die het verraad had voorgesteld.

Hoe dan ook, Wallace hield zich gedeisd en wachtte, dacht dat hij het nu voor elkaar had. Maar hij had twee grote problemen.

Niet die toevallige dood van Artie Logan.

McCadden wist niet of Logan bij de drugsdeal betrokken was of niet. En wist ook niet of de verdrinking van de Amerikaan zelfmoord was geweest of een ongeluk. Maar wist wél dat het geen moord was. Net zoals hij zeker wist dat Logan telkens weer door Eleanor Shiels was uitgehoord over McMullan. En dat Logans dood een onaangename maar geen onoverkomelijke bijkomstigheid voor de samenzweerders was.

Wallace' problemen lagen elders.

Hij was zo geobsedeerd door het heden, zijn ogen waren zo gefixeerd op het geld, dat hij zijn verzoek aan McCadden helemaal vergeten was.

Toen McCadden terugkwam van vakantie en bij het huis van Eleanor Shiels verscheen, wees Shiels Wallace op het gevaar. Mogelijk de dag erna, tijdens de begrafenis van Artie Logan.

En zo kwam hij bij het tweede grote probleem.

Want Vinnie Woods, die ook een puntje van deze grote taart wilde, volgde hetzelfde spoor als Wallace naar Waterford. Hij zocht Eleanor Shiels op, hield haar woning een paar nachten in de gaten en volgde haar toen naar Wallace' schuilplaats in de stad.

Iemand stelde het kerkhof op het kruispunt bij Corbally voor. Wie weet was het Woods zelf. Die was stom. Écht stom. Zwevend op de amfetamines en crack zag hij Cathy Morrison terwijl hij aan het wachten was en probeerde haar te verkrachten. Hij werd gestoord door Wallace. En vermoord.

Een van Wallace' problemen was de wereld uit.

Nog een over.

McCadden. Hij kwam steeds dichter en dichterbij, dreigde het dubbelspel te verstoren.

Maar zij drieën, Shiels, Wallace en Hyland, wisten precies wat voor afleiding McCadden nodig had, wisten exact wat voor verhaal hem lang genoeg zou bezighouden zodat de deal plaats kon vinden en de nieuwe miljonairs konden vluchten. De o zo plausibele verhalen over corruptie bij de politie en politieke omkoping. Rookie Wallace als opgejaagde held, Eleanor Shiels als voormalige politiek activiste die het nog één keer tegen het verrotte establishment wilde opnemen.

En – moest uiteindelijk een van hen gedacht hebben – waarom zouden ze geen gebrúíkmaken van de misleide McCadden in plaats van hem op het dwaalspoor houden? Want ook Bill McMullan moest van het toneel verdwijnen.

Nog steeds in de seksuele netten van Eleanor Shiels verstrikt, werd McMullan die nacht dat de drugs met de boot aankwamen op Breenlea Head te grazen genomen. Hij werd naar het huis van Eleanor Shiels gelokt, van waaruit hij in de vroege ochtenduren waarschijnlijk had willen wegglippen naar Breenlea Head, bedwelmd en achtergelaten te midden van rondspetterend bloed, in de hoop dat hij gevonden en gearresteerd zou worden nadat Hylands telefoontje McCadden op zijn spoor had gezet.

Het zat prachtig in elkaar, moest McCadden toegeven. Prachtig geïmproviseerd. Ingenieus. Bijna perfect.

Maar toen hij weer op de surveillancefoto's van Wallace en Hyland zag hoe de cocaïne die nacht binnenkwam, voelde hij zich dieptriest. Hij vond dat er iets ondraaglijks tragisch aan hun zaak zat. Iets wat op de zinloosheid van het menselijk streven wees, op het feit dat mensen niet meer dan marionetten waren. Al die intelligentie, al die creativiteit, al dat feilloze inleven in en manipuleren van mensen. En toch was de onderneming de hele tijd gedoemd geweest te mislukken. Terwijl de drie droomden, plannen maakten en alvast van hun toekomstige succes genoten, slopen de mannen van het drugsteam als boosaardige wezens ongezien door de donkerte om de boel tegen te houden.

McCadden vertelde die middag niet het complete verhaal, of wat hij wist van het complete verhaal, toen het zijn beurt aan de vergadertafel was. Hij bagatelliseerde zijn eigen rol door het amper over Rookie Wallace te hebben. En hij zei helemaal niets over Bill McMullan.

Dat was voor later, voor een gesprek onder vier ogen met de commissaris. Die hem niet zou laten zakken. Hoopte hij.

Voor dit moment was het genoeg …

Rookie Wallace was naar Waterford gekomen om deel te nemen aan een enorme drugsdeal die door Eleanor Shiels en Paul Hyland was opgezet namens een anonieme geldschieter. Die maakte de fout McCadden erbij te betrekken, die zijn neus achternaliep en daardoor in Dublin terechtkwam …

Zo simpel was dat.

27

McCadden had de rol toebedeeld gekregen van observator in het grote gebeuren. Een mager bot dat een oude hond moest bezighouden.

Het kon hem niets schelen. Hij had zijn belangstelling voor de zaak toch al grotendeels verloren. Gewoon zo'n drugsverhaal, dacht hij bedroefd. De zoveelste lawaaierige zaak, met of zonder schoten.

Het was een cliché.

Op zichzelf vond McCadden de invoer van drugs net zo fascinerend als de invoer van auto-onderdelen. Mensen deden het om winst te maken. Het mystieke sausje werd er later aan toegevoegd door degenen, aan beide kanten, die er belang bij hadden het gebeuren op te blazen. Dealers en gebruikers, politie en politici. Dubieuze agenten met uzi's en opzichtige gangsterbazen met met goud ingelegde pistolen. Onbeduidende mensen die zichzelf heel belangrijk vonden. Kleine acteurs in een slecht toneelstuk.

Een slecht toneelstuk waarin McCadden niet actief meer meespeelde.

Hij had zijn rapport onder vier ogen bij de commissaris uitgebracht. De commissaris had een of twee keer zijn wenkbrauwen opgetrokken. Niet toen McCadden vertelde van zijn mislukking om Rookie Wallace te arresteren. Officieel liep er toen niets tegen Wallace en lag de fout bij de Special Branche. Hij was onaangenaam verrast door de bereidheid van McCadden om te geloven dat het grootste deel van het korps corrupt was.

Dat pleitte niet voor hem, zag McCadden. En zou tijdens de volgende promotieronde nog steeds niet voor hem pleiten. Aan de top was geen plaats voor scepsis. Alleen getrouwen konden verwachten toegelaten te worden.

Die afkeuring werd wat afgezwakt door een schouderklopje voor het ontmaskeren van McMullan. Maar het was een heimelijk klopje. Er zou geen openbare actie worden ondernomen tegen McMullan die, vlak nadat hij uit het ziekenhuis in Waterford ontslagen was, direct naar Boston was gevlogen. Ervan uitgaande dat het onmogelijk was om een politicus zijn mond te snoeren, accepteerde de commissaris dat de Amerikaan door een openhartige minister van Justitie op de hoogte moest zijn gebracht van zijn hachelijke situatie.

McMullan ontkwam, maar zou er niet lang van genieten. Als de FBI hem al niet snel zou vinden na een tip van haar Ierse collega's, dan zouden zijn teleurgestelde zakenpartners wel bloederig wraak nemen voor het verlies van de cocaïne.

Op een amper kleinere schaal zou McMullans verdwijning uiteindelijk leiden tot de sluiting van de farmaceutische fabriek in het graafschap Waterford. Het was goed mogelijk dat een gedeelte van de winst uit de drugsdeal naar Lisenter was gegaan. Het was natuurlijk ook goed mogelijk dat het farmaceutische bedrijf gediend had als dekmantel voor illegale operaties en om drugswinsten wit te wassen. Maar de sluiting van de fabriek zou een rampzalig effect op de regionale economie hebben, tot grootschalige ontslagen en langdurige werkloosheid leiden en zou verscheidene lokale families in armoede dompelen.

McCaddens zeurende verantwoordelijkheidsgevoel voor de aanstaande ramp was de oorzaak van zijn treurige stemming en van zijn aversie om erbij betrokken te blijven. Er viel niet echt succes te behalen met het onderzoekende politiewerk, besloot hij. De schade was al geschied. Moord. Diefstal. Vernietiging. Ongeacht wat het was, het enige wat je kon doen was het ontmaskeren.

Maar de commissaris hield vol.

"Je hebt het al zo ver ontrafeld", moedigde hij McCadden aan. "Je hoort het einde mee te maken."

Dus McCadden maakte het mee, met het enthousiasme van iemand die veroordeeld was tot het volgen van een drakerige soapopera op de televisie.

Met twee jonge agenten van het drugsteam, door hun muzieksmaak merkte hij hoe oud hij was, zat hij in een ongemeubileerde, lege flat in een van de oudere gebouwen vlak bij St. Anthony's die een goed zicht op Rookie Wallace' hol bood.

Het zou een rechttoe-rechtaan operatie moeten worden.

De leidende figuren van de familie Tucker waren al vastgezet om te voorkomen dat ze alles in het honderd zouden laten lopen doordat ze de dood van Leo zouden willen wreken. En Bill McMullan was niet meer in de buurt, waardoor alleen de Roemenen als kopers overbleven en Wallace, Hyland en Eleanor Shiels als verkopers.

De coke zat in een wit bestelbusje dat voor een pension in een van de rijkere zuidelijke wijken geparkeerd stond waar de drie verbleven. De verwachting was dat het busje naar St. Anthony's zou rijden en dat daar de overdracht zou plaatsvinden.

Maar iemand had het verkeerde script geschreven.

Via de radio luisterde McCadden naar de rapportage van de agenten die het witte busje zagen vertrekken. Paul Hyland en Eleanor Shiels deden alsof ze een stelletje waren. Hyland reed, Shiels zat daarnaast op de passagiersstoel. Niemand leek te weten waar Rookie Wallace zich precies bevond. De meesten hielden het op de laadruimte van het busje.

In het begin waren de rapportages van de meldpunten langs de route saai. Routine. Ontspannen.

Maar dat veranderde in een lichte verbazing toen het busje onverwacht rechts afsloeg in plaats van op de hoofdweg te blijven. De verrassing werd ongerustheid toen het busje de nieuwe koers bleef volgen. En de paniek brak uit toen iedereen zich realiseerde dat de bestemming de veerbootterminal in Dun Laoghaire was.

Er kwam helemaal geen overdracht in St. Anthony's. Ze wilden de cocaïne naar Engeland verschepen!

Toen het busje achter de korte rij voor de veerboot aansloot, liet de leider van het antidrugsteam, die de operatie vanuit zijn commandopost volgde, eindelijk iets van zich horen. Oprukken, beval hij. Neem het busje in beslag, evenals de lading en arresteer de inzittenden.

Het was snel voorbij. Een niemendalletje. De eenheden sloten het busje in. Gedurende een minuut of twee leek het radioverkeer op de soundtrack van een slechte politieserie op de televisie. Het publiek was direct gealarmeerd …

En terwijl deze operatie nog gaande was, reed een gedeukte Renault Mégane langs het St. Anthony's en stopte naast het gebouw waar Rookie Wallace zijn flat had.

McCadden glimlachte toen hij Wallace zag uitstappen met een zware boodschappentas in zijn hand. De drie samenzweerders vertrouwden elkaar dus niet langer en hadden de coke verdeeld. Hyland en Shiels gingen hun eigen weg. Wallace had blijkbaar een privé-afspraak met de Roemenen.

De twee antidrugsagenten werden zenuwachtig toen Wallace in de donkere ingang van het gebouw verdween. Hun achterhoede-eenheden waren opgeroepen naar de veerbootterminal en waren al een paar kilometer onderweg, maar maakten vertwijfelde U-bochten om terug te racen als reactie op hun melding. Maar het ging snel. Veel te snel.

Binnen een paar minuten na de verschijning van Wallace verlieten de twee Roemenen het flatgebouw met diezelfde zware boodschappentas. Toen ze ook nog in Wallace' auto stapten, startten en luidruchtig optrokken, was er maar één telefoontje mogelijk. De antidrugsagenten zouden hen volgen en de terugkerende eenheden opdracht geven hen in te sluiten. En McCadden zou een muntje opgooien als ze weg waren. Of hij zou het fort bewaken tot de versterking aangekomen was en Wallace kwijtraken als die op de loop ging. Of hij ging naar binnen voor een snelle vangst en zou Wallace dan zeker kwijt zijn als die zich fanatiek genoeg verzette.

Maar het leek erop dat ook Wallace onmiddellijke vertrekplannen had. Door de ramen van de flat, met de sterke verrekijker van de antidrugsmensen, zag McCadden hoe hij persoonlijke dingen bij elkaar zocht. Dus was hij waarschijnlijk aan het inpakken. Een van die dingen leek op een tweede sleutelset. Misschien voor een van de andere auto's die op de parkeerplaats stonden waarvandaan eerder de Renault was vertrokken.

McCadden verliet de observatiepost. Liep over de voetgangersbrug tussen de twee flatgebouwen boven het water, kroop St. Anthony's binnen door een gat in het stalen hek en nam dezelfde route als de dag ervoor in het donkere gebouw. De smerige trappen op, over de donkere gang, de voorkamer in, waar nog steeds die drie matrassen lagen.

Grappig genoeg stond Wallace op dezelfde plek als de Roemenen de dag ervoor. Hij waste zijn handen in de gootsteen in de keuken. Op de vloer, aan zijn voeten, lag de grote sporttas die hij net had ingepakt.

McCadden klopte op de keukendeur.

Even, terwijl Wallace zich omdraaide naar het geluid en met zijn rechterhand naar de kolf van het automatische wapen ging dat hij aan zijn riem had hangen, vreesde McCadden dat hij zou worden neergeschoten. Maar hij had goed gegokt. Wallace was té verbaasd om daadkrachtig te zijn. Hij begon te denken, vroeg zich af hoe McCadden in vredesnaam voor zijn neus kon staan. En dat denken kalmeerde hem. Hij deed niets met het wapen.

McCadden sloeg zijn handen opengeslagen voor zijn borst, het teken dat hijzelf ongewapend was.

"Jij blijft mij maar vergeten", zei hij.

Wallace keek hem strak aan.

"Ben je alleen?"

"Nee", blufte McCadden. "Ik heb gevraagd of ik eerst alleen naar binnen mocht om met je te praten."

"Waarom?"

McCadden haalde zijn schouders op. Het was net zo goed een gebaar van opluchting als een gedeeltelijk antwoord. Hij wist dat het directe gevaar geweken was. Maar om verder te komen moest hij een gesprek beginnen dat Wallace lang genoeg zou boeien en hem aan de praat zou houden tot de versterking gearriveerd was.

Dat was niet zo heel moeilijk.

"Luisterde jij echt naar een opname van *Crazy Man Michael* de laatste keer dat je je ouders zag?" wilde hij weten.

Wallace fronste zijn wenkbrauwen.

"Je bent toch niet gekomen om me dat te vragen?"

"Het is deel van een grotere vraag."

"Hoezo?"

"Hoeveel was er waar van wat je me vertelde, die keer dat je me in Waterford opzocht? Over je eigen verleden?"

"Wat maakt dat nou in vredesnaam uit?"

"Je maakte toen een fout omdat Eleanor Shiels en ik ons hetzelfde herinnerden. Ze zong *Crazy Man Michael* vrijdagavond in de plaatselijke kroeg."

Wallace haalde zijn schouders op.

"Het is een mooi lied."

"Nét te toevallig."

"Misschien is het wel een hit aan het worden."

"Het verleden haalt ons altijd in."

Wallace lachte.

"Ik weet best wat me heeft ingehaald. En dat was niet mijn eigen verleden."

McCadden hoorde de voetstappen op de trap en in de gang naar het hol toe. Door het ritme van hun stappen wist hij dat het gewapende antidrugsmanschappen waren. Er was nog iets wat hij wilde zeggen voor ze binnenkwamen, iets over *Crazy Man Michael*, over Wallace' verraad aan de dienst waar hij achttien jaar bij gewerkt had, maar dat lukte niet meer.

Hij zag de agenten langs hem heen schuiven toen ze door de geopende keukendeur binnenkwamen met hun getrokken wapens op Wallace gericht. Hij zag Wallace zijn kansen afwegen, de mogelijkheid van een ontsnapping verwerpen en nu bij zichzelf overleggen of het beter was snel te sterven of langzaam te sterven als een ex-agent in de gevangenis.

Toen Wallace zijn pistool trok, vond McCadden het een nodeloos gebaar, een uitnodiging om hem neer te schieten. Wallace wist dat hij niet meer kon winnen en het maar beter niet kon overleven.

En te midden van de lawaaierige chaos daarna, te midden van de schreeuwende bevelen, vloeken en waarschuwingen, raakte een van de antidrugsagenten – waarschijnlijk bang dat hij in de lijn van Wallace' pistool stond – net iets eerder in paniek dan nodig was. Hij haalde de trekker van de revolver in zijn hand over.

McCadden dook weg zodra hij het schot hoorde, wist dat anderen in zo'n gespannen situatie ook zouden gaan schieten. Maar toch was hij te laat. Hij zag Wallace achterovervallen en zijn lichaam schokken. Hij voelde een stekende pijn in zijn eigen linkerschouder. En toen verloor hij het bewustzijn …

28

Pas in het ziekenhuis, toen hij veel te veel vrije tijd had terwijl de schotwond in zijn schouder genas en hij niets anders te doen had, bedacht McCadden wat hij nog tegen Rookie Wallace had willen zeggen.

Hij kreeg genoeg bezoek dat hem overdag van zijn gepeins afhield. De dood van Rookie Wallace tijdens die schietpartij in St. Anthony's, om op die manier een bekende te moeten verliezen, vond iedereen een traumatische ervaring voor de betrokkene. En de arrestatie van een andere vriend en ex-collega, Paul Hyland, hielp het herstelproces niet bepaald. Dus verzamelde iedereen zich om zijn bed heen.

Maar ironisch genoeg waren het de bezoekers die McCaddens geheugen wakker schudden. Hun gesprekken, hun ideeën.

Hij kreeg geen persoonlijke telefoontjes.

Hij kreeg een grappige beterschapskaart van Cathy Morrison uit Los Angeles, waarop ze hem de schuld gaf van het instorten van de Ierse filmindustrie. Blijkbaar was de productie van *Sacrifice* failliet gegaan in de vierde opnameweek op locatie. Acteurs en personeel werden niet betaald. De grootste geldschieter, Bill McMullan, was bankroet en ondergedoken. Nog een gevolg van de mislukte cocaïnedeal.

Hij kreeg een zéér onsympathieke brief van Roberta Gavin. Ze betreurde het dat het niet was gelukt om elkaar tijdens haar laatste bezoek aan Waterford te ontmoeten, maar ze wees er fijntjes op dat dat zijn schuld was.

Zijn ex-vrouw was in Japan op vakantie, waar haar nieuwe

man voor tuinarchitect of zo studeerde.

En dat was het.

De andere bezoekers waren allemaal beroepsmatig.

Advocaten liepen in en uit. De jonge antidrugsagent van wie het ricochetschot McCaddens schouder had geraakt, kwam zich verontschuldigen. Frank Ryan dreef een groep collega's uit Waterford voor zich uit, had een grote zak snoep bij zich en at zelf het grootste deel op. En, het meest veelzeggende, op de dag nadat de chirurgen de kogel uit McCaddens schouder hadden gehaald, kwam de commissaris langs, liet zijn gevolg buiten in de gang wachten en sprak alleen met McCadden, beloofde hem een grote rol in het landelijke Garda-moordonderzoeksteam, of hij nou wel of niet op tijd hersteld zou zijn voor de sollicitatiecommissie.

McCadden bedankte hem. Maar wist dat de topbaan buiten zijn bereik lag. Het hoofd van het landelijke Garda-moordonderzoeksteam zou een omzichtiger iemand worden, iemand die minder risicovol was dan McCadden. Een competente bestuurder. Een man die McCaddens goede kanten goed zou kunnen gebruiken en zijn onhandigheid zou maskeren.

Want het was natuurlijk een politieke baan. En nu de positie van de minister van Justitie, Niall McAwley, verzwakt was door het mislukken van de McMullan drugsdeal, zou de commissaris zijn eigen positie willen versterken door een vertrouwenspersoon op de lege plek te benoemen en zo zijn eigen rug dekken en het machtsevenwicht in zijn eigen voordeel te laten doorslaan. Bekwaamheden hadden daar niets mee te maken. Connecties waren alles.

Het was een treurige gedachte.

En die nacht, toen hij alleen in zijn ziekenhuiskamer lag met alleen de droge hoest van een in de buurt liggende patiënt en het geklak van verpleegstersschoenen op het zeil om zijn concentratie te verstoren, dacht McCadden na.

Over dat er zo weinig verschil tussen Rookie Wallace en hemzelf was. Twee levens vol toewijding. Maar niet toegewijd aan iets speciaals. Niet aan een zaak of aan een partij, bijvoorbeeld. Niet aan een kerk of aan iets ethisch. Gewoon toewijding, waar ze helemaal in opgingen. Ze bungelden aan de goede kant van de wet aan dunne draadjes normen en waarden die ze zich uit hun jeugd herinnerden, hun opvoeding uit een andere eeuw. En als die draadjes knapten, zoals bij Wallace, dan hadden ze geen van beiden iemand of iets om op terug te vallen. Geen geloof, zoals Wallace al had gezegd. Geen religie. Geen waardesystemen. Geen familie. Geen tradities. Twee zwalkende mannen die de wereld probeerden te dienen zonder zelf vaste grond onder hun voeten te krijgen.

De overeenkomsten – zijn eigen imago, dat hij bij de ander tegelijkertijd terugzag en kapot zag vallen – waren waarschijnlijk de verklaring voor McCaddens verbeten jacht op Wallace. Hij jaagde letterlijk op zijn eigen schaduw. En ze waren waarschijnlijk ook de verklaring voor zijn onwil om Wallace te arresteren en voor zijn bereidheid om een held in hem te zien.

En omdat hij in een ziekenhuisbed lag, omringd door ziekte en dood, en omdat die overeenkomsten hem toen opvielen, werd hij er ook enigszins bang voor.

Misschien dat Wallace' grotere ambitie, zijn grotere idealisme, zijn verheven gedachtes over dienst en opoffering, hem uiteindelijk bedrogen hadden. Misschien dat McCaddens realistischer inzet, zijn voorkeur voor het plaatselijke boven het nationale gebeuren, zijn voorkeur voor het individu boven de groep, het grootste verschil tussen hen was. Hij vond het bijvoorbeeld prettig te denken dat hij nooit zou vallen voor de goocheltruc van verwarde en corrupte politici en hun hele entourage, die alleen maar uit de band sprongen.

Misschien.

Maar McCadden vond het ook verschrikkelijk als hij aan Wallace' verspilde inzet en passie dacht, aan Eleanor Shiels' afglijden van een zelfvernietigende maar eerlijke rebel van begin jaren zeventig naar een inhalige opportunist aan het begin van het millennium.

Al dat kwijnende idealisme uit een heel naïeve periode ...

De clichéreis die al zijn tijdgenoten hadden gemaakt ...